时光微微甜

Time is Sweet

酒小七 著

下

四川文艺出版社

闲闲拾光
FRee time
——闲·闲·拾·光——

目录

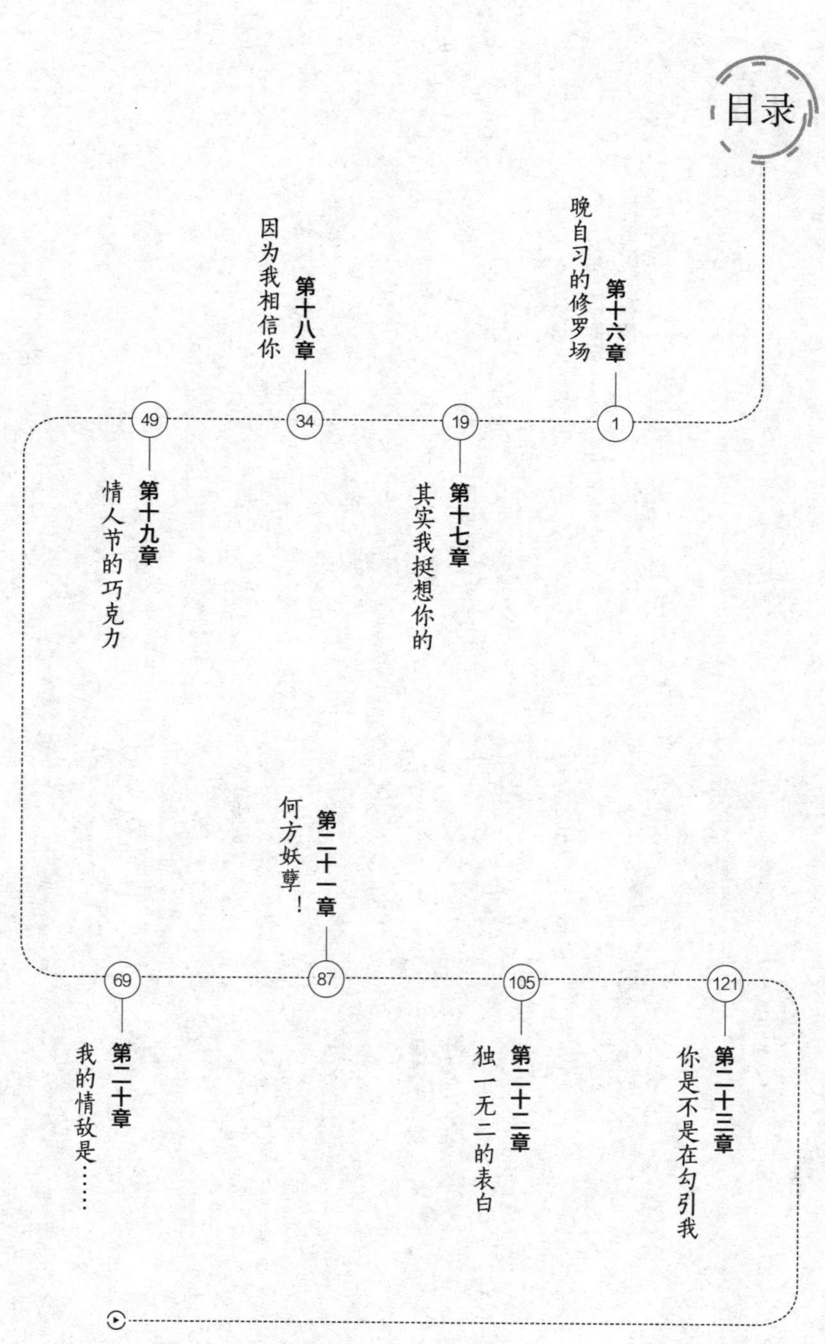

目录

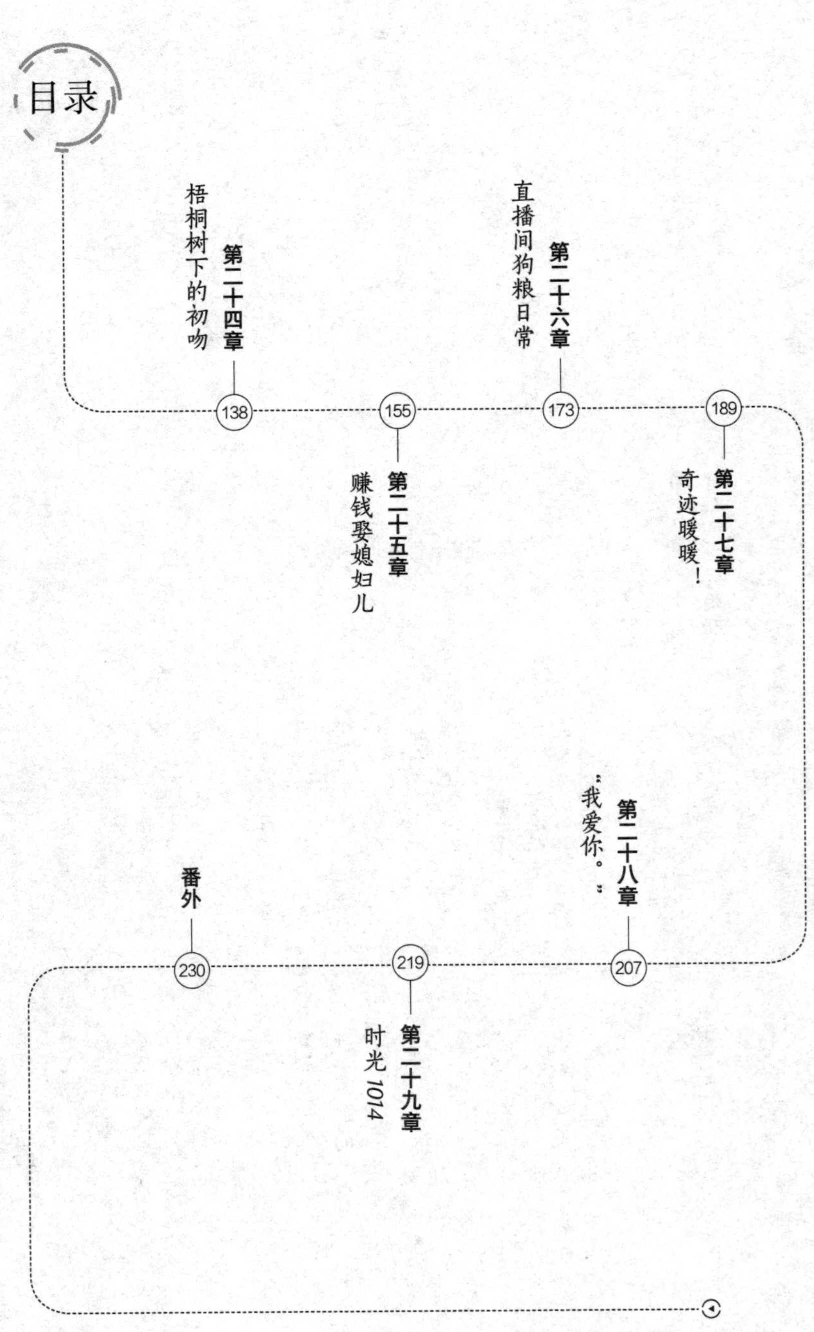

第十六章 晚自习的修罗场

坐在通宵自习室中的向暖，突然想到一件事情。

“学长，你不是每学期都拿奖学金吗？怎么还来通宵？”

“为了拿奖学金。”沈则木面不改色地答。

向暖发现当个学霸也挺不容易的。

向暖明天要考的课程是会计学。她一翻开课本，沈则木的眼睛快瞎了。只见她的课本用彩色的荧光笔画了很多，花花绿绿的，特别提神。

这样花团锦簇的标记，至少表明学习态度尚算认真，那么她有必要来通宵？沈则木有点疑惑，但很快他就明白了。

向暖认真的态度并没有持续多久，翻着翻着，重点越来越少，涂鸦开始多起来，其中夹杂着一些《王者荣耀》里的人物，庄周、妲己、张飞、诸葛亮之类……

沈则木突然想到向暖发过的那条朋友圈，“垃圾游戏，毁我青春”，结合眼前的情况，那当属肺腑之言了。

会计学死记硬背的东西倒不算太多，但是要记一些公式，还要计算，这就比较麻烦了。向暖对数字的东西不太敏感，高考填志愿那会儿纯粹是不知道该学点什么，就在热门专业里选了一个。所以她对经管专业并没有太多的热忱或者反感，她只是谨守着身为一个“好学生”的本分来对待专业课——就像高中时代那样。

好吧，其实她“好学生”的本分在上大学一个月后就在慢慢流失。

向暖心想，一定是因为她认识了林初宴，正所谓近朱者赤近墨者黑，她成天跟林初宴那个不学无术的人一块儿玩，自己也变得不学无术了。

此刻远在主校区的林初宴并不知自己被甩锅了。向暖不在，他上游戏也觉得索然无味。其实，哪是什么游戏好玩，不过是跟有趣的人一起玩，游戏才变得有趣了……

无所事事的林初宴也背起书包出门上自习，和郑东凯他们一块儿泡图书馆。郑东凯和毛毛球因为一道题争论起来，林初宴好奇地凑过脑袋，听了一会儿，他三言两语给他们解释清楚了。

毛毛球叹了口气。

“我说得不对？”林初宴问。

毛毛球摇头：“不是，我是想，上天既然给了你这么好的天分，你为什么不珍惜呢？”

“我一直在珍惜。”

“你怎么珍惜了？你这么懒，你如果勤奋一点……”

“你错了。”林初宴分辩道，“上天是悲悯的，他给我一点天分，是不希望我太辛苦。如果我努力了，勤奋了，势必过得很辛苦，那才是辜负上天的好意。”

毛毛球被他这清新脱俗的世界观惊得张口结舌，呆呆地自言自语道：“妈妈，我好像遇到邪教了。”

计算对向暖来说是一件比较催眠的事情，她复习了一会儿，就开始打哈欠。

沈则木低头看了眼手表，心想，这困得也太早了点？

向暖从她的物资储备里摸出一罐咖啡，见沈则木在看她，好想喝又不好意思开口的样子。于是她心一软，给了他一罐，反正她自己买了好多呢。

沈则木接过咖啡，打开。这种罐装咖啡，拉环比较难开。

打开后，他把咖啡递还给她。

向暖这才知道他误会了。其实她自己没那么娇气，不过学长这样绅士，让她特别有好感。她笑着把咖啡推到他面前：“学长喝，我还有。”

“我不困。”

“那一会儿学长困了和我说，这里有很多的。”

“好。”

沈则木见向暖握着咖啡要喝，他突然拦住她：“等一下。”

“怎么了？”

“不凉吗？”他指了指那铁质的小罐子，刚才握在手里，怪凉的。

“没事儿，我身体好。”向暖说着，手里却突然空了。

沈则木夺走了她的咖啡。

他把咖啡放在水杯里，去外面的热水间接了热水。这样泡了一会儿，咖啡再拿出来就是热的了。

向暖用纸巾擦掉铁罐上的水，然后把它握在手里，微微烫的温度，热量通过掌心传到身体里，顺着血管流进心房。

她朝他笑了笑：“谢谢学长。”明媚的眼睛映着教室内的灯光，显得特别亮。

沈则木低下头：“嗯。”若无其事地翻书。

翻得有点快。

向暖一罐咖啡喝完，感觉还是不太给劲儿，于是起身出去，打算在外面透透风。她认为教室里人太多，缺氧，这才是导致她困倦的真正原因。

沈则木虽然在低头看书，其实注意力有些飘。

向暖出门后，一个男生走过来，神色十分可疑。走到向暖座位旁，他飞快地把一张字条夹到向暖的书里。

这一切并没有逃过沈则木的眼睛。男生离开后，沈则木从书中翻出字条，看了一眼。

呵呵，现在的年轻人，都要考试了，还不忘撩妹，真是欠挂科。

沈则木面无表情地把字条撕成四片，往兜里一放，动作一气呵成，显得特别胸怀坦荡又正气凛然。

刚撕完字条，一个女生抱着东西走过来，羞答答地看着沈则木："沈学长，我……我可以坐在你旁边吗？"

呵呵，现在的年轻人，都要考试了，还不忘撩汉，真是欠挂科。

沈则木继续面无表情，摇头："恐怕不行。"

女生被拒绝了，有些沮丧，她看一眼向暖的座位，问沈则木："沈学长，你真的和向暖在一起了？"

沈则木抿了一下嘴，没有承认也没有否认。

女生恍然，心碎离去。

向暖坚持到深夜两点多，已经快困成瞎子。她随便往桌子上一趴，几乎是一瞬间，就睡着了。

沈则木在想心事，倒没那么困。

她睡着后，他扭过头来，终于敢光明正大地看着她。

向暖手臂交叠着放在桌上，微微侧着脸，太阳穴枕在手背上，只露出小半张脸。白色的灯光垂下，越过她浓密挺翘的长睫毛，落在她的脸颊上。一绺头发滑落，像一道黑色的小瀑布，沿着她柔和白皙的脸蛋，一直垂到嘴唇上方。随着她鼻端的呼吸，那绺发丝轻微抖动，小瀑布绵延不息。

她动了一下，披在身上的羽绒服滑下去。沈则木立刻把她的羽绒服拉起来，给她盖好。

接着，他把自己的外套也盖在她身上。对她来说，他的衣服太大了，几乎把她埋起来。

向暖哼唧一声，换了个姿势继续睡。

沈则木看着她，突然地有些感慨。

他是一个活得很清醒的人，清醒地知道自己每一步该做什么，也能清醒地看到自己的内心，那些爱与恨的源头。

为什么会被她吸引，原因真是再简单不过了——

这世上很多的喜欢都源于好奇，他沈则木，这次也未能免俗。

即便是考试周的紧张，也不会消灭同学们对八卦的热情。这几天，论坛里疯传沈则木和向暖在一起了，众人言之凿凿，据说目击者很多。

林初宴注册了一个马甲号，在那些讨论帖里回复：造谣是会坐牢的。

结果被群嘲，林初宴好生气。

郑东凯安慰他："你放心，我都打听好了，他们只是上自习碰到了。"说着，晃晃手机，"安琪拉说的。"

林初宴稍稍松了口气。

郑东凯："哦，对了，通宵自习。"

林初宴："……"感觉不能好了。

郑东凯快乐死了，他才不会去主动帮林初宴助攻。林初宴吃瘪多难得啊，他要多看一会儿。

毛毛球和大雨的心态也类似。

林初宴对室友的压迫终于遭到反噬，他自己还没意识到这一点。他现在满脑子都是怎么去把沈则木这个死变态赶走。

林初宴发了条朋友圈：有结伴去通宵自习的吗？

这条朋友圈设置了分组，只有向暖一个人能看到。

发完朋友圈不久，林初宴又假惺惺地自己回复自己：不去就不去，你怎么讲话那么难听？

这条朋友圈放在向暖眼里就是，林初宴找人约通宵自习，结果被人羞辱了……这委屈，几乎要溢出屏幕了。

同样身为不学无术的分子，向暖立刻就感同身受了，给他点了赞，还安慰他：加油！

林初宴回道：谢谢，我只是想找个人提醒着点，否则很容易睡着。

向暖想到自己在通宵自习室呼呼大睡的经历，更加感同身受了。

过了一会儿林初宴问向暖：你不会也要通宵吧？

向暖：嗯，是啊。

林初宴：那不如一起，互相监督，效率能高一些。

向暖：可是我们不一个校区啊。

林初宴：简单，打车半小时，我去找你。

向暖：那你不累啊？

林初宴：累什么？是我坐车又不是车坐我。再说，我这边的通宵自习室太难占座。

向暖：对哦，那你过来，我们一起。

这天晚饭后，沈则木日常去通宵自习室蹲点，结果蹲来了两个人。

林初宴："学长也来通宵？"

沈则木："嗯。"

两人一个似笑非笑一个波澜不惊，心里都是大写的"呵呵"。

仿佛是冥冥之中的默契，沈则木和林初宴坐在了向暖的左右两边。

其实林初宴很想坐在向暖和沈则木中间，但沈则木岂容他得逞。

向暖暂时注意不到这些明争暗斗，她现在眼里只有学习，高等数学有多迷人，那些凡夫俗子是不会懂的。

林初宴看到向暖拿出高数课本，他说："不会的可以问我。"

教室里很安静，他为了不影响其他同学，声音压得很低。他这么嚣张，向暖好想噎他，可是他压低的声音那么动听，她就只"哼"了一声，没说话。

隔着向暖，沈则木没听到林初宴说什么，只知道他们两个在交头接耳，他斜了斜眼睛，看到向暖一脸的志在必得。她总是那样自信。

向暖自己看书、做题，开始还好，后来写着写着就开始皱眉头，拧笔帽，然后哗啦啦把演算了半天的式子划掉，撕下作业纸，重新写。

林初宴拿过被她丢开的那团作业纸，摊开看了眼，指着其中一行："你从这里开始错的。"

"哼哼。"她拉不下脸来请教他。

林初宴忍着笑，紧挨着她坐过来——本来他们之间是隔着个座位的，这样宽敞自在一些。

然后不等她反应，他已经拿过她手里的笔，在空白的稿纸上重新演算起来，一边写一边低声给她解释。

林初宴的字和他的人一样放荡不羁。他思路很清晰，所以写得飞快，一行式子写完，就停下来耐心地给她解释，大概是怕她听不懂，他的语速比较慢，讲完了还说："懂了吗？嗯？"最后那个字尾音扬起，像一根撩人的手指，轻轻挠她的耳膜。

向暖都快醉了："懂……懂了。"

林初宴微微一勾唇角，继续讲。

虽然听林初宴低声讲题好幸福，但向暖也不知道自己怎么了，总是走神，听着听着就不知道想什么了，最后林初宴问她明白了没有，她只能硬着头皮点头。

不行，不能这样下去了。

过了一会儿，向暖再遇到不太懂的，就不敢让林初宴给她讲了，她往沈则木那边挪了个位置："学长，这道题你会吗？"

林初宴："……"太打脸了。

沈则木读的是自动化专业，高数早就学过，而且现在的专业课一直有用到。别说一道题了，向暖一整本高数课本，没他不会的，于是他熟练地给向暖讲解起来。

其实经管专业的高数课程相对简单，向暖并没有很多不懂的，主要是记知识点和灵活运用。不过一想到她一整晚都要和高数打交道，向暖立刻有点生无可恋的感觉。

她从书包里掏出一瓶喷雾，往脸上喷了喷，清凉补水，提神醒脑。

"这是什么？"林初宴问道。

"补水的，你要吗？"

林初宴闭上眼睛。

向暖给他喷了一些。她发现林初宴的皮肤很好，这样闭着眼睛不说话，又帅又乖，像画一样好看。

唉，很可惜，这样的一张脸，长在一个神经病身上。

补完水，向暖继续啃高数，林初宴拿出手机，打开了《王者荣耀》。

向暖抬头扫了一眼，恰好看到。好几天不玩了，她现在一看到游戏界面就感觉特别亲切、特别渴望，那种心态类似于小别胜新婚。

林初宴玩游戏，向暖就没有做题的心情了，老是抬头看他。他被砍死了，她还跟着扼腕叹息。

沈则木都有点看不下去了。他也不知是不是自己的错觉，总感觉只要林初宴在，向暖的画风就不太正常。

他本来想提醒向暖专心学习，可是他刚要开口，看到她一脸的神往艳羡，他莫名觉得又好笑，又有点心软。

沈则木把自己的手机消了音，打开游戏递给她："玩吧。"

向暖不太好意思接。

沈则木："只许玩一局。"

"谢谢学长！"向暖连忙抢过来。

林初宴说："向暖你先别开，我很快结束，我们俩双排。"

向暖："好啊。"

沈则木……想砍掉自己犯贱的手。

林初宴果然很快结束游戏，和向暖组好队时，他看到好友列表里忘却在线，于是把他也拉进队。

向暖心想，有忘却大神在，这把稳了！

然而，事与愿违。

这把游戏，他们打得极其不稳定。向暖因为有忘却在就选了一个自己不擅长但美貌度很高的大乔，这是其一；其二，忘却的露娜有点惨烈，走位各种失误，反应各种迟钝。

游戏最终以失败告终，向暖一脸遗憾，悻悻地把手机还给沈则木。呜呜，好想再玩一局。

沈则木却不为所动，说一局就一局。

向暖想到忘却的异常，便悄悄地探过身体和林初宴讲话，林初宴摘下耳机，凑过耳朵听。

向暖："这个露娜肯定不是忘却本人，你说，会不会是他女朋友？"

"不是，忘却没有女朋友。"林初宴说。

向暖：嗯？少年，你知道的好像有点多啊……

林初宴侧了下脸，在她耳边小声解释："忘却的手冻伤了，所以操作慢。"

向暖恍然："难怪呢……"接着又摇头，一脸见鬼地看着他，"你怎么知道啊？"

"他自己说的。"

"他怎么不和我说？"向暖心里莫名有点小酸楚，明明是她先认识忘却的。

"你好几天没上游戏，他怎么和你说？"

向暖一想也对。

这时，林初宴的手机屏幕上方显示有微信消息，向暖眼尖，看到发消息那人的头像是忘却的。她有一点不甘心，问道："忘却跟你说什么？"

林初宴点开消息，见是一条语音。

忘却这人打字速度慢，很少发文字，都是语音。但是他们玩游戏的时候，忘却又不会开语音，因为手机内存太小了，开语音游戏会卡顿。

林初宴把一只耳机塞到向暖耳朵里，这个过程，他温暖的指尖碰到了她的肌肤。他压下心里那点异样感，点开语音。

于是向暖听到了忘却的声音，声音浑厚，讲话的语气带着点腼腆："初宴，你推荐的那个冻疮膏很好用，谢了。"

林初宴在向暖惊讶的目光中给忘却回信息：不客气。

忘却："你干什么呢？"

林初宴：上自习，明天有考试。

忘却："那你快学习吧，我睡觉了。明天还有活儿。"

林初宴：好。

向暖扯着林初宴的胳膊，虽着急，但又不敢大声讲话，于是憋得脸都有些红，问道："你们是什么时候勾搭上的？我怎么不知道啊？"

林初宴笑："你这个眼神，像捉奸。"最后两个字换成用气声说，缓缓地吐出来。

向暖一阵别扭："喂……"

林初宴按住她的手背，轻轻推下她的手，说道："我觉得他这人挺好的。"

向暖简直无语。不管是陈应虎还是忘却，明明都是她先发现的，结果一个两个的都投向了林初宴的怀抱，像话吗？

为了泄愤，向暖当着林初宴的面，把他的微信备注改成了"交际花"。

林初宴还以颜色，把她的备注改成"小傻瓜"。

还挺押韵……

向暖快被雷死了，最后两人交涉一番，又都改掉了。

一过十二点，林初宴就困了，连打哈欠，向暖给了他一罐咖啡，他拒绝了。

向暖以为他打算纯用意志力克服困魔，结果他倒好，往桌子上一趴，睡过去了，一点心理负担都没有。

虽同样是学渣，但这不妨碍向暖鄙视他。

身边有人睡觉，那个气氛特别催眠，就算不困的人，也容易犯困。向暖感觉自己有点撑不住，不行，一定要找点刺激的事情做。

她想到一个好主意，好刺激好刺激，不小心笑出声。

沈则木扫了她一眼。

向暖从笔袋里拿出了几支彩色荧光笔，以及一根黑色的记号笔，把林初宴的脸当画板，甩开了膀子使劲儿涂，一边涂一边笑。

沈则木摇了摇头，目光充满了对智障的关怀。说实话，他现在有点怀疑自己的审美。

向暖画了一会儿，用手机换着角度拍了几张照片，感觉神清气爽。

林初宴睡了一个多小时，睡得有点累，迷迷糊糊地就醒了。

他看到向暖正在睡觉，她身上压着两件外套，一件是她自己的，一件是沈则木的。

林初宴面不改色地把沈则木的衣服拿过来穿自己身上，然后把自己的大衣盖在向暖身上。

沈则木目瞪口呆："……"要脸吗？

"我特别想穿学长的衣服。"顶着一脸鬼画符的林初宴如是说。

夜深人静的时候，人的自制力会下降，沈则木被逼得爆粗口了："滚。"

但他是要脸的人，又不好意思直接去扒林初宴的衣服，于是林初宴就这么大摇大摆地穿着沈则木的衣服去洗手间了。

深夜的洗手间是鬼故事的多发地。男洗手间里本来有一位同学正在解手，听到外面有响动，他回头，迎着惨白的灯光，看到一脸鬼画符的林初宴走进来。

"啊！！！"同学惨叫，直接尿到墙上。

他吓成这样，把林初宴弄得莫名其妙："我是鬼吗？"

"是，是！"

林初宴："……"

他感觉到一丝不对劲儿，跑到外面的镜子前，看到自己现在这副尊容，他眯着眼，咬牙道："向——暖。"

向暖正睡得香甜，耳边突然出现声音吵得她不得安宁。

她悠悠醒转，听到那吵她的声音是："林初宴我老公，林初宴我老公！哈哈哈哈哈……林初宴我老公，林初宴我老公！哈哈哈哈哈……"

向暖立刻奓毛了，她呼的一下坐起身，盯着旁边的林初宴。

"林初宴我老公，林初宴我老公！哈哈哈哈哈……林初宴我老公，林初宴我老公！哈哈哈哈哈……"还在响。

向暖摘下耳机，甩掉。

林初宴慢悠悠地收起耳机，笑眯眯地看着她。

向暖深吸一口气，不停地劝自己冷静，冷静，这里是自习室，不可以打人……打人是犯法的……

她深呼吸了好几次，瞪着他，低声道："这个梗你到底要玩多久啊？"

林初宴往她这边探了探身体，一条手臂悠闲地搭在她身后的课桌沿上，他歪着头看她，眯起眼睛，压低声音道："我要玩——一辈子。"

向暖听到他这话是咬牙切齿说出来的。

她忽然想起什么，定睛一看，见他的脸已经洗干净了，汉奸头的发尾还有些潮湿，显然是刚洗脸没多久。难怪那么生气。

向暖一阵心虚，仰头望着天花板，然后默默地朝沈则木那边挪了一个座位。

沈则木书也不看了，就看戏。

向暖往他身边挪时，林初宴朝她勾手指，张口无声地说：过来。

就不。

林初宴笑眯眯地举了举手里的白色耳机：过来。

向暖翻着白眼挪回去。

"你到底要怎样啊？"她小声说。

"让我画回来。"林初宴从她笔袋里拿出一支记号笔，起身，命令她，"出来。"

向暖垂头丧气地，像一只打败了仗的小老鹰，跟在他身后，出去了。

林初宴把向暖带到了电梯间。他让她靠在墙边，她就像个被罚站的小学生，靠着墙，安分又老实，一脸用力过猛的乖巧，企图通过自己尽显诚意的配合，降低林初宴对她的仇恨值。

"抬头。"林初宴说，声音在空阔安静的电梯间回荡，显得有些突兀。

向暖仰起头，电梯间的灯光是白色的，林初宴背对着光，她看不清他的神情，而她的一举一动全在他眼里。

向暖的肤色本来就白，这会儿在白色的灯光照射下，显得有些苍白脆弱，她瞪着眼睛，黑亮的眼睛盯着他，和他对视。

她的目光直白且坦荡，也许并无深意，可是落在他的眼里，仿佛全是深意。

林初宴的心脏跳得快了几拍。

向暖一咬牙一闭眼，一脸的视死如归："来吧。"

林初宴单手捧着她的脸，他的手掌托着她下颌，拇指压在她的唇畔："别动。"

他的掌心很烫，两人肌肤相触，向暖的脸仿佛也被烫到了，一阵脸热。她觉得这个姿势不太好，搞得好像要接吻一样。

"你快点。"她催促他，声音微微发着颤。

她闭着眼睛，并未看到，林初宴握着记号笔的手，一直垂着。他只是捧着她的脸，看着她，目光有些着迷。

这样看了一会儿，像是被蛊惑一般，他缓缓地低下头。

林初宴的心脏快跳出嗓子眼了，心房像擂鼓一般，欢快而疯狂。

就在这时，一道清冷的声音突然响起："你们干什么呢？"

林初宴听到人声，立刻放开向暖，向后退了一步。

向暖睁开眼睛。

两人都吓了一跳，这会儿循声望去，看到说话的是沈则木。他站在楼道里，手臂交叉抱在胸前，眉目疏淡，神情冷漠，盯着他们，仿佛是一个教导主任。

他的目光太犀利了，向暖没来由地一阵心虚，顿觉压力好大。她缩了缩身体，两手揣在兜里，低下头。

林初宴斜了她一眼，看那㞞样，说她是地主家的傻儿子，一点没冤枉她。

沈则木说："不想挂科就回去看书。"

向暖突然想起她是干吗来的，于是赶紧回去。

她很㞞地往教室走，经过沈则木时，见他没穿大衣，白衬衫外边套着一件铁灰色的羊毛衫，虽然很显瘦很帅气，但穿成这样站在凉风习习的楼道里……怕是来练气功的吧？

"学长，你不冷吗？"向暖关怀道。

冷，怎么不冷。可是他的衣服被林初宴穿走了。

让他穿林初宴的衣服？呵呵，不如一刀抹了他的脖子。

回到教室，向暖刚要坐下，沈则木突然指了指林初宴的位置：“你坐那里。”

“哦。”

林初宴原先的位置在边上，挨着过道。向暖坐过去后，沈则木坐在她身边，林初宴慢了一步，走过来时，发现留给他的位置只有原先沈则木的座位了。

这样一调换，沈则木坐在向暖和林初宴中间，把他们俩隔开了。

向暖觉得这样安排也挺好，要是挨着林初宴坐，她老被他影响，学习效率大打折扣。

这一夜自习总算回归平静了。

向暖犯困的时候，沈则木就把手机给她，让她玩一局《王者荣耀》。向暖必须承认的是，玩游戏比喝咖啡更能提神，从这个角度来看，这游戏还蛮正能量的。

考完高数，向暖感觉身体被掏空，决定先回寝室补个觉，睡个昏天暗地。

闵离离走在她身边，边走边看手机，走着走着差点撞到路边的绿化带，向暖拉了她一把。

闵离离突然想起一件事儿：“暖暖，你知道吗，教学楼昨晚闹鬼了！”

“嗯……等等，哪里？！”

“教学楼，别怀疑，就是你昨晚自习的地方，七层的洗手间。我其实早就想跟你说了，但是怕吓到你，影响你考试。”

七层都是通宵自习室，也就是向暖上自习的地方。

向暖心里感觉毛毛的，用力摇头道：“肯定是假的，你看小说看多了。”

“真的真的，你知道为什么会是七楼吗？因为七是至阴的数字，九是至阳的数字，所以闹鬼的楼层一般就是七楼、十七楼、二十七楼之类的。哦，对了，还有，知道为什么鬼喜欢出现在洗手间吗？”

“为什么呀？”

“因为洗手间是世上阴气最重的地方。”

向暖起了一身鸡皮疙瘩：“假的假的假的！”

“是真的，有人亲眼所见，他还自曝身份了呢，是土木系大二的。他说那个鬼还老问他，自己是不是鬼，看起来很需要认同感……不信你自己去论坛看，热帖第一。”

向暖其实挺害怕的，可又控制不住犯贱的手，点开论坛。

论坛热帖第一并不是什么闹鬼见闻。而是……

主题帖：昨晚有人在教学楼 702 自习吗？哈哈哈哈，我终于看到了传说中正三角形的三角恋！

发帖人：糖铁蛋。

内容：我离得比较远，也不敢老回头看，照片比较模糊，大家凑合看。亮点自寻。

帖子中附有两张照片，跟帖很多很热闹。

——我也在，我没拍照。我好想坐过去，可是又不敢，沈则木气场太吓人。

——佩服向暖学妹的定力，有这么两个帅哥坐我旁边，我绝对学不下去。

——我们暖女神自己就颜值逆天，还会为别人的颜值倾倒吗？笑话。

——举手，报告老师，我找到了亮点……一开始向暖坐中间，后来沈则木坐中间，他们之间发生了什么？

——没人注意到衣服的变化吗？林初宴穿了沈则木的衣服。他们俩的衣服颜色一样，但款式不同，仔细看。

——天哪，楼上好眼力，是真的！

——穿错衣服了？这是提上裤子之后才有的剧情吧？他们俩干什么了？我的天，我不能脑补下去了……

——不能脑补了……心疼我暖女神。

——明明是向暖左拥右抱好吗，沈则木各种给她讲题。林初宴和她交头接耳不要太亲密哦。没错，这里也是现场的一分子。我都要考试了还有心思刷论坛，醉醉的。

——昨晚到底有多少人在现场?

——我好后悔，我为什么听课那么认真，为什么不期末去通宵，那样我就能看到百年一遇的正三角形的三角恋了。

——我没去现场，不过我今天在食堂看到向暖和林初宴一起吃饭，林初宴给向暖剥了鸡蛋。林初宴笑得可宠溺了！嗷！我和闺密看得都走不动道了！如果林初宴给我剥鸡蛋，我愿意陪他睡觉。

——楼上醒醒，林初宴还缺陪睡的吗？沈则木都被他放倒了 OK？

——放图三张，图里的 ID 初神就是林初宴，泽木是沈则木，昨天夜里两人屡次双排，在向暖沉迷学习无法自拔的时候。

——楼上的料好给力！哈哈哈哈哈，我又要心疼向暖了……

——现在心疼太早，据我所知，沈则木玩打野的韩信、赵云比较多，但是你们看他和林初宴双排玩的啥，貂蝉、大乔、蔡文姬！很明显是个妹子在玩。我大胆地猜测一下，用沈则木的账号和林初宴双排的是向暖。

——福尔摩斯现世……

——有道理有道理。所以谁能告诉我，老子该怎么站 CP？我现在很迷茫，比孤独无助地坐在偏微分方程的考场里更加迷茫。

——别站 CP 了，站 3P 吧，哈哈哈哈！

回帖还在增加。有些人要赶赴考场，暂时撤退；有些人正好从考场出来，于是加入讨论大军。向暖发现这些人的脑洞比黑洞都大，猜来猜去，都快编出一本小说了。她好尴尬。

比她更尴尬的是沈则木。向暖只是被人猜测到底喜欢哪个男生，性取向至少是牢固的。他倒好，一会儿直一会儿弯，跟一般男生传绯闻，沈则木最多是当没看到，可是跟林初宴这种人传绯闻……不好意思，忍不了。

于是他果断投诉删帖。

沸沸扬扬的八卦就此告一段落，同学们又投入到火热的复习当中。

向暖后来看了那个闹鬼的帖子，她感觉好害怕，晚上不敢去教学楼了，于是就在图书馆自习。好在剩下的几场考试难度不太大，白天好好自习，也能应付过来。

考完试，就迎来了最振奋人心的时刻——放假啦！

仿佛野猪放归山林，向暖别提多自在了，回家先把《王者荣耀》装回来，玩了一整天。因为心态比较浪，所以输比赢多。

“对不起，我不会浪了。”向暖感觉自己拖了队友的后腿。

“没事儿。”林初宴说，“你收件信息给我一下。”

“干什么呀？”

“新年礼物。”

林初宴说完这四个字，发现身旁的郑东凯在瞄他。

郑东凯今天跑来他家做客，这会儿他问林初宴：“初宴，你怎么不给我送新年礼物？”

林初宴一挑眉，看着他：“你需要？”

郑东凯从他的目光里读出标准答案，于是把脑袋摇得像拨浪鼓：“不不不，我不需要。”

向暖发现林初宴好喜欢送礼物，她都没正儿八经送过他礼物呢，但是送他什么呢？送个皮肤？不好，太便宜了。

林初宴有什么爱好？

向暖想了一下，她能确定的好像只有一个——林初宴喜欢喝茶。

就算是去了咖啡厅，他也很少喝咖啡，都是喝茶。

向暖跑去翻向大英同志的茶柜，找到一盒包装最漂亮的茶叶：“爸爸，借我一盒茶。”

向大英正在修剪一盆金橘树，他从小灯笼般的金橘前抬起头，奇怪地看着女儿：“干什么？你要喝啊？”

“不是，送人。”

“送人别拿那个，那个不好喝。”向大英直起腰，放下剪刀，洗完手，这才走过来，从柜子里拿出另一盒，“这是我学生送的，他们家自己采制的白茶，市面上买不到……你是给老师送吗？”

“嗯。”向暖支吾了一下，看着那装茶叶的盒子，“这包装不好看。”

“你都已经是个成年人了，不要总干买椟还珠的事儿。”向大英借机对她进行思想教育，他又找到另一个盒子，把茶叶分开，“我留点，不能全给你老师。”

向暖出门，去茶叶店买了个没贴任何商标的盒子，回家自己用贴纸美化了一番。素净的淡蓝色盒子外壁贴了几片白色雪花，雪花有大有小，错落有致，盒盖正中也贴了个雪花形状的装饰。这样一看，就非常小清新了。

她把茶叶寄给林初宴的第二天，也收到了他的礼物。

好大一个纸箱，比冰箱都大，向暖签收的时候蒙成了羊驼。

这是什么鬼，他不会送给她一个移动厕所吧？有必要吗？

超大型的快递惊动了爸妈，向大英夫妇也过来围观。

向大英用剪刀把快递拆开，任丹妍看到里面那东西的全貌后，有些奇怪，问向暖：“这是鱼吧？”

向暖在笑：“这是鲲。”

庄周的鲲。

她一开始参加校内竞赛就是为了这个东西，她自己都快忘了，没想到，林初宴还记得。

向暖把那只巨无霸鲲拖进自己房间，她坐在上面，给林初宴打电话。

“喂，林初宴，我收到礼物了，谢谢你。我……很喜欢。”

林初宴“嗯”了一声，说：“你可以给它取个名字。”

“哦，那叫初宴好了，哈哈。”

“挺好的，你以后玩庄周，就是骑着初宴去战斗。”

向暖：“……”

林初宴笑出声：“你这流氓。”

向暖觉得，自己刚才真是脑子秀逗了才会感动。

第十七章 其实我挺想你的

林初宴收到向暖的礼物后，一整天都吊着嘴角。

林雪原回家吃饭，看到儿子这样，十分像是一位刚刚获准出院的精神病患者。林雪原朝林初宴努了一下嘴，悄声问越盈盈："他怎么了？"

越盈盈长得娇小玲珑，温婉秀气，保养得很好，从外表看不出有四十多岁。这会儿她笑着，偷偷对丈夫说："你说，初宴会不会真的恋爱了？"

"问问不就知道了。"林雪原说着，抬高声音，"喂，小子。"

"嗯？"

"你是不是交女朋友了？"

林初宴本来挺开心的，可是爸爸一句话把他问得扎心了，他低头答道："没。"

吃过晚饭，林初宴回自己房间，和向暖连麦打游戏。

向暖给他发了一条新闻页面，是关于《王者荣耀》冬季高校联赛的。

冬季高校联赛在寒假举办，只要是在校大学生，就能报名参加。以队伍为单位进行报名，每个队伍里的五个人必须来自同一学校。

"我们要不要试试呢？"向暖问，"省级冠军有一万元的奖金呢，大区冠军有两万，全国冠军有五万，加在一起就是八万！林初宴，我们要发财啦！"

林初宴低头笑了笑，明知道她没别的意思，可是他从“我们”两个字里，蛮不讲理地听出了一点缠绵的味道。他答道：“好，反正又没事儿可做。”

当晚，林初宴就联系了时光战队的其他队员。郑东凯一听有奖金可分，很高兴，但其他两个人就有点麻烦了。毛毛球去了国外探亲，在国外玩这个游戏网速太慢，而且又有时差；大雨家里开着饭店，过年这段时间饭店特别忙，他要帮家里做事情。

第二天，林初宴把他们面临的现实困难跟向暖说了。

向暖想了一会儿，说：“我问问别人。”

林初宴知道她说的“别人”是指谁。他既不想沈则木加入，又希望沈则木加入，因为想要她赢。

林初宴纠结了一天，晚上得到向暖的“好消息”——沈则木和歪歪都答应加入他们的时光战队，这样一凑，恰好是五个人。

“我们要组一个最强战队了。”向暖说这话时很兴奋。

这一刻，林初宴觉得，也许他的情敌并不姓沈，而是姓王。

向暖说他们是最强战队，倒也不夸张，因为本来就是校内联赛第一和第二的队伍，放在南山大学确实是最强无疑。

高校联赛的主要赛事在年后，年前是校内选拔赛——每个学校报名的多支队伍进行单败淘汰赛，最后只剩下一个获胜者，年后参加省级联赛。如果在省级联赛名次好，就可以继续打大区赛、全国赛。

“如果最后我们把所有冠军都拿了，每个人可以分到一万六，你们拿到钱想买什么呀？”向暖问几个小伙伴。

她已经开始构想比赛奖金要怎么花了。

这会儿新的战队成员聚在一个讨论组里，郑东凯听她这样问，开玩笑道：“我想买个女朋友。”

歪歪说：“你现在就能买，淘宝两百块包邮。”

“闭嘴。”有向暖在时，林初宴不能容忍他们乱开玩笑。

这时，沈则木提出一个很现实的问题：“我们有两个打野，两个辅助。”

如果按照现在这样的阵容打比赛，别说什么奖金了，能从校内淘汰赛里突围出来都算奇迹。

向暖问歪歪："歪歪学长，我只会玩辅助，你能玩别的吗？"

"那我玩上单吧。我杨戬用得还可以，老夫子也行。"

好，辅助重复的问题解决了，剩下的是打野重复。

没等郑东凯开口，沈则木说："我用射手吧。"

一般来说，射手和辅助是绑定的，辅助最主要的任务就是保护射手。所以向暖要围着沈则木转了。

林初宴没来由地脑子一热，说："我用射手。"

"林初宴你别捣乱。"向暖说。

五个人里只有林初宴是专门玩法师的，他的位置不可以变动。

于是阵容就这么愉快地决定了。然后他们组队去五排，林初宴心情不佳，在游戏里泄愤，拿了手安琪拉，专门趴草丛阴人。

很多拥有爆炸伤害的法师都需要一定时间成长，比如妲己、小乔、貂蝉。但安琪拉不是，安琪拉只要一到四级就拥有秒人的实力了。

五人排位的王者局里，没有一个是菜的，除非遇上那种专门的掉分车队。

在这样的局里，安琪拉出现得很少，可偏偏今天出现了，还连着蹲死了对面两个人。

林初宴用安琪拉的时候并不多，向暖是知道的，这会儿她都说不清楚他是运气好还是预判准了。

对手被安琪拉连收两个人头，感觉不太好，后来就一直针对安琪拉。

安琪拉真是太好针对了……

"保护我。"林初宴小声说。

向暖扔下沈则木，往林初宴这边跑。她用自己雄伟的身躯，保护了弱小的安琪拉。

"别怕！"向暖说。

"嗯。"林初宴的声音带着点笑意。

向暖"嘿嘿"地笑，她自己都不知道自己在笑什么。

沈则木轻轻“哼”了一声。

向暖不逛街，也不和同学聚会，成天宅在家里打游戏。她最近打游戏的时候喜欢坐在林初宴送给她的那只大鲲上，还要像庄周一样盘腿坐着，仿佛在修仙。

任丹妍有时候看到她盘腿坐在一条大鱼上，两眼放光地喊打喊杀……简直无法直视。大学不是象牙塔吗？怎么成了大染缸？宝贝女儿才上了半年大学，就变成这样了……还有三年半，可不敢想了……

任丹妍忍无可忍，强制把向暖拖出去，逛街、买衣服、买包包、做头发。这么漂亮的女儿，就该好好打扮。

向暖在理发师的建议下，把头发给烫了个大波浪。烫完头发，她感觉还不错，可妩媚可动人了。

她对着镜子，把头发拍下来，发给林初宴。

向暖：好看吗？

林初宴：好看，像海带成精。

向暖感觉不能好了。她在镜子前摸着头发，看了好半天，最后气道：“哪里像海带成精了啊？”

理发师感觉自己受到了羞辱。

任丹妍做了个保养。挺高兴，两人从理发店出来，任丹妍带着向暖去买衣服，见女儿嘟着个嘴，看着不太高兴，她摸了摸向暖的头，说道：“挺好看的呀，怎么了？”

向暖哼唧一声，正在苦思冥想该怎么去羞辱林初宴。这个时候，闵离离给她发了条信息。

闵离离：暖傻，我跟你说，我刚吃了五个烧饼！撑死我了，哈哈哈哈！

向暖突然愣住了，不是因为闵离离吃了五个烧饼，而是……

为什么她刚才烫了头发没有发给闵离离看，也没有发别人，而是第一时间发给了林初宴？

任丹妍看到女儿盯着手机愣神，她气得推了一把向暖的脑袋，说道：“你以后是打算嫁给手机吗？”

向暖揉着头，嘀咕：“不是啊……”

“你今天别想给我玩手机了。”任丹妍说着，把向暖的手机没收了。

向暖感觉不能接受，装可怜：“妈，我已经成年了……”

任丹妍不为所动，把手机放包里死活不掏出来。她带着向暖去逛街，试衣服，买买买。

向暖一试衣服就把手机的事儿忘了，母女两人买得不亦乐乎，不只买了衣服，任丹妍还给向暖又添了些化妆品。

向暖刚上大学那会儿确实有过沉迷化妆的一段时间，然后她沉迷《王者荣耀》，就没有然后了。

任丹妍本来觉得女儿漂亮又年轻，不需要化妆，现在向暖真的一点不化妆，当妈的又拧巴了，非要给她买。

买了半天东西，她们准备打道回府的时候已经是晚饭时间了。向暖在购物广场的一楼看到有人在搞活动，临时搭建的展台，背景墙上是巨幅海报，海报的内容是《王者荣耀》。

咦咦咦？她的眼睛瞬间亮了。

向暖拉着妈妈挤过去看热闹。任丹妍根本不清楚状况，以为是什么促销，结果走近时，看到几个姑娘小伙穿得奇奇怪怪的，戴着颜色各异的假发。

到底卖什么啊……任丹妍有点迷茫了。

那些在任丹妍眼里打扮奇怪的人，其实是几个coser，cos的都是《王者荣耀》里的人物。

向暖走到“王昭君”身边，问是怎么回事儿，“王昭君”给她解释了。

原来是购物广场自己搞了个《王者荣耀》比赛，只要凭本广场的会员卡就可以报名和参赛，没有会员卡的可以去服务台那里办。

今天举行的是solo赛，购物广场邀请了八位高手坐镇，只要连续打败八位高手，就能够获得价值两百元的购物卡。

“妈妈，我也想参加。”向暖扯着任丹妍的衣服，撒娇。

任丹妍感觉这个世界不能好了，怎么到处都是玩游戏，无孔不入。不过刚才向暖逛街很配合，现在任丹妍决定奖励她，于是把手机还给她："去吧，快点。"

向暖开着貂蝉，连续打败了七位高手，在第八位那里翻车了。她感觉前七位高手有点水，不过第八位挺强的，两人都用的貂蝉，明明同样的操作，但是人家的钱就是比她多，经济比她好。

她知道是为什么——这位高手补兵补得好。在游戏里，如果小兵的最后一击是由英雄完成，那么这英雄就能获得更多的金钱，所以打兵的时候尽量要保证这兵是由玩家打死的，而非死于防御塔或者己方小兵的刀光剑影里。

这不是多难的技巧，但需要勤加练习才能做好。向暖一个玩辅助的，在游戏里多分一些经验、金钱都像是罪过，所以她补兵的机会很少，这方面水平一般。

输在最后一关，向暖有点遗憾。

第八位高手安慰她："妹子，你打得很好了，加个好友以后一起玩。"

"好哦。"

加完好友，"王昭君"走过来，给了她一份纪念品，是一个珠宝店送的玉石手链，绿色的玉石由一根红色的细绳穿着，从包装到做工都仿佛是产自小商品批发市场。

这算是安慰奖吧。

"王昭君"说："下周有组队赛，可以提前报名，冠军奖金有一万块哦。你要不要试试？"

向暖有点遗憾："唉，可是我没有队伍，我就一个人。"

"这样啊，那挺可惜的，你再找找呗。"

"嗯。"

走出购物广场，任丹妍把那玉石手链放在掌心看了看，一脸嫌弃："这是塑料的吧？"

"好歹是赢来的，妈妈，你不为我骄傲吗？"

“我的小乖乖，你玩了一个小时赢来一块塑料，妈妈为你骄傲。”

向暖：真的是亲妈吗……

向暖他们为这次比赛建了个微信群，群名称是“为了发财向前冲”。微信群常驻五个人，但是今天晚上向暖惊悚地发现，群人数是六个人。

她翻看名单，发现多出来的是一个叫杨小爷的，头像是一只大脸猫眯着眼叼支烟。怎么看都不像正经人哎……

这是什么情况啊？

仿佛听到了她的心声，杨小爷突然说话了。

杨小爷：怎么没人欢迎我？

向暖心想，不管认不认识，先欢迎一下再说，于是她在群里开口：欢迎欢迎，热烈欢迎。

沈则木：你先把群名片改一下。

三秒钟后。

杨大爷：可以了。

沈则木：……

沈则木：改成自己的名字。

又过了三秒钟。

杨茵：好了吧？真啰嗦。

向暖越来越好奇了，这个神秘人到底是从哪儿跑过来的？而且看这名字，杨茵，应该是女生吧？女生的话，怎么又是杨小爷、杨大爷？好混乱啊……

幸好，沈则木没让她混乱太久，他说：我介绍一下，这是杨茵，一位游戏教练，这段时间恰好有空，可以过来帮我们忙。

高校联赛越往上打越是高手如云，想要夺冠总要多做点准备，以沈则木的性格，当然是把握越大越好。正好，陈应虎来沈则木家玩，沈则木就拜托陈应虎找来一个教练。

陈应虎拍着胸脯说这位教练水平很高，可现在沈则木感觉这杨茵有点不着调……

向暖看到沈则木的介绍，立刻肃然起敬，说：杨教练好！我是我们队的辅助，你可以叫我向暖或者暖暖。

杨茵：暖暖你好，不用那么客气，你们叫我茵姐姐就好啦。

向暖：哦哦，你多大呀？

杨茵：二十一。

向暖：那我是该叫你姐姐，我过完年就十九了。不过茵姐姐，你二十一岁就能当教练啦？好厉害啊！

杨茵：我十六岁就出来打职业了。

向暖：哇！

沈则木看着她们的聊天记录，心想，难怪这杨茵可以和他那表弟玩到一块儿去，都是不上学光想着打游戏的主儿……向暖这崇拜的语气是什么意思，辍学打游戏很光荣？

林初宴家里来了客人，他像个吉祥物一样被爸爸抓去和客人说话，客人对着他好一顿赞美，无脑夸，闭眼吹，林初宴听着有点尴尬。

林雪原总算把他放走了，林初宴终于回到手机旁边，看到向暖他们正在聊天。

杨茵这人，林初宴听陈应虎提过，十六岁辍学打职业电竞，之前一直打的是别的游戏，今年突然转来《王者荣耀》做教练，刚找到工作没多久，不小心把战队老板的手打断了，就此丢了工作。也是一段闻者伤心，听者落泪的经历了。

林初宴暂时没讲话，就看着杨茵在微信群吹水，讲自己这些年在电竞圈的经历，向暖听了一会儿，崇拜得不行。

隔着屏幕，林初宴仿佛能看到向暖身后多出一根毛茸茸的尾巴，在那儿摇啊摇。他摇着头，无奈地笑了笑，加入聊天队伍。

林初宴：教练好，我是林初宴，法师位。

杨茵：初宴你好，小老虎讲过你，你是暖暖的男朋友吧？

向暖：不是。

沈则木：不是。

林初宴看着那整齐跳出来的两条消息，唇畔的笑容渐渐消失。

他删掉输入框里已经打好的字，改为：虎哥开玩笑的。

发送。

向暖看到林初宴的消息，突然醒悟：茵姐姐，你是虎哥介绍来的呀？

杨茵：对呀。

向暖：小老虎这个称呼好萌啊，哈哈哈哈！我也好想喊虎哥小老虎……

话题立刻转到虎哥身上，刚才那个误会只有他一个人在意，在别人眼里，那只是偶然吹过的一阵风，没有痕迹，说散就散。

林初宴看着向暖最新的聊天消息，笑了笑，又有点难过。

在她心里，他到底占据着多少位置？比不上《王者荣耀》，比不上沈则木，是不是连虎哥也比不上，连忘却也比不上，连这第一天认识的教练也比不上？

林初宴叹息一声，靠在床上，看着他们聊天。

向暖问：茵姐姐，你是哪里人呀？

杨茵：我老家C省的，不过我现在在南山市。

向暖：好巧哦，我在南山上大学，我们几个都是。林初宴他们家就在南山市。

向暖：林初宴，说句话。

林初宴：说什么？

向暖：说什么都行啊，对了，我今天看到一个好玩的事儿。

向暖发了两张照片。

向暖：我们这边的购物广场在搞活动，《王者荣耀》比赛，冠军一万块。好想参加，星星眼。

林初宴：那就参加。

向暖：哈哈，不行的，要组队报名呢，你给我变出四个队友啊？

林初宴：好。

林初宴想跟他爸爸借一辆车。

林雪原一听，问道：“借车干吗呀？”

“和同学出去玩。”

“行啊，可以，不过我跟你丑话说在前，你要是把车擦了碰了，自己掏钱修。”

“不是有保险公司吗？”

“我说，你这是求人的语气吗？”

林初宴感觉，他爸可能巴不得他开车出现剐蹭，那样他好不容易攒的一点家底就都交代进去了。

出于谨慎，他从爸爸的收藏里选了一辆比较便宜的车。

林初宴、郑东凯、歪歪，三个人都是南山市本地人，加上杨茵，正好四人。几人都无事可做，一听说要去临市赚外快，欣然应允。

林初宴开车去预定的地点接他们三个。歪歪住得比较近，是先到的，林初宴把车停在路边，摇下车窗叫他。

歪歪有些意外：“哪来的保时捷啊？”

“借的。”

“啧啧，我怎么就没这样的土豪亲戚。”歪歪一边感慨着，一边上了车。

林初宴说：“有没有，区别也不是很大。”

歪歪点头：“那倒是。”

不一会儿郑东凯和杨茵陆续到了。三个男生都是第一次见这位教练，此刻忍不住多打量了几眼。杨茵中等个子，留着短发，可能是宅太久不出门的原因，皮肤很白，薄薄的单眼皮，笑的时候唇边有一个小梨窝……总体来说，气质很邻家，像个乖乖女。

难以想象，这样一个姑娘会有在十六岁时就退学打职业的魄力。

几人都到齐后，杨茵问林初宴：“我们开车要多久？”

“不到两个小时。”林初宴说着，开了导航。

导航的目标是一个小区的名字。

“直接去向暖家？”

“嗯。”

杨茵虽比他们大不了多少，可毕竟已经出来工作好几年了，这会儿想得周全一些，问道：“那我们要不要带点东西？向暖爸妈今天在吗？”

“我后备厢里有些水果，不用买别的了。”

“哦哦。”

林初宴至今忘不了向暖爸爸看他时的目光，审视里带着一点淡淡的仇视，仿佛在看待一个想要偷他们家孩子的坏蛋。

林初宴不敢表现得太殷勤，过犹不及，所以只准备了一些新鲜水果。

向暖家住的是一栋三层的联排，一进门是一个院子，院子里种着些花花草草，春夏秋时能看到。现在冬天，都枯掉了。有一些花草向大英比较宝贝，就搬进室内过冬。

眼前的院子里唯一惹眼的是一个浅碧色仿古的阔口缸，夏天的时候缸里养着荷花和鱼，眼下就是一个缸。向暖看电视上东北人冬天都用缸做酸菜，她有一次跟妈妈提了这样的建议，反正闲置不用也浪费嘛……妈妈说她是智障。

林初宴他们几个提着水果跟着向暖，歪歪神色夸张，对向暖说：“向暖，原来你是白富美，家住大别墅。”

向暖哈哈一笑：“这个房子买得早，当时还比较便宜……而且也不算大。”

林初宴没说话，低头笑着听他们聊天。

向大英夫妇热情欢迎了女儿的“战友们”，拿了好多吃的喝的，向暖说：“我们回来再吃，”说着招呼大家，“我们先走吧，快来不及了！”

“急什么呀。”任丹妍不以为然，“你让初宴他们喝口热水，大老远的来找你，屁股都没坐热，你像话吗你。”

“回来再喝，我们该打仗了，走了走了！”

几个小伙伴离开后，任丹妍指着门口，跟向大英抱怨：“你说，她这急性子随谁？”

向大英一乐：“你说呢？反正我不是急性子。”

任丹妍也不理他，拉开门，看到向暖正和杨茵手拉着手，几人越走越远了。任丹妍朝着向暖的背影喊：“暖暖，你围巾还戴不戴？”

“不戴了！”向暖中气十足地回了一句，声调抬高，音色显得脆甜，像秋天刚从树上摘下来的鸭梨。

向暖对杨茵有一种发自内心的崇拜感，杨茵一见到向暖也喜欢，妈呀，这么好看的女孩子谁不喜欢？所以两个人一见如故，相谈甚欢。

林初宴落在后面，看着她们牵在一起的手，他……好嫉妒。

购物广场的比赛有三十多个队伍报名，按照规定进行三局两胜单败淘汰，现场还有围观群众的参与环节，猜冠军之类的，弄得有模有样。

向暖他们队一出现就获得了极高的人气，很多围观群众把选票投给他们。选票是凭购物小票换的，数量有限。

向暖好高兴，又有点小羞涩，摸着下巴一脸深沉地说：“看来我们浑身散发的王霸之气太明显了。”

歪歪不忍心提醒她，围观群众主要是看脸。

几人准备就绪，找到座位坐下。向暖和杨茵挨着，她发现杨茵一坐下准备游戏，整个人的气质都变得不一样了。杨茵看外表就是一个邻家小妹，现在气场全开，又专注又迷人，像个女王。

“茵姐姐，你有什么要说的吗？”向暖问。

杨茵想了一下，说了两个字：“躺好。”

向暖心想：好霸气！

歪歪心想：好色气！

杨茵今天补的是沈则木的射手位，他们从上午打到傍晚，向暖真的产生了躺赢的感觉。她的责任是保护射手，可杨茵的射手太稳了，总是能高效率地运营，总是知道自己什么时候该出现在哪里，团战时总是能找到安全的站位，总是能把自己的伤害打到最大化……这样的射手让人操心不起来，向暖把辅助玩成了咸鱼。

“茵姐姐，你怎么打得这么好！”向暖又崇拜又羡慕。

杨茵笑道：“我是专业的。”

“那些专业的人都像你这样厉害吗？”

杨茵想了想：“说实话，大部分都比我厉害，我现在只是个教练。”

真是，太可怕了……

在职业级水准的带领下，向暖他们最后拔得头筹，赢得了一万块的奖金。

向暖很激动，心情好到爆，几乎要飞到天上去了。

如果有人给她两千块钱，她可能也就高兴一下，但现在这钱是通过他们自己的实力赢来的，那感觉就完全不一样了。拿着钱，她好想高喊一句“老子天下第一”！

赢了比赛，几人跑去聚餐，作为地主，向暖当然要请客啦。

晚饭吃的烤肉，喝的啤酒。林初宴要开车，不能喝，其他人喝得都有点多。

杨茵喝得上头，脸泛红，拉着向暖的手吐槽：“我跟你说，女孩玩电竞，比男的难一万倍……”

“可不是嘛。”向暖深有同感，“我赢比赛，别人说我是代打，问原因，人家说是因为我长得漂亮。这是什么逻辑……”

“说你代打算好的了，你知道别人说我什么吗？”

“说你什么呀？”

“说我……”杨茵眯着眼拍了拍桌子，声音陡然抬高，“说我主力的位置是睡上去的！哈哈哈，你说搞笑不搞笑？”

向暖好生气，用筷子敲盘子：“他们都是一群王八蛋！”

“对，一群王八蛋！我们喝酒！感情深，一口闷！”

“闷！”

林初宴拿着个不锈钢的夹子，夹了些烤好的蘑菇和牛肉放到向暖的碗里：“吃点东西，别光喝酒。”

歪歪拿着另一个夹子，给自己、郑东凯、杨茵夹了些吃的，然后歪歪和郑东凯一边喝酒一边吐槽这个看脸的世界有多肤浅。

某种程度上，歪歪和郑东凯非常有共同语言。他们都和风云人物是好友，像是月亮旁边的星星，如果放在别处，也许还能有些亮眼，但是待在月亮旁边，总会被衬托得暗淡无光。

一桌人各有各的苦水要倒，林初宴也有苦水，但他倒不出来。

后来四个人都喝高了，林初宴把这些醉鬼扶上车。

郑东凯他们三个坐后面，向暖坐在副驾驶。

他把她放在座位上，她就老老实实地待着，因为喝得太多，眼神都有些迷茫。

林初宴上车，关好车门，见她傻乎乎地望着他，笑了一声："呆子。"说着，拉下安全带，帮她扣好。

他帮她扣安全带时，两人离得很近，向暖借着车内的灯光，看着眼前他半明半暗的脸庞。

"你长得真好看。"她说。

林初宴笑了，撩起眼皮望着她的眼睛，四目相对，他低声说："谢谢，你也是。"

他坐回去，发动车子。

车子驶出去一会儿，向暖突然唤他："林初宴。"声音软绵绵的。

他听得心口一软，应道："嗯？"

"其实我挺想你的。"

林初宴突然一踩刹车。

向暖的身体剧烈晃动，不过有安全带挡着。后面那三位就惨了，郑东凯直接往前摔出去，半个身体卡在向暖和林初宴的座位中间，不自觉地伸过来一个脑袋。

林初宴默默地把他的脑袋按回去，然后林初宴侧脸看着向暖。

向暖歪着脑袋，垂着眼帘，不知道是醉还是醒。

林初宴揉了揉她的头，柔软的发丝有些凉，他轻声说："我也是。"

向暖安坐着，任他摸头，乖得不像话。

他真希望每天都能这样揉她的头。

林初宴把后面的几位安顿了一下，都给系上安全带，然后再次开车上路。

他打开音乐，调低音量，接着低声唤身旁的人：“向暖。”

“嗯？”

“如果我和沈则木同时掉进水里，你救谁？”

“你是谁呀？”

“我是林初宴……如果林初宴和沈则木同时掉进水里，你救谁？只能救一个。”

向暖用食指挠着下巴，似乎是在认真思考。思考了一会儿，她答道：“我救林初宴吧。”

林初宴笑了，笑容缓缓地展开，满心都是悸动和满足。

过了一会儿，她突然又说：“可是我不会游泳呀。”

“我教你啊。”

第十八章 因为我相信你

林初宴停好车，叫醒向暖：“向暖，醒醒，你到家了。”

“嗯。”她不愿意醒。

“回家再睡。醒醒……向暖，我们的高地塔已经被敌人拆了，马上就拆到水晶了，你快起来去清理兵线，一定要保护好水晶。”

“啊！”向暖果然惊醒，一下子坐直身体。

林初宴哭笑不得。他将她的安全带解了，然后下车，走到副驾驶那边，拉开门。外面风大，又冷，他担心她感冒，帮她整了整衣服，羽绒服的拉链往上提，帽子扣好，严严实实的。

就这样还不放心，他又把自己的围巾也给她裹上，裹得只露出一双眼睛。

虽然喝多了，但向暖还是能自己走路的，就是走得不太稳，像个刚刚学步的小孩。林初宴扯着她的一条胳膊，防止她跌倒。

夜色很安静，天空湛蓝，没有星星。

林初宴把向暖送进家，任丹妍看到向暖喝成这样，很不像话。她这女儿哪儿都好，就是爱喝两口，是个小酒鬼。可一个女孩子家家，在外面喝醉了，万一遇到坏人把她卖了怎么办？

当然，任丹妍的抱怨只在心里，并没有说出口，她怕林初宴多想。

林快递员成功把醉鬼派送到家，圆满完成任务。任丹妍让他坐下休息一会儿，林初宴摇头道：“阿姨，我得回去了，以后有时间再来看望您。”

“你们现在开车回南山市吗？”

“嗯。”

任丹妍皱了下眉：“这都快十点了，你到家得十二点了吧？大晚上的，你们这一天肯定特别累……”

“阿姨放心，我开车很稳的。”

任丹妍摇头：“不行，我不放心。”

在她看来，林初宴就算再稳重，但到底是年轻人，更何况，人是向暖招来的，大老远地把人折腾来，现在又让人家开夜车回去？总感觉过意不去，不能这么欺负老实人啊。

于是任丹妍说：“你们明天再走吧，在这儿住一晚，我家有客房的。”

“不用了阿姨，太麻烦了。”

这时，向大英抱着小雪假装路过，凑过来插一嘴：“咱家客房太乱了，不如让他们住酒店吧？我来安排。”

任丹妍：“你闭嘴。”

向大英抱着猫默默地飘走了，走之前看了林初宴一眼，眼神充满了警告。

林初宴感觉这位叔叔的警惕心太强了，他能对向暖做什么？

任丹妍还在坚持，对林初宴笑了笑说：“听我的，今晚就住下吧。初宴，你把他们几个都叫过来。”

他们几个，叫是叫不过来的……

等林初宴将剩下的三人一个个搬过来，任丹妍才猝然醒悟自家女儿是多么矜持。至少，向暖还是能自己走路的……

然后任丹妍又想：林初宴这孩子，看着挺瘦，力气还真大……

接着又想：四个人都喝醉了，他还能为了开车滴酒不沾，挺难得的。

向暖这一晚睡得很沉，天亮后突然做起了梦，梦的内容有点奇怪——

她梦到沈则木掉进水里淹死了……向暖就被吓醒了。

醒来之后，她解读了一下那个梦的意思。如果从科学的角度来讲，可能是因为最近看到了几则因为滑冰而掉进冰窟窿里淹死人的新闻；如果从玄学的角度来看，这梦境很可能暗示着什么。

向暖精神一振，摸过来手机给沈则木发了条消息：学长，你最近不要去乱七八糟的地方滑冰，最好不要离河边太近。

沈则木回复的内容是一个问号。

向暖解释：我梦到你淹死了。

沈则木：……

过了片刻，沈则木回：谢谢。

感觉这两个字说得好勉强，向暖回了句“不客气”，接着退出微信，扫了一眼手机里的新闻推送。她看到有一条新闻是，昨天晚上在灵樨市通往南山市的高速上出了连环车祸，十几辆车撞在一起，死了好多人。

好惨啊……等等，昨天晚上？灵樨通往南山？

向暖心口咯噔一下，顿时冰凉一片。

她就记得昨晚喝酒了，后来呢？林初宴他们走了吗？如果他们恰好昨晚离开……不不不！

向暖的脑子里轰的一下，不敢继续想下去。她快崩溃了，掀开被子鞋都顾不上穿，光着脚噔噔噔地跑下楼，一边跑一边喊：“妈！妈！出事儿了！！”急得声调都变了，隐隐还带着哭腔。

任丹妍的声音从餐厅传来：“怎么了？”

向暖直接跑进餐厅，刚要说话，发现餐桌旁围着坐了好多人，林初宴、郑东凯、杨茵、歪歪……他们都在，此刻正面带诧异地看着她。

她悬起的一颗心立刻落下来，红着眼睛看他们：“吓死我了，我还以为……呜呜呜……”

任丹妍说：“你一大早发什么神经……”说着也不看她，扭过头，“尝尝这虾饺，小茵、初宴……你们都尝尝，这家的虾饺可有名了，要排队才能买到。”

向暖刚才太激动，现在胸口还在起伏。她感觉有些口干舌燥，去倒水喝。

林初宴奇怪地看着她：“地上不凉吗？”

向暖这才发现自己没穿鞋，好窘，赶紧去穿了双拖鞋。

林初宴莞尔，低头牵着唇角。

向暖吃早饭时，问她妈妈：“爸爸呢？”

“去参加什么文艺界人士的座谈会了。”

“哎，你们听说新闻没？”向暖把手机给几人看，“昨晚出车祸了。”

杨茵点头：“听说了，好险好险。要不是住你家，我这条小命可能就在睡梦里交待了。”

林初宴说：“幸好昨晚阿姨坚持没让我们走。”

任丹妍笑道：“你们呀，是吉人自有天相。”

吃过早饭，任丹妍让向暖带着林初宴他们在灵樨市玩一玩，来都来了，总要转转，可以明天再回去。

向暖带他们去了灵樨山。

灵樨山海拔只有几百米，好小的一座山，夏天时浓荫蔽日，还能有些看头，这会儿是冬天，又没下雪，不好看。不过山脚的灵樨寺据说很灵验，香火一直很好，现在快过年了，更加好了。

向暖他们烧完香，租了两辆双人自行车，又开了一辆小黄车。

林初宴看到向暖对着自行车皱眉头，紧张兮兮的，他有些意外：“你不会骑？”

向暖还有点傲娇：“很奇怪吗？好多人都不会骑。”

“不奇怪，我和你骑一辆。”

“那好吧，我坐在后面。”

“你坐前面。”

向暖一脸的视死如归。她嘟着嘴，白皙的脸蛋鼓起来，小眼神可怜巴巴的。

林初宴心想，怎么会有这么可爱的人。

两人骑上双人自行车，林初宴坐在后面耐心地指导向暖。向暖掌握不好平衡，车头歪歪扭扭的，像自行车里的醉鬼。

“要我怎样做你才不紧张？”林初宴在她身后问，“给你唱歌？”

“不不不，你一唱歌我更没心思骑车了……”

林初宴闷笑。山风吹下来，其实有些冷，但他心里有一团小火苗烤着他，驱散一切寒意。

向暖笨拙的初体验并没有发生她担忧的摔倒事件，因为林初宴的两条长腿自带了支架功能，她感觉到自行车即将失控时，他总是能第一时间放下腿，踏踏实实地踩在地面上，一会儿，车就能稳稳地停下。

向暖说：“腿长真好，羡慕。”

林初宴笑：“不要羡慕，我的借给你玩。”

“……”她想到了一些比较血腥的画面。

林初宴的长腿让向暖特别有安全感，于是她放开胆子骑，反倒越骑越稳。骑了一会儿，向暖听到身后的林初宴低声唤她：“向暖。”

“嗯？”

“今天早上那样慌张，是担心我吧？”

向暖心口一跳，几乎不带思考地脱口答道：“我是担心茵姐姐，你不要自作多情。”

“哦。”

过一会儿，他又唤她：“向暖。”

“嗯？”

林初宴用一种谴责的语气说：“没良心。”

向暖：“……”

林初宴：“坏蛋。”

向暖：“……”

求问，林初宴突然发病了身边没带药怎么办？在线等，挺急的……

林初宴把去灵樨山游玩的照片发在朋友圈里，配了两个字：今天。

发完就厚颜无耻地让向暖给他点赞。

向暖把她昨天比赛分到的两千块现金铺在桌面上，拍了张照片发朋友圈，配文：昨天。

发完也让林初宴给点赞。

姚嘉木把林初宴的朋友圈截图，发给沈则木。

沈则木回：谢谢，不用，我自己能看到。

姚嘉木：我知道，我想让你再看一遍。

沈则木：……

姚嘉木：林初宴去找向暖玩了，搞不好还住在她家哦。怎么样，你是不是心痛到无法呼吸了？哈！

沈则木：不至于。

姚嘉木：我怎么感觉，你也不是很喜欢她？

沈则木：我更不喜欢你。

回完消息，沈则木放下手机，冷笑。呵，不就是互相伤害吗？谁不会？

姚嘉木没再说话，沈则木估计她把他拉黑了。

他现在也很想拉黑一个人，手指点在那人的名字上，犹豫半天，最后心想：以林初宴的无耻程度，如果他真把林初宴拉黑了，这人肯定会去找向暖告状。

有点后悔，他当初为什么要加这人的微信，现在甩都甩不掉。

正想着呢，林初宴突然给他发信息了。

林初宴：学长，在吗？

沈则木：嗯？

林初宴：能不能给我朋友圈点个赞？

每当沈则木觉得林初宴的下限已经触底时，这人就会跑到他面前来刷一波。

“表哥，你脸色怎么这么难看？”陈应虎此刻就站在他旁边。

“没事儿。”

“是不是不想和我看电影？”

“嗯。”

陈应虎没想到表哥承认得这么快，他感觉很受伤："你以为我想和你看吗，要不是可可有急事儿回老家了，我现在应该是在和妹子看电影！"

沈则木心想，谁不想和妹子一起看电影。

可惜两人现在都没有妹子陪，只能先这样凑合了。

电影有些无聊，整个过程唯一能让人提起点精神的事情发生在戏外——陈应虎进场前买了桶爆米花，放在他和沈则木座位中间的凹槽里，可是他看电影看得太投入太忘我，手摸错了地方，把邻座那人的爆米花都吃了。

邻座是个初中生，好生气，又不敢作声，怕被这个黄毛大哥打。

沈则木听着身边陈应虎咔咔咔地吃半天，结果低头一看，爆米花一点没见少。

借着屏幕上的亮光，他看到陈应虎邻座那个初中生委屈得眼泛泪花。

沈则木突然明白为什么陈应虎能和林初宴成为好朋友了，因为他们都是——智障。

林初宴本以为爸爸妈妈会看到他的朋友圈，然后盘问他去灵榧市做什么，是不是去找姑娘浪，他都准备如实交代了，结果，其实爸妈并没有看到他的朋友圈，更不会有什么盘问。

林氏夫妻飞去国外滑雪了，又泡温泉又打猎，玩得不要太爽，根本没工夫关注他们家倒霉孩子的动态。

林初宴他们回到南山市后，时光战队参加了线上校内淘汰赛，轻松拔得头筹，成功闯进省级比赛。

向暖很高兴。只要是胜利，她都会高兴、激动、兴奋，身体里仿佛有一股能量在波动，点一把火就能上天……她喜欢这样的感觉。

"这种结果只是正常预期，现在高兴太早了。"杨茵说，"我们的目标只有一个，那就是冠军。无论是什么规格的比赛，目标都只有冠军，就这么简单。"

向暖感觉，杨茵这份霸气，真是超迷人。

杨茵："从今天开始，进入正常训练。"

向暖奇怪道："啊？我们这一个星期以来不是一直在训练吗？"

"那只是让你们磨合一下，顺便我也观察一下你们的水平，远没到训练的程度。我给你们制定的训练表是每天练八个小时，有问题吗？"

歪歪："有。"

杨茵："有问题憋着。"

歪歪："……"

杨茵："大年初一可以放一天假，其他时间都要训练。既然把我请来，既然想拿冠军，就得按照我说的做。如果你们只是想去校际联赛玩一圈看看风景，那我们现在就可以一拍两散了。"

"我没问题，我过年没事儿做。"向暖第一个表态。

"我也没问题。"林初宴说。

沈则木、郑东凯、歪歪也先后表示可以做到。

向暖想到刚才杨茵说的话，于是问："茵姐姐，你说在观察我们的水平，那现在你觉得我们水平怎么样啊？"

其他四人也竖起耳朵听，聊天组一阵沉默，这气氛搞得向暖都有点紧张了。

杨茵"呵"了一声，说道："一群菜狗。"

"呜呜呜……"向暖不知道说什么好了，她感觉好受打击。

其他人也被打击到了，不过都没出声。被一般人骂菜狗他们不一定服气，但是被杨茵骂……好吧，不服不行。

杨茵虽说一遇到和游戏相关的就变身，不过她对向暖总归是多点耐心，这会儿听到向暖哀号，杨茵放软语气安慰她："好吧，你不是菜狗，你是一只可爱的小菜猫。"

"茵姐姐，虽然知道你尽力了，可是我并没有受到安慰……"

林初宴笑出声。

向暖气道："林初宴，你笑什么笑啊！"

林初宴装傻："不是我。"

“装什么装，我可认得你的声音。”

“咯。”杨茵打断他们，“和游戏无关的问题你们私下再讨论……我说，暖暖，歪歪，我建议你们换一下位置，歪歪打辅助，暖暖打上单。”

歪歪之前一直玩的是辅助，为了补位才换到上单，所以再换回辅助他没什么意见。

向暖的意见可就大了：“不行啊，我只会辅助，我没玩过别的。”

“没玩过可以练。”

向暖沉默了一下，问：“茵姐姐，我可以知道为什么一定要换吗？我们现在这样不是挺好的。”

“为了赢。”

“我听不懂。”

杨茵解释道：“你玩这类游戏的时间太短了，很多意识还没培养起来，辅助需要比较好的全局观，这一点你不如歪歪。但是你反应和手速都快，对当前视野里的形势判断也还凑合，并且，你很勇敢。我并不是说你玩不好辅助，不过呢，现在这个情况，让歪歪去打辅助，你开始练上单，这样安排能够使整个队伍的实力获得最大程度的提升。懂了吗？”

“懂了。”向暖对着虚空点头，答道，“意思就是，玩辅助浪费我的才华，对吧？”

歪歪小声提醒她：“做人要谦虚，谦虚是美德。”

位置分配就这么愉快地决定了，接着杨茵安排他们分开去组队排位。

五个人，加上杨茵，正好可以分成两队，每队三人。

杨茵和向暖、林初宴一组，向暖拿了个老夫子，林初宴选了貂蝉，杨茵随便选了太乙真人。太乙真人的被动比较有意思——有太乙真人在的地方，他和队友获得的金钱都能有一定加成。所以太乙真人虽然是辅助定位，但他游走蹭队友钱的时候，队友也不会有太大意见。

向暖第一次用老夫子，她有点担忧：“要不我们去匹配吧，排位万一坑到人呢……”

“你踏实打，我带躺。”杨茵回道。

好霸气，好帅……想嫁。向暖星星眼。

林初宴说：“我的貂蝉也可以带躺。”

“我已经躺好了。”向暖笑。

林初宴默默地脑补了她真人躺下去的样子……呃，不能想了……

老夫子是一个可以和人贴脸打、无脑打的英雄，武器是一把戒尺，打人的音效是啪啪啪，大招捆绑……从音效到技能，都带着点羞耻感。

向暖毕竟是第一次玩这个英雄，打得有点菜，被一个玩宫本武藏的队友骂了。向暖有点心虚，想屏蔽宫本武藏，她又担心另一个陌生队友也骂她，于是干脆把所有文字聊天都屏蔽了，反正和杨茵、林初宴他们连着麦呢，不需要打字交流。

所以她并不知道后来宫本武藏还骂了她的爸爸妈妈和祖宗十八代。

林初宴在偷对方的蓝 buff，看到宫本武藏正在附近和敌方两个英雄打，宫本武藏发信号让貂蝉过去帮忙，林初宴的貂蝉优哉游哉地打完蓝，等宫本武藏死翘翘了，他才操控着貂蝉飘过去，把那两个敌人收了。

宫本武藏好生气，质问他：貂蝉是不是瞎？

初神（貂蝉）：是。

可能是因为没见过这么不要脸的，宫本武藏竟然哑口无言了。

后来宫本武藏又被貂蝉坑了一次。

但这时候貂蝉的战绩很好，所以宫本武藏讲话不自觉就客气了，问他：貂蝉为什么不救我？

初神（貂蝉）：因为你是日本人。

至此，貂蝉稳稳地拉住了宫本武藏的全部仇恨。

后来宫本武藏发现骂人没用，又跑去送人头，打算借此恶心队友，然后还在公频上给敌方发消息，报告己方队友的行踪。

他发消息的速度毕竟有延迟，不能做到实时转播，杨茵他们利用这个时间差，打了一波包围战，收了对方四个人头。

敌人觉得这是圈套，开始在公频上骂宫本武藏玩家，说他是狗。

乱糟糟的一局游戏总算结束，向暖因为屏蔽了聊天频道，并没有看到那些神奇的争斗。她现在心里就一个想法——老夫子可真好玩呀!

向暖练了几天上单，对杨茵这个人越来越好奇了。

于是她搜了一下杨茵的名字，结果搜出来的都是不好的消息。网上有人在八卦杨茵，说她靠着睡老板得到主力位置；说她仗着自己是女生在队里横行霸道，队友们都必须让着她；还说她没素质，骂战队粉丝，讲话难听……

八卦的人上传了很多图片，弄出一副图文并茂、言之凿凿的样子。向暖承认，如果她只是一个普通的不认识杨茵的围观群众，看到这些图文，她多半也是会信的。

但根据向暖这些天和杨茵的接触——虽然这位茵姐姐一打游戏就变身，虽然她说林初宴他们是菜狗，说向暖是菜猫……但向暖依旧选择相信她的人品。

“茵姐姐，是什么人在黑你?”向暖问杨茵。她看完那些八卦就明白了，这世上没有无缘无故的恨，造谣的一定是茵姐姐的仇人。

杨茵不奇怪向暖会看到那些乱七八糟的传闻，她奇怪的是，向暖怎么这么坚信是有人在黑她?

“你怎么就知道我没做过那些事儿?”杨茵半开玩笑道。

“我相信你啊，眼见为实。”

向暖讲完这话之后，发现杨茵沉默了好久，一直不开口。她以为杨茵不高兴了，小声说道：“对不起，我不该提这件事儿的。”

“别误会，那事儿过去蛮久了，其实我已经无所谓了。我就是有些感慨。”杨茵说着，轻笑一声，笑里带着点淡淡的无奈，“我和你才认识半个月，你都相信我。但是和我处了两年的男朋友，不信我。”

“啊?那现在他——”

向暖想问问现在他信不信你，杨茵直接打断她，说：“现在他已经是前男友了。”

向暖有些伤感。杨茵的男朋友那些八卦里有提到，当时和她一个战队，貌似是蛮厉害的角色，有很多迷妹。

杨茵感受到向暖的情绪，反过来安慰她："别难过，在我的世界里，男人远没有游戏重要。"

向暖被她这份霸气震得眼冒金星。

向暖的上单英雄除了练老夫子，还练了曹操、杨戬、花木兰等主流上单，为了保障阵容的灵活性，她又练了哪吒、刘邦、关羽等不太主流的上单。杨茵问向暖觉得所有上单里最难玩的是谁，她本以为向暖会答花木兰，但向暖给出的回答是关羽。

"因为关羽必须一直跑一直跑，就算躲在草丛里也要转圈圈，手指都快磨破了。"

林初宴说："你的手指太嫩了。"

杨茵感觉林初宴看问题的角度真是独特，这和手指嫩不嫩有什么关系？明明是向暖按得太用力了。

不过向暖用关羽的时候并不多。她时间有限，主练的是老夫子和曹操。花木兰也是很强力的上单，正因为版本强势，真到比赛时，很容易抢不到。

林初宴除了貂蝉，还练了不知火舞和诸葛亮两个强势法师。

除了他们俩，另外三人也都扩充了自己的英雄池。他们的两个三人队是轮换的，并不固定，向暖有时候和林初宴一起组队，有时候和沈则木一起，杨茵大部分时候和向暖一起，她要指导向暖从无到有学习新的位置和英雄。

向暖亲耳听过杨茵在游戏里骂沈则木"菜狗"，这位姐姐玩游戏的时候不太有耐心。

沈则木一个荣耀王者，在她嘴里也就是菜狗一只。

向暖听得瑟瑟发抖，操作失误，老夫子的大招没捆住敌方法师，而是捆到一个肥肥的牛魔王。

牛魔王是一堆肉山，打他都嫌浪费技能的那种。

"对不起，对不起……"向暖连忙道歉。

"没关系，好好打。"杨茵轻描淡写地说。

沈则木有些不淡定。不是因为被骂菜狗，而是杨茵对待两人的态度，反差之大，引人深思。

游戏结束时，沈则木给杨茵发了条文字信息：你是不是喜欢她？

杨茵：嗯？

沈则木：向暖。

杨茵：对啊，这么可爱的女孩子谁不喜欢？

沈则木：我是说，那种喜欢。

杨茵：……

这位少爷，脑洞有点大啊！

杨茵被沈则木的脑洞雷了一下，她看着他的消息，虽然总共不过十几个字，但质问的语气几乎要透过屏幕扑到她脸上，那一刻杨茵顿悟了。

杨茵：你们……不会是在玩三角恋吧？

沈则木心想，现在还说不好是几角。

他回杨茵：我冒昧地问一句，你的取向？

杨茵：我喜欢男的。

发完这条消息，杨茵愣了一下，她作为一个教练，为什么要接受队员的盘问？而且她还回答得这么快。

沈则木只回了个“嗯”字。

杨茵觉得挺有趣，问他：你多大了？

沈则木：二十一岁。怎么？

杨茵：没事儿，就是感觉你像个小老头。

你像个小老头……不止一个人这样说过沈则木。

沈则木从外表上看，和小老头没有任何关系。他就是二十岁的样子，长相修长英俊，走在路上会有女生主动来搭讪，这完全不是小老头能有的待遇。

但和他接触久了的人，都会说他的性格像个老年人，稳重，深沉，自制力强，从不放纵或者任性，不会有情绪化的时刻……

这样的性格，说好听点是老气横秋，说难听点就是……无趣。

第二天是大年三十，沈则木白天打了一天游戏，陈应虎来找他玩时，看到姨夫正在贴对联。

陈应虎觉得表哥一定会被爸妈骂，至少是唠叨两句，什么“光打游戏不干活”啦，什么“再打游戏把你手机扔掉”啦，什么“你打算和手机过一辈子吗”“看一天手机眼睛不要了”……

他自己在家打游戏，总是要经历这些。好想看表哥被喳啊……

然而，陈应虎发现，他的姨妈和姨夫，对儿子沉迷游戏一事儿竟然视而不见。

嗯，一定是因为有别人在场，不好意思直接开口，要等关起门来骂。

陈应虎主动问表哥：“我姨不说你吗？”

“不。”

陈应虎好不甘心，追问：“你玩一天游戏她都不说你？”

“不说。”

“为什么？”

沈则木莫名其妙地扫了他一眼：“为什么说我？”

“说你不务正业。”

“我正业务得很好，这学期成绩还是全系第一。”

陈应虎捂着心口，默默地吐了一小口血。

晚上他们一起去饭店吃年夜饭，一大家子亲戚，围了满满一桌子。陈应虎的妈妈和沈则木的妈妈是亲姐妹，两人坐在一起，聊着聊着就聊到孩子。

陈妈妈说：“我们家应虎整天就知道打游戏，好不容易交个女朋友，都说好了今年带回家看看，他又跟我说姑娘家里有急事儿先回去了，我跟他爸爸都怀疑他这女朋友是假的。”

陈应虎默默地说：“不是假的啊……”

“还是你们家则木让人放心，又聪明又稳重，还大气，我要是有这么个儿子……算了，我上辈子造了孽，我有不了这么好的儿子。”

沈妈妈叹了口气说："应虎心眼挺好的，他就是没吃过苦。我们则木没福气，他初一那年，我有好些天都没怎么管过他……"

周围人安慰道："好了，过去的事儿了，大过年的不要提了。"

沈则木作为他们话题的主角，此刻心情比他们都平和。在心理上，每个儿童都会成长为成年人，这是必然的，他只不过是这个阶段来得早一些而已。

所以同龄人觉得他无趣时，他并不会惊讶，他同样觉得他们无趣。但现在，他遇到了一个有趣的人。

沈则木自己挺意外的。向暖在他眼里有些幼稚，可他偏偏被这样幼稚的她吸引了。

这天晚上，沈则木守夜到零点时，收到向暖发送的祝福信息。

他立刻给她打了个电话。

向暖接起电话："喂，学长，还没睡呀？"

"嗯。"

"新年快乐，学长。"

"谢谢，你也是，新年快乐。"

向暖不知道说点什么，她甚至不知道沈则木为什么要给她打电话，有祝福在微信里说不就好了？现在哪还有打电话拜年的……

沈则木突然说："向暖。"

"嗯？"

"当初，是为什么玩《王者荣耀》？"

"……"

"是因为我吗？"

第十九章 情人节的巧克力

如果不是沈则木问，向暖几乎要忘记了，自己一开始玩这个游戏，完全是为了接近他。她同样快忘记了，自己那时候可是对沈则木一见钟情。

刚认识他的时候，她恨不得天天看到他，真见到时又会紧张，哪怕讲句话，都无法控制地脸红。

现在回想起来，都仿佛是很久以前的事情了，明明才过去几个月而已啊。

“向暖？”沈则木唤了她一声，拉回她的思绪。

“嗯，学长……”向暖定了定心神，答道，“确实是听歪歪学长和你聊天时提到这个游戏，我才去玩的。学长你还记得吗，那天好像是社团开完例会，我在活动中心外面，听到你们聊天。我还问歪歪学长什么是开黑。”她讲得一派冠冕堂皇，只字不提藏在心底深处的那些秘密。

好丢脸啊，她希望沈则木永远不要知道。

沈则木怎么可能不知道。事实上，他什么都知道。向暖是个心思单纯的人，藏不住情绪，那一点心思，简单直白，都写在眼里。他怎么会看不出来。

他像个冷眼旁观的路人，看着那些女孩子们对他的爱恋。有时候，越是无动于衷，越是看得分明。可当他真的动了心，也就迷了眼，看不清楚了。

沈则木有些后悔，后悔当时的无动于衷。若是他早一些动心，大概也不会有林初宴什么事儿了。

不过，现在想这些已经晚了，沈则木不愿意自寻烦恼，于是甩掉头脑里那些思绪，对向暖说："嗯，我知道了。"

你知道什么了啊……向暖感觉他这话说得让人不放心，于是试探着问："学长是不是听别人瞎说了什么？"

"没有。"

"反正学长不要误会哦。"

"嗯。"

莫名其妙的一通对话，向暖收线时还有些茫然，回不过味来。刚挂掉电话，又有来电，向暖觉得自己比个大老板都忙。

这次打电话的是林初宴。

"喂，林初宴，干吗呀？"向暖接起电话，问道。

林初宴好像是在室外，向暖听到了呼呼的风声，感觉怪冷的。然后她听到他说："你刚才跟谁打电话？"

向暖支吾了一下，答："一个朋友。"

"什么朋友？"

"就是普通朋友。"

林初宴沉默。

向暖莫名有一点小尴尬，说道："那你打电话是干什么呀？"话题转得相当生硬。

林初宴说："给你拜个年。"

向暖玩笑道："电话拜年多没诚意呀，你应该带着礼物登门来。"

"那我明天带着礼物登门给你拜年？"

"别别别，我开玩笑呢。"

林初宴低笑："我也是开玩笑，你傻不傻？"

向暖哼了一声。

但她确实有点怀念林初宴上次来她家做客时的情形。林初宴虽然经常犯神经病，不过在别人家里就不好意思发作，很乖很乖，让做什么就做什么。她妈妈做饭时让她剥蒜，她不想剥，拿给林初宴，林初宴就乖乖地剥蒜，她在一旁一边监工，一边吃樱桃。林初宴的手指真好看，剥蒜都能剥出赏心悦目的感觉……她吃的樱桃也是林初宴带来的，个头很大，红得发黑，咬一口鲜嫩多汁，特别甜。

妈妈发现之后说她欺负林初宴。向暖当时想，那是你没看到他欺负我的时候……

“向暖？向暖？”林初宴唤她。

向暖也不知道自己今天怎么了，老走神，可能需要补补钙。

“嗯？”她应了一声。

林初宴笑：“你猜我在做什么？”

他的笑声很温柔，在凛冽的风声里回荡，像是一把摇曳的小火苗。

向暖被他的情绪感染，也笑了笑，说：“我猜你在站岗。”

“不是。”

“你在遛狗。”

“不是。”

“你在雪地里尿尿？林初宴你注意素质。”

“不是……”

向暖猜不出来。

林初宴此刻在放烟花。

南山市是省会城市，人口密集，全年禁止市民私自燃放烟花爆竹。除中心三区之外，每个区都有几个固定的地点，实在想放的，可以去固定地点放烟花。

林雪原买了块地，弄成一个度假山庄，然后又想办法把这个度假山庄变成指定的烟花燃放地点。每到过年，这里人就挺多的。

林初宴放烟花的地方是度假山庄里的私人区域，一栋花园洋房。这会儿他站在花园里，地上堆了些烟花。

“我在放烟花。”他说。

“哦？你在哪儿呢？”

“还在南山。”

“哈哈，你在南山市放烟花？我们灵榉都禁放了，更何况南山……你怎么不和烟花一起上天呢！”

“真的。”林初宴答，“我在郊区。”

“郊区也不让放。”

“我在指定的烟花燃放点，这个燃放点是我们家的。”

“哈哈哈哈哈……林初宴你可真能吹，佩服佩服。”

向暖死活不信，林初宴让她开了视频。

向暖看到视频里的林初宴果然在室外，他的鼻尖都冻得发红了，一双眼睛还是那么明亮，带着点淡淡的笑意。

视频一开，向暖更不信林初宴了——虽然她没去过燃放点，但也知道这会儿那里应该有很多人，可林初宴的镜头里除了他自己，一个活物都没有。

林初宴也不知道发了什么疯，突然地坚持自我，非要放烟花。向暖有些担忧，看到他真的点了烟花，然后镜头一阵晃动，乌漆墨黑的，应该是把手机镜头对准了天空。

然后，在她的屏幕上，她真的看到有烟花绽开了。

从画面质量看，拍摄得一点都不专业，不过烟花是真的漂亮，火红色的光束炸开，点亮夜空，很惊艳。

向暖听到了林初宴的笑声，他问她：“好看吗？”

“好看。”向暖忧心忡忡地说，“林初宴，你快走吧，一会儿警察来抓你了。”

林初宴偏不走，向暖好担心。

林初宴这样开着视频，点亮一个又一个的烟花。向暖看得好害怕，特别担心有穿制服的警察突然出现在镜头里。

“最后一个了。”林初宴说，向暖悄悄松了口气。

最后一个烟花，和前面那些都不一样。虽然从包装上几乎看不出区别，但是里面不一样。

林初宴深吸一口气，弯下腰，点燃了它。

夜空中突然绽开三朵烟花，金色的“I”和“U“两个字母，被红色的心形图案隔开。

从点燃它开始，他的心跳就在加快，随着那三个图案绽开，心跳已经快得不像话。这是一个有些大胆的试探，他等着她的回答。

烟花从绽放到熄灭，不过数秒，等那火星散落，天空再次恢复宁静后，她什么都没说。

林初宴等了片刻，耳边无非是呼啸的夜风，风把更远处鼎沸的人声送来，听在耳里，更使他觉得寂寥清冷。

他有些不甘心，问她：“喜欢吗？”

她没有回答。林初宴看着屏幕里她的脸庞，她正拧着眉，一动不动。

“向暖？”他叫了她一声。

手机突然提示：视频通话已断开。

林初宴怔了怔。紧接着，向暖的电话打来了。

“林初宴，你这个大傻子，快回去啊，放了这么久，警察肯定在路上了！”向暖说。

“向暖，喜欢最后一个烟花吗？”林初宴固执地问。

“喜欢喜欢，老喜欢了！你快回去。”

林初宴无奈地笑了笑，问她：“你是不是根本没看到？”

“那能怪我吗？是你自己信号不好断线了。”

有那么一瞬间，林初宴好想去炸掉网络运营商的老巢。

向暖又催他回去，林初宴只好回去了，他听到向暖在打哈欠，于是让她去睡觉。

林雪原夫妇早已经睡觉了。林初宴回屋，坐在灯火通明的客厅里发了会儿呆，也去睡了。

第二天是大年初一，向暖白天拜年，晚上才上游戏。今天不用训练，她就在游戏里乐呵一下，组了林初宴和忘却。

三个人开着麦，向暖想起昨晚沈则木那通电话，她对人生突然多了些感慨。

“我跟你说过吗，我一开始玩这个游戏其实是因为沈则木？”向暖对林初宴说。

“我知道。”林初宴答。

向暖：“不过我发现我其实早就不喜欢他了，我已经找到了我的真爱。”

林初宴心口重重一跳，故意把语气放得平静：“那你现在的真爱是……”

“《王者荣耀》。”

这天晚上他们三个打排位时，林初宴老是用吕布。

吕布的攻击距离比一般的战士要远，能打出可观的真实伤害，装备好了一刀一个小朋友，砍张飞这样的肉盾都不在话下。所以有时候吕布可以作为射手来打。

忘却见林初宴的吕布举着个方天画戟，见人就砍，仿佛一条疯狗，完全失去了理智。

不，这不是他认识的那个林初宴。原来习惯法师的人转行时可以这样可怕吗？

林初宴一顿操作猛如虎，一看战绩零杠五，把向暖和忘却都惊到了。

忘却问林初宴：“你怎么了？”

“我高兴。”林初宴答。

向暖打游戏有个很好的习惯——绝不抱怨队友。她觉得林初宴第一次玩吕布，手生是正常，她要为他遮风挡雨，这才是队友应该做的。

向暖的关羽骑个大马，马蹄声嗒嗒嗒，她一直密切关注吕布的动向，一看到吕布不安全，就跑过去解救他。有时候为了救吕布，她能把自己搭进去。

“你快跑。”向暖说，死得无怨无悔。

林初宴心情复杂，他很不想承认自己竟然有些感动。

游戏结束后，忘却给林初宴发信息：兄弟，你是不是被绿了？

林初宴：……

林初宴：何以见得？

忘却：绿布。

在这个游戏里，吕布被玩家戏称为“绿布”，因为根据游戏的背景故事，貂蝉表面和吕布恩恩爱爱，其实心里一直惦记着赵云，她还帮赵云算计吕布，差点弄死他。

忘却见林初宴不说话，以为被自己说中，又安慰林初宴：看开点。

林初宴哭笑不得地回：嗯。

林初宴用吕布砍了一晚上人，这一整天郁结在心头的烦闷才总算消散了。他们下游戏后，向暖说：“林初宴，我保护了你一晚上，你打算怎么谢我呢？”

林初宴低声问：“你想要我怎么谢你？”

“嗯……”向暖想了想，“我也不知道。要不唱歌吧？”

“总是唱歌你听不腻？”

“不腻。”

他笑了笑，语气顿一下，说：“不如，我给你弹钢琴吧。”

“大晚上的弹钢琴，会不会扰民？”

“不会，有独立琴房，隔音很好。”

“那你弹吧，给我弹点催眠的。”

“好。”

林初宴拿着手机，一边和向暖说着话，一边下楼，走进琴房。他的注意力都在手机那一头的向暖身上，路过客厅时，并没有发现爸爸在看他。

林雪原正在客厅看电视，这会儿眼望着儿子走进琴房，他立刻上楼去找老婆了。

“老婆。”一进卧室，林雪原就喊她，“你猜我发现了什么？”

越盈盈正在敷面膜，一看到林雪原进来，立刻招呼他：“老公，过来，我给你敷一个。”

林雪原头皮发紧。他刚才是为了躲老婆才去客厅的，结果看到林初宴反常，一激动就自己把脑袋送过来了。

林雪原顶着个面膜，躺在床上，说：“你猜我刚才发现了什么。”

“什么？”越盈盈摸了摸林雪原的小腹。

林雪原：“你想做什么过一会儿行吗？顶着个面膜跟鬼似的……”

“我就是想看看你长肚腩了没。”

“没有！”

“嗯。”越盈盈也挺满意的。她不能忍受老公挺着个大啤酒肚，要是那样，她会控制不住把老公扔掉的。

越盈盈收回手，问他：“你说，你刚才发现了什么？”

“我看到初宴去琴房了，一边走一边和人打电话，神神道道的。”

“奇怪了，都该睡觉了，他去弹琴？”

“说得是呢。还有，我怀疑他昨天晚上放烟花了，因为地下室里的烟花少了。”

“他一个人放的？”

“那就不清楚了。”

夫妻二人对视一眼，从对方的目光里读出相同的意思——春天到了啊。

林初宴把手机固定在一个可调整角度的支架上，手机的屏幕正对着他的脸，然后他和向暖连了视频。

林初宴精致秀气的面孔占据了整个屏幕，向暖第一次以这样的角度看他。

感觉距离好近啊，近得像是要接吻。

向暖莫名地想到他们一起通宵自习的那个晚上。她闭着眼睛，仰头等他，这个动作真是暧昧得可以，好傻，为什么要那样做啊……

等等，怎么又走神了……

向暖甩掉那些思绪，继续看林初宴，他皮肤可真好。

“林初宴，你是不是开了美颜？”向暖问。

“没有。”林初宴垂着眼笑了笑，唇畔轻轻牵起一个弧度。

向暖看着他的笑容，她感觉有点荡漾，像是平静的水面突然跳起一尾小鲤鱼，卷起一片水花，那般荡漾。

林初宴弹的第一支曲子是《秋日私语》，寂静的夜里，音符像月光一样流淌，向暖想闭着眼睛倾听，又舍不得林初宴的脸。

她靠在床上看着他。林初宴弹琴时一直低垂着眉眼，神色宁静，会让人想起无数个静谧又温柔的深夜。

这支曲子安静，温柔，情意绵绵，向暖听得有些呆。

弹着弹着，林初宴突然撩起眼皮，看了眼摄像头。明亮的眸子，浅淡的笑意，明明像春水一样温柔，却仿佛一把箭，猝不及防地，突然就戳在她的心房上。

向暖有一种过电的感觉，酥酥麻麻的，那一刻她感觉轻飘飘的，精神都有点恍惚了。

那一刻，她听到了自己的心跳声。

怦，怦，怦……清晰而有力，打鼓一般。

这个感觉，她真是太熟悉了。

林初宴弹完一支曲子，刚要说话，向暖急急忙忙地和他道了晚安，几乎不等他反应，她已经关掉视频通话。林初宴愣了愣神，有些失落。

他并没有看到，关掉视频后的向暖，把脑袋埋在被子里，惨叫：“呜呜呜，错觉错觉错觉……”

过了一会儿，向暖从被子里钻出来，揉了揉微微发烫的脸。

她扔开手机，披衣服下床出去，她感觉自己需要走动走动，呼吸一下新鲜空气。向暖一边下楼，一边自我鼓励：“不不不，我不能被美色勾引到，不可以重蹈妈妈的覆辙。”

任丹妍正上楼，在楼梯上遇到女儿，听到她念念有词……什么，重蹈覆辙？

“你给我等会儿。”任丹妍说，“说清楚，什么叫重蹈我的覆辙？你知道覆辙是什么意思吗？翻车！我什么时候翻过车？”

向暖张了张嘴，她还没从刚才的情绪中回过神来。

任丹妍看到女儿发着呆，像个智障的小鸭子，便问：“你在干什么？”

“我出去走走。”

“回去穿衣服！你打算冻成冰棍再回来？”

于是向暖灰溜溜地上楼，穿上大衣，然后拉开衣柜，想拿条围巾。

她从衣柜里看到一条暗灰色带白色条纹的格子围巾，一看就是男生的款式。那是林初宴落在她家的，她打算返校时还他。

向暖眨了眨眼，摸过那条围巾，绕在脖子上。围巾柔软而厚实，仿佛还残存着他的气息。

她立刻就心虚了，红着脸把围巾解下来，放回到衣柜，另外取了一条浅褐色印着小鹿的围巾，系好，噔噔噔跑下楼。

外面挺冷的。向暖蹲在院子里那个夏天养荷花冬天闲置的大缸里，看着近处和远处的灯火，偶尔有车辆路过，车的灯光透过攀着蔷薇枯枝的栅栏，扫到她脸上。

夜风吹来，凉丝丝的，十分降火。

向暖扒着缸沿，嘟嘴，发呆。

向大英同志推开窗往楼下看，见女儿缩成一团蹲在缸里，他十分莫名其妙，问道：“暖暖，你干什么呢？”

“我在看月亮。”

“傻孩子，初一哪有月亮啊？”

向暖这才发现，天空真的是乌黑一片，根本没有月亮。她有些尴尬，默默地从缸里出来，若无其事地回去了。

向大英关上窗户，转身问任丹妍：“这孩子怎么了？”

“不知道，寒假回来就没正常过。”任丹妍忍不住抱怨，“也不出门，整天就对着个手机喊杀人，弄得我晚上做梦，梦见她杀人进监狱了，可吓死我了。”

向大英比较心宽，安慰她："我觉得我们暖暖有分寸，她就是年纪小，贪玩……她期末成绩不是挺好吗。"

"全班三十多个学生，她考第二十，哪里不错了？"

"大学嘛，没挂科就是不错的。"

任丹妍有点哭笑不得："你这……是做教授的说出来的话吗？你也太惯着她了。"

"反正我也不指望咱们的女儿有什么大的成就，她只要开心快乐，我就满足了。"

林初宴感觉自己有点冒进了，昨晚是，今天也是。

他这边一头热着，如果她不喜欢呢？

林初宴悠悠叹了口气，起身，离开琴房。刚一拉开门，发现门口站着两个人，耳朵贴过来，一副偷听的姿势。不是别人，正是他的爸爸妈妈。

林初宴默默地看着他们，场面有些尴尬。

林雪原毕竟是经历过大风大浪的，这会儿直起身，面无表情地朝他招了一下手："你过来。"只字不提偷听一事儿，直接化被动为主动，把儿子叫到客厅。

一家三口坐下，林雪原不等儿子开口，先发制人，问他："你是不是谈恋爱了？"

"没有。"林初宴答道，神情有一丝落寞。

越盈盈问："是不是有喜欢的女孩子了？"

林初宴抿了一下唇角，没有说话。

林氏夫妇对视一眼，双方眼里皆是了然，原来是单恋啊……

"初宴，加油。"越盈盈拍了拍儿子的肩膀。

林初宴犹豫了一下，说道："能不能帮我分析一下？"

然后他把昨天放表白烟花时向暖突然掉线，今天给她弹钢琴时她突然不想听了这两件事儿讲给爸爸妈妈听。

林雪原听完，看着儿子，目光是同情中带着一点幸灾乐祸："这还用说吗，人家不喜欢你，否则怎么可能在那么关键的时刻掉线，说出来你信啊？电视剧都不敢这么演。昨天人家姑娘都拒绝你一次了，你今天又来，姑娘不尴尬啊？她不好意思开口，你就横冲直撞了？我怎么生出你这么傻的儿子？”

林初宴默然不语。

越盈盈说：“初宴，有那个姑娘的照片吗？我想看一下。”

林初宴翻了一张过年去找向暖玩时拍的照片。

照片里，向暖把她海带成精的鬈发扎了一个丸子头，穿着件红色的大衣，正把一个糖葫芦举到镜头前，整个照片有一半是那根糖葫芦。糖葫芦后面的她正在笑，漂亮的桃花眼笑成两弯小月牙；秀挺的鼻梁；上唇稍薄，下唇丰满，唇形精致优雅；白皙的脸蛋透着点红晕，显得气色特别好。

越盈盈看一眼就觉得特别惊艳，禁不住赞道：“这女孩真漂亮！”

林初宴点了下头，眼底有些暖意：“嗯。”

林雪原感觉照片里的女孩有点眼熟，他记忆力很好，在脑子里搜索了一下，想起来了——上次他去南山大学找败家儿子算账，无意间遇到一个姑娘。因为他当时气急败坏着，还把路人姑娘吓到了。

对，就是她。林雪原有点心虚，决定打死也不说这件事儿。

林初宴收好手机，跟爸妈道了晚安，上楼回自己房间。

走在楼梯上，他听到客厅里的爸爸对妈妈说：“我早就说过，这小浑蛋就一张脸能看，脑子正常的姑娘谁会喜欢他？”

林初宴：“……”好想提醒爸爸，他还没有走远。

从大年初二开始，向暖他们又投入到紧张的训练当中。闵离离过年实在闲得慌，听说向暖他们又要打比赛了，她自告奋勇地当了情报员，潜伏在各大高校的论坛、贴吧，甚至微信群，打探情况，输送情报。向暖好感动。

可惜闵离离毕竟是第一次搞情报工作，还不太顺手，在南山体院侦察时暴露了身份。

南山市体育学院和南山大学主校区离得不远，两校一直互相看不顺眼，要说原因也简单。南山大学——尤其是主校区，男女比例本就不均衡，男多女少，男生们想在本校泡到一个妹子是多么艰难。可是隔壁的体院又盛产阳刚帅哥，对妹子们来说那是莫大的吸引力。南山大学的男生与体院男生，一方占地利，一方占人和，在恋爱竞争中厮杀得相当惨烈，发展到互相仇视，真是再顺理成章不过了。

闵离离在体院论坛看到他们自嗨，说什么本次校际联赛一定能把别人打成皮皮虾，尤其隔壁那群书呆子。隔壁那群书呆子指的就是南山大学的书呆子们。

闵离离回了一句“一群智障”。

体院的学生们最讨厌别人说他们“头脑发达，四肢简单”之类的话，看到“智障”两个字就很不高兴，噎回来了。

闵离离反正闲得快长毛了，就跟他们骂来骂去地互损。

双方的行为，大概类似动物园的大猩猩互相扔粪便，恶心他人是第一目的，没什么实质性的意义。

论坛管理员是体院自己人，看到闵离离捣乱，顺着她的注册邮箱，查出来她是南山大学的。

哈，上门踢馆？有种！怕你的是孙子！

闵离离发现事情不妙，赶紧跑了，结果体院的不依不饶，第二天跑去南大的论坛挑衅，然后两方学生撕了半天，最后体院下了战书。

闵离离把体院的战书截图给向暖看，向暖一脑门问号，这是什么鬼啊？

闵离离好心虚，瞎解释了一通，向暖也没听懂。

向暖登上论坛自己去看，发现论坛现在比庙会还热闹。看来大家都很闲啊……

她的信箱里塞了很多私信。她点开信箱，大概扫了一眼，基本都是加油鼓励的，还有一些是表白的。

发件人里有一个熟悉的ID——所向披靡。

向暖脑子里出现一个狂翻天最后被她捶扁的花木兰。

咦咦咦？她看了眼信件内容，只有两个字：加油。

向暖好奇地回了他的信件：是那个所向披靡吗?

所向披靡：是。

是暖暖啊：谢谢，我会加油的。

所向披靡：对了，不管你信不信，我都要提醒你，林初宴是个神经病，大变态。

是暖暖啊：我知道。

向暖征求过时光战队全体成员意见后，代表战队在微博上发了个声明：时光战队的目标只有一个，那就是冠军。

这样志存高远的声明，与体院那种小家子气的战书相比，高下立判。

向暖觉得，跟林初宴待久了，她装的技能也快点满了……

省级比赛全部是线上赛，三局两胜单败淘汰，一共举行两天，从正月初九到初十，线上赛没有抽签，是官方机器排签的。

向暖正月初八一早就刷官网，终于刷出签位表了，她看到南山大学第一个对战的是……南山体育学院。

哈？这是什么鬼剧情，正常来说不应该最后才遇到吗？怎么一开始就是冤家?

牛都吹出去了，要是第一局就输了，不仅被老冤家打脸，还自己抽了自己的脸，双份的丢脸！压力好大……

向暖捧着手机愣神。

闵离离突然给她发了条信息：暖暖加油！

向暖：嗯嗯！

闵离离：今天是情人节哦。

向暖看了眼日历，嗯，今天是 2 月 14 日。

闵离离：你有没有收到巧克力?

向暖看到这句话时，她脑子里出现一张脸，秀气精致的脸庞，带笑的眸子，轻轻牵着唇角，像是在问她：你想不想要我的巧克力?

向暖揉了揉发热的脸庞，心想，不要想那些乱七八糟的，要专心打比赛。

情人节这天，向暖三餐吃的都是外卖。爸妈嫌弃她一天天就知道打游戏，在这样的节日里就不带她玩了，两人自己出门约会。

很好，成双成对的人约会，单身狗在家吃外卖，没毛病。

向暖白天收到一大束百合花，非常新鲜漂亮，抱在怀里，香气宜人。送花小妹没说是谁送的，向暖找了半天也没找到卡片。

什么鬼，做好事儿不留名？这是学雷锋的时候吗……

她把百合拍了张照片发朋友圈，问：谁送的呀？

有三个人冒头主动承认，其中没有林初宴。

向暖给林初宴的微信留言：你今天怎么没给我点赞？

过一会儿，林初宴回：没看到。

然后立刻给她点了赞。

向暖感觉这花可能真不是林初宴送的，她心底有一点难言的失落，删了朋友圈。

林初宴给她发了个红包。

林初宴：不要生气。

向暖：谁生气了？

向暖接受了林初宴的红包，照着金额，又还给他一个，说：节日快乐。

林初宴用向暖给的红包出门买了一盒巧克力，回来时一边吃巧克力一边和她打游戏。

向暖听到林初宴讲话有些含混，问他："你在吃什么？"

"巧克力。"

"谁送的呀？"

林初宴心想，你啊。但他嘴上却说："你猜。"

向暖心想，这神经病很多人追的，有人送一两块巧克力不奇怪。她心底有些酸爽，说道："我不猜，你无聊不无聊。"

林初宴问她："你想不想吃？"

"哼哼，一点也不想。"

玩了一会儿，向暖听到林初宴又吃了一块，她一个没忍住，说出了自己真实的想法："我也好想吃巧克力。"

林初宴的声音带着点笑意，愉悦而轻盈，他低声说："你自己买啊。"

向暖哼了一声，情人节自己买巧克力吃，也太虐心了吧……单身狗也是有尊严的好吗。

大概是听到了向暖来自心底的呼唤，快递小哥又给她打电话了。

这次送来的是一个盒子。向暖拆完快递，对着那包装精美的盒子，心情雀跃。一整天了，她终于收到一盒巧克力！对，这绝对是巧克力！毋庸置疑！

满怀期待地，她打开了盒子。盒子内里用金色的锡箔纸装饰着，很漂亮，里面整整齐齐地躺着六块……

呃？向暖很不想承认那是巧克力。因为，眼前这深褐色的巧克力，被做成了大便的形状。

啊啊啊，怎么会有人把巧克力做成这种形状？！还有没有王法了！要报警了啊！

好吧，就算做了，自己吃掉就好了，为什么要送出去伤害别人啊……单身狗已经活得这么艰难了，为什么还要让她承受这些？

向暖好生气，拍了张照片想发朋友圈吐槽，可是又怕被人看到嘲笑，尤其是林初宴。同样是单身狗，人家收到美美的巧克力吃得香甜，她收到的却是便便……

冷静，冷静。

向暖找到快递单子，看到单子是手写的，地址很模糊，她在网上搜了一下单号，发现这快递是从Z省发过来的。

沈则木就是Z省的。向暖无法相信便便来自沈则木，沈学长是正经人好不好……

不过也不一定……正常人只要跟林初宴那个家伙有点牵扯，总归会被带歪的。万一沈学长也被传染上神经病呢……

向暖给沈则木发了条信息，试探着问了一句。

向暖：学长，我收到一份巧克力，是你送的吗？

沈则木：嗯。

承认了，他承认了！一点偶像包袱都没有！

向暖整个人都蒙了，这个结果真是太令她意外了。她先是震惊，觉得沈学长的人设像山体滑坡一样崩塌了，接着她就觉得特别委屈。她虽然喜欢过沈则木，可也没招他惹他骗他呀，为什么要遭受这样的报复？

向暖郁闷地回道：学长，送这样的东西，是什么意思嘛。

沈则木：就是你理解的意思。

向暖：学长想请我吃大便？

沈则木：……

此刻，沈则木握着手机，看着向暖发的那条信息，他一脑门问号。这姑娘，怕真是个智障吧？送巧克力等于请吃大便？逻辑何在？就算是为了拒绝他，有必要把话讲得这么恶心吗？

看不懂，猜不透。

沈则木定了定心神，在聊天框里输了几次话，最后都删掉，直接问她：为什么这样说？

他实在好奇她讲话的逻辑。

向暖给他发了张图片，精美漂亮的盒子里，整整齐齐地摆放着六块大便形状的巧克力。

沈则木立刻明白是怎么回事儿，他脸色黑透，气得快升天了。

发完图片，向暖痛心疾首地说了一句：学长，你变了。

沈则木黑着脸回道：调包了。

向暖精神一振：啊？

沈则木：原先不是这样。

向暖立刻明白他的意思了，说：呜呜呜，我就知道学长不会也变成神经病的，学长是世上最后一个正常的人了……

沈则木：谢谢。

其实，有时候他自己心里也是这么认为的……

出于礼貌，沈则木补了一句：你也是正常人。

向暖：学长，对不起，我辜负了你对我的期待，我已经叛变了。

沈则木盯着她这句话，感觉不寻常，他正仔细琢磨这里头的意思，向暖又说话了。

向暖：所以，到底是谁调的包？太无聊了吧？

谁调的包？呵呵，他也想知道。

沈则木回了一句“我问问”，之后，向暖突然不说话了。

向暖之所以不说话，是因为她意识到一个更加严肃也更加尴尬的问题——沈则木的巧克力刚刚好在今天送到她手里，这是表白吧？是吧是吧？

她往上翻聊天记录，看到沈则木说的那句“就是你理解的意思”，真的是表白。

沈则木竟然对她表白了，在她已经移情别恋的时候。

向暖在电视上和小说里看到过很多遗憾的爱情故事，但眼前，这是她人生中第一次真实地经历传说中的“错过”。

我喜欢你的时候你不愿看我，当我已经渐渐将你遗忘，你又来告诉我，你喜欢我。你的喜欢，迟到太久了啊……

向暖心里头有些唏嘘和伤感，她实在不知道该怎么面对沈则木，干脆退出微信，发呆。

呆了不过一秒钟，她接到杨茵的电话：“暖暖，干什么呢？怎么还不上游戏？”

“哦哦，就来就来。”

她今天是不可能回避沈则木了，因为要五排训练，明天正式比赛。

向暖训练的时候有些沉默，沈则木一向话少，今天……话更少。

聊天组里只有作为指挥的歪歪在讲话，郑东凯偶尔搭茬，其他三人就只是必要的时刻报点。

“报点”是比赛用语，意思是报告自己所处的位置、装备和技能状态，以及视野里敌方的状态等。

杨茵感觉他们今晚有点沉闷，她以为是因为明天要比赛了大家压力太大，一把游戏结束后，杨茵说："林初宴唱首歌，活跃一下气氛。"

"好。"林初宴清了清嗓子，开唱，"巧克力，巧克力，你的吻像巧克力……"

向暖："……"她现在不能听到那三个字。

沈则木突然出声了："换一首。"很显然，他也不想听到。

"好的。"林初宴调整了一下状态，换一首开唱，"你是一块不会腻的巧克力，我想慢慢地把你——"

"够了！"向暖打断他，她快疯了，"换一首和巧克力没关系的。"

林初宴的声音听着还挺无辜："今天应景。"

"应景也不许唱，我们六个都是单身狗，唱什么巧克力呀，唱《单身情歌》。"

"好的，我准备一下。"

林初宴讲完这话，捂着手机，偏开头笑起来，笑得肩膀剧烈地颤动，他担心被发现，不敢出声，忍得那是相当辛苦。

当然，这一切聊天组里的小伙伴并没有看到。

过一会儿，林初宴敛起笑容，开始给他们唱《单身情歌》。

听完《单身情歌》，连歪歪的情绪都开始低迷了。

杨茵简直无语，后来也不让林初宴唱歌了，她找了个乐单给他们放，都是交响乐，个顶个的激情澎湃，完全没有那些靡靡之音。

向暖听着这些音乐，打着游戏，感觉血液在噼里啪啦地燃烧，特别带感，她仿佛是一个战士。于是打游戏也正常多了，暂时地忘记那些尴尬。

这晚他们结束得比较早，杨茵让他们好好休息，养精蓄锐。

向暖这会儿还特别兴奋，林初宴问她还玩不玩。

"玩，我们去找忘却玩……咦，忘却不在。"

"找虎哥吧。"

陈应虎正在打赏金赛，游戏没结束。林初宴拉了个聊天组等他。

这会儿聊天组里只有林初宴和向暖两个人，林初宴问向暖："今天真的没收到巧克力吗？”

“没有，不要和我提这件事儿了。”

“好的。”

然后向暖听到了林初宴的笑声，像是刻意压制却没忍住的一声轻笑。

他的笑声很好听，可现在一听到他笑，向暖脑子里噼里啪啦一阵火花带闪电，立刻醒悟了，然后她就炸了：“是你？！是你！浑蛋浑蛋浑蛋！林初宴，你个大浑蛋！”

“不要生气，我给你唱歌。巧克力，巧克力，你的吻像巧克力……”唱得骚气十足，十分欠打。

“闭嘴啊，浑蛋！”

林初宴趴在桌上，笑得不能自已。

他心想，你这么可爱，我怎么能容忍别人把你抢走。

第二十章 我的情敌是……

向暖说：“林初宴，我再也不会原谅你！”

“我错了，你不要生气。”

现在认错已经晚了，向暖删了他的好友，之后他打电话过来，她干脆把他的手机号拉黑。

气死了气死了气死了！

这一晚陈应虎没有如约前来，因为他的表哥沈则木突然上门来抓人了。

沈则木把陈应虎抓到外面，找了个乌漆墨黑的角落，然后把他一顿猛捶，问他：“说不说实话？”

“说，说……就是我干的！”

“你什么时候调的包？”

“你睡觉的时候。”

沈则木冷笑。难怪，陈应虎这几天一直待在他家，晚上玩得太晚了，被姨妈留宿也不拒绝，原来一直憋着干这种事儿。

不怪沈则木没有防备，实在是他做人的底线太高，想不到人可以无耻成这样。

沈则木深吸一口气，忍着掐死表弟的冲动，问：“林初宴到底给了你什么好处？”

陈应虎眼神一缩，答：“关初宴什么事儿啊？”

“不说实话？好……”沈则木说着，撸了一下袖子，作势要继续打他。

陈应虎立刻尿了：“好吧好吧，我说……初宴借钱给我，我想报答他，才做这种事儿的。表哥，请你相信，你在我心目中还是很重要的。”

“没有钱重要。”

“表哥……”

沈则木压下打人的冲动，继续审问陈应虎：“他借给你多少钱？我给你双份行吗？你去帮我算计他。”

“他给了我十万，表哥你有二十万？”

沈则木：“……”没有。

他是正经人，虽说家境不错，父母却也不支持他乱花钱，所以他的存款都是奖学金。想要存够二十万，他大概需要上二十年大学。

对普通的学生来说，十万块算是一笔巨款了。沈则木这会儿也顾不上意气之争了，他感觉十分不寻常，问陈应虎：“你要那么多钱干什么？你赌博了？”

“没有没有，表哥不要乱猜，被人听到不好……我也是借钱给别人。”

“给谁？”

“可可，她急需用钱，我的钱不够，就又向初宴借了点。”

“就是你那个女网友？”

“是女朋友！女朋友！”

沈则木轻轻地“哼”了一声。虽是女朋友，但其实那姑娘是陈应虎在网上认识的，说她是女网友也没什么不对。

沈则木观念偏保守，总觉得对方是在网上认识的人，一下子借给她这么大一笔钱，不太妥当。他有些担心表弟被骗，于是问道：“你有没有让她打借条？”

“这个……哪好意思啊……”

沈则木“呵”了一声，没说话，但那语气很明显。

陈应虎有些不服气，辩驳道：“可可不是骗子。”

“随便，反正骗的不是我的钱。”沈则木说着，抄着兜转身离开。

陈应虎看着他的背影，脱口而出：“表哥，你是不是觉得全世界都是坏人啊？”

沈则木没答话，修长的身影渐渐地融进夜色里。

正月初九是向暖舅老爷的生日，因为舅老爷住在乡下，离得有些远，爸妈一早就开车出门了。向暖要打比赛，所以没去，为此妈妈还抱怨她。抱怨就抱怨吧，反正她脸皮越来越厚。

她吃早饭时，想着昨天那件事儿，心情还不太好。

门铃突然响了，向暖放下油条去开门。

打开门时，还没看到人，入眼的是一大捧玫瑰花，有白的、粉的、黄的，一朵朵开得饱满又鲜亮，花团锦簇地挤在一起。

向暖愣了一下。女孩子很少有不喜欢花的，何况是这么大一捧，还这样漂亮。

玫瑰花后面传来熟悉的声音：“不要生气了。”

向暖脸色一变，眯着眼咬牙切齿：“林——初——宴。”

林初宴默默地放下花束，他的脸出现在花束后面，与玫瑰花相互映衬，简直了，人比花娇。

他笑了笑，说：“别生气了，向暖。”

“你走你走你走。”向暖说着，要关门。

林初宴像条泥鳅一样，滑不溜秋地一下子钻进屋：“我不走。”一脸无赖相。

向暖翻了个白眼。林初宴说完这话，还帮她关上门，可谓将不要脸的精神发挥到极致。

向暖懒得搭理他，回餐厅继续吃饭。林初宴跟着她来到餐厅。

向暖捏着根油条，问他：“林初宴，你说这是什么？”

“油条。”

“错，这东西叫林初宴。”向暖说着，狠狠地咬了一口油条，面色有些狰狞，“我咬死你，林初宴。咬你咬你咬你……”

这一刻，林初宴的大脑皮层变黄了。他偏开脸，不说话，眼睫翕动着，心里想道：流氓。

想到这里，他眼里染了些许笑意。

向暖咬了几口“林初宴”，开始喝小米粥。林初宴见白色的骨瓷盘子里放着两个水煮蛋，他很会来事儿地去洗了手，帮她把鸡蛋剥了。

向暖吃着水煮蛋，说：“你别以为这样我就会原谅你。”

林初宴说：“我也没吃早饭。”样子有些可怜。

向暖冷笑：“那你不要吃了，饿死了 = 世上就少一条害虫。”

林初宴厚着脸皮，自己去厨房开火，煮了包方便面，还给自己加了个鸡蛋。

向暖好震惊：“你也太不把自己当外人了吧？”

林初宴无辜地看了她一眼，振振有词：“阿姨说过让我不要见外，就像在自己家一样……你要再来点吗？”

“不要！”

林初宴煮好方便面端到桌上，见向暖的早饭剩下半根油条，他筷子一伸，夹过来在自己碗里泡了一下，然后开吃。

“喂……”向暖好无语，“那是我咬过的。”

林初宴一愣：“你不早说。”然后继续吃，毫无压力地吃。

向暖一阵脸热，起身走了。她越想越气不过，为什么林初宴可以一次又一次地欺负她，现在还跑到她家来撒野，简直太嚣张。

不行，她一定要欺负他一次。

过了一会儿，向暖跑进厨房，路过餐厅时她对林初宴说：“我给你泡杯茶。”

林初宴受宠若惊：“啊？好。”

向暖往玻璃杯里加了盐、酱油、米醋、芥末膏、辣椒油，然后用水一浇，搅拌均匀……接着又切了片柠檬放在杯沿，可以说是十分小清新了。

她把这杯东西放在他面前："喝吧。"

林初宴一闻气味就感觉不太对，喝一口，那味道刺激得他快要灵魂出窍了。

向暖见他掩着嘴疯狂地咳嗽，脸都有些扭曲了，她一阵幸灾乐祸："好喝吗？"

林初宴没说话，只顾咳嗽。

向暖："把这些都喝掉，我就原谅你。"

林初宴擦了擦嘴，垂眼看着那杯仿佛来自地狱深处的饮品，他微不可察地叹息一声，说："你让我做什么我都会做。"

向暖竟然有些悸动，为他说这句话时温柔宁静的语气。紧接着她就在心里鄙视自己：那是个神经病！神经病！

但是眼看着他端起杯子，闭着眼睛视死如归一般，她终究是心软了，说道："算了，不要喝了。"

林初宴放下杯子，目光带笑地望着她。

迎着他明亮的目光，向暖呼吸一滞，她低下头说："你不要得意，我是怕你食物中毒，影响一会儿的比赛。"

"嗯，我知道。"

他们今天的第一场比赛在上午十点钟开始。

向暖和林初宴坐在书房里，两人都进了聊天组，于是聊天组里的小伙伴发现他们俩讲话时的声音是双重的。

"你们在一起？"歪歪问道。

林初宴"嗯"了一声。

歪歪突然有点同情自己的好基友沈则木。沈则木找他要过向暖的地址，看样子是打算给向暖寄东西，结果寄完东西，向暖就和林初宴越走越近了……啧啧，心疼。

但不管怎么说，那些花边小八卦都先放一边，现在要专心比赛。

南山体院与他们往日有仇，近日仇根扩大，这一战牵动着两校学子的目光，搞得歪歪感觉肩上担子好重，不只是金钱，还关乎荣誉。

战斗很快打响，双方先进入禁选英雄的环节。体院选的全是前期凶猛的英雄，诸葛亮、虞姬、达摩等。

向暖他们训练的时间有限，英雄池又浅，不可能把所有阵容都练习到，他们一直练的是偏后期的阵容。就算遇到前期凶悍的对手，他们能拿出手的、玩得好的，依旧是那几个，阵容总体上偏后期。

这会儿向暖拿的是老夫子，林初宴的法师是不知火舞，沈则木的射手是马可波罗。

杨茵一直在聊天组里指导他们禁选，等全部英雄锁定好时，杨茵说道："这样的阵容，你们前期会被压制得很辛苦，只要稳住，拖过他们的强势期，等到你们发育起来，团战他们不是对手。"

在正规的赛事中，教练会在禁选环节里指导队员，进入游戏时，教练就要退场了，不可以和队员有交流。

杨茵说完这话，便不再发声。虽说没人监督她，但这点职业道德她还是有的。

游戏开始后几分钟，向暖发现，杨茵刚才说的那些话，完全就是对这局游戏整个前期的预测了。

对手打得凶狠又犀利，先是来向暖他们野区反了个蓝 buff，优势开局，接着打野配合诸葛亮抓死了一次不知火舞，然后借着地理优势抢下第一条小龙，全员到达四级，等级和经济都领先。他们借着这份优势逼了一波团战，收了马可波罗的人头，优势进一步扩大。

本来就是前期强势英雄，现在又处于经济领先，那效果可想而知。

渐渐地，时光战队，三路全崩。

向暖的老夫子是个单兵作战能力很强的英雄，她游离在战场外，拆了两个防御塔，而他们自家的呢？九个防御塔全部告破！

现在自家就剩一个光秃秃的水晶了，而他们的强势期还没有到！

向暖被打蒙了，怎么就打成这样了呢？队友总是被抓，团战总是输，坦克弱不禁风，法师和射手打不出伤害，好像大家都是纸糊的一样……

她有些急躁，在一次团战中，在己方的法师和射手已经阵亡的情况下，她来得晚了，本来最好的方式是避战撤退，可是她不管不顾地冲进敌人后方，想要捆住诸葛亮。诸葛亮身姿灵活，躲开了。老夫子自己身陷敌营，没能活着出来。

怎么办，她太糟糕了，怎么打成这样……她沮丧得要命。

耳边突然出现一个声音，温和而平静："能赢的。"

向暖抬眼，看到坐在对面的林初宴。

林初宴垂眼盯着屏幕，又说："稳住就能赢。"

向暖定了定心神，低头看一眼战场情况……她感觉，他们不一定能稳住。

所谓拖到后期就能赢是需要一个大前提的，那就是敌人给了你拖到后期的机会。

现在对手打得很凶猛，三路高地全拔掉，经济领先一大截，只要下一波兵线上来，他们就有能力推水晶了，会给你拖的机会？

经过刚才那波团战，对手还有三人活着，而时光战队的泉水里已经躺了四具小尸体。

哦，五具了，郑东凯的阿轲因为装备太差，没能收割成功，也躺回来了。

"没有兵线。"林初宴的声音还是那样平静，"他们会去打主宰。"

打主宰，这无疑是雪上加霜了。打完主宰，体院战队能够获得三个波次的主宰先锋，兵分三路冲向水晶。向暖感觉他们不太可能守得住。

时间，他们需要时间，需要拖下去的时间。

林初宴话音刚落，第一个复活了。他操纵着不知火舞直接出门奔向主宰的位置，看一眼右上角的复活倒计时，下一个复活的会是沈则木的马可波罗，很快。

"大菠萝守家。"林初宴说。

"不要叫我大菠萝。"沈则木提了一点小意见。

"小菠萝守家。"

沈则木："……"大菠萝还是蛮动听的。

向暖本来又紧张又沮丧，这会儿被林初宴逗笑了，说道：“林初宴，你个神经病。”

林初宴笑了声，没说别的。

向暖知道林初宴想做什么——他要去单枪匹马抢主宰了。如果抢到主宰，能给他们争取到一点发育的时间，如果抢不到，不知火舞自己估计也难逃掉，大家一起玩完吧！

不知火舞在路上停了停，然后才靠近主宰。借着队友的视角，向暖看到敌方三人果然在打主宰，此刻主宰被打得只剩残血了，不知火舞一个扇子扔过去。

系统提示：不知火舞击败了主宰。

啊啊啊啊啊！抢到了！向暖的一颗心高高地抛起，激动得几乎要跳起来。她感觉自己的血液在奔腾，在怒吼，在叫嚣。

呜呜呜，她好想把林初宴那个小妖孽扯过来亲一口！

在《王者荣耀》职业赛场上，有个说法叫“主宰五千定律”，意思是拿下主宰的一方，短时间内掌握各方面的主动权，在经济运营上能够获得大概五千金币的领先。如果是优势方拿下主宰，则能够进一步扩大优势；如果是劣势方拿到主宰，则有机会将经济劣势补平甚至反超。

眼下林初宴抢到的这个主宰，对向暖他们来说太关键了。他们总算从对方的压制和逼迫中得到喘息的机会，追上一些经济。更重要的是，等主宰先锋过完，不知火舞和马可波罗的装备总算有些模样，他们即将迎来自己的强势期！

尽管时光战队在防御塔方面依旧处于绝对的劣势，但随着时间的推移，胜利的天平开始逆转了。

一局游戏拖到后期，防御塔的数量对比已经不太有意义，因为这时候各个英雄的伤害量很高，推塔速度特别快，输赢也就是一波团灭的事儿。

打到后期，对面峡谷第一帅的诸葛亮渐渐有些疲软。这是没办法的事儿，英雄特性在那里摆着，每个英雄都有其强势期，过了强势期，对比之下的影响力就会衰减。

杨茵认为，在同等操作水平的情况下，如果拖到后期，且经济差不是特别大，向暖他们这个阵容，团战的赢面在七成以上。而且，通过刚才的观察，她认为时光战队的操作水平是高于对面的。所以这局游戏最终得以在大逆风的情况下翻盘，虽然很令对手意外，却也是情理之中的。

时光战队，先下一局。

向暖去了趟洗手间，回来时，看到林初宴泡了两杯柚子茶端上来，他真的就完完全全像是在自己家一样……

向暖有些窘，接过杯子，摸了摸杯壁，温度刚刚好，一点也不烫手。

“现在可以喝。”林初宴说。

向暖喝了口柚子茶，又甜又暖，带着点柚子的香气，流进胃里，说不出的舒适。

她捧着杯子，隔着杯口偷眼看他。林初宴戴着耳机，正低头看手机，窗帘间漏进来一缕阳光，穿过他额前微微卷翘的发梢，落在他的脸上。

他低眉敛目，神色宁静，向暖真感觉像是在看画一样。

林初宴感应到她的注视，突然撩起眼皮看她。

向暖慌忙移开视线，心虚一般地端着柚子茶咕咚咕咚……喝得相当豪迈。

林初宴牵了牵唇角。

虽说喜欢却得不到回应是很遗憾，但有时候他又觉得，能待在她身边，就是幸福的。

第二局，双方都选择禁掉或者抢先拿掉对方第一局发挥出色的英雄，林初宴就没能拿到不知火舞，锁了一手貂蝉。

向暖的老夫子也被敌人抢走了，她选了关羽。

关羽是版本强势，在保人、支援、团战时切割阵型等方面都很给力，用好了有奇效。当然了，用不好就是一头野驴。

向暖这把关羽打得不好也不坏，但他们这局比上一局打得容易一些。

很显然敌方的英雄池也比较浅，诸葛亮、达摩都被禁掉了，他们打不出第一局的气势，第二局从开局就有些萎靡不振。时光战队始终领先，直到比赛结束，体院也没能翻盘。

就这么赢了。

向暖靠在椅子上，长舒一口气，给闵离离发了条消息：赢了哈。

闵离离秒回：是吗？我去发帖，耶耶耶！

向暖：你不想知道我是怎么赢的？

闵离离：哈哈，少女你想太多了。

向暖：……

战胜体院，这才刚刚开始。他们省一共有七十多所高校报名比赛，第一天要打四场，决出八强，第二天打三场，决出总冠军。

时光战队之后的比赛还算顺利。他们毕竟经过了专业和系统的训练，相比那些松散的野路子，打得更有章法，配合也更好，虽没有职业选手那样的战斗素养，但也足够在这样级别的比赛里横行了。

打着打着，就打进了决赛。

林初宴在正月初九下午打完当天的比赛后回家了。其实他们比赛结束前向暖的爸妈就回来了，任丹妍热情地留林初宴吃晚饭，向暖感觉林初宴吃了晚饭天就黑了，搞不好又要睡她家，她感觉林初宴留下来她不保证不会对他做什么事儿，于是坚持把他送走了。

正月初十的决赛，五个人全部在线上连麦开黑。

他们决赛要对阵的战队，有个很霸气的名字——獠牙战队。

第一局比赛，獠牙战队选了手露娜。向暖没太当回事儿，之前也有碰到过玩露娜的，露娜这英雄在当前版本里不算强势，所以并不可怕。

但是今天的露娜有点可怕，不，是太可怕了……

这露娜不算凶，但特别稳，总是能清晰地判断局势，该出现的时候出现，该撤退的时候撤退，操作精准，走位风骚，能一个人搅得对方五个人不得安宁。

露娜是一个很容易秀起操作的英雄，许多人玩露娜收不住性子，玩着玩着就变成花式秀场，和队友的配合脱节。

这个玩家不是，露娜在他手里一直很稳，这是最难得的。

这样的露娜，让向暖莫名地有一种熟悉感。

她在公频上打字，问：是你吗？

过了一分钟，那个玩家抽空回复了。

一口獠牙：嗯。

“忘却！他是忘却！”向暖激动地说道。

歪歪问：“忘却是谁？”

“一个大神，玩露娜特别溜，我们这把，这把……”向暖觉得他们要输，她不好意思说出来打击士气，只是说道，“我们好好打。”

再怎么好好打，这局还是输了。

第二局禁选时，向暖说：“听我的，禁掉露娜、宫本武藏、李白，这是忘却最擅长的三个英雄，阿轲他玩得也不错，我们先抢掉阿轲。郑东凯，你这把用阿轲没问题吧？”

“当然没问题。”

歪歪有些迟疑：“你确定？禁宫本武藏？宫本都被削残了，没必要禁吧？”

他这样一说，向暖也有些迟疑。

杨茵开口了：“按照暖暖说的办。”

如果一个玩家足够牛，再弱的英雄在他手里也能大放异彩，所以能禁的一定要禁到位。

忘却在獠牙战队处于核心地位，这样被针对，他们整个队伍的实力大大削弱，后面两场比赛像被砍掉腿一样，打不动了。就这样，时光战队让一追二，扭转战局，获得决赛冠军，一万块奖金到手。

向暖在聊天组和小伙伴们庆祝了一会儿，就给忘却的微信留言：你不是上班族吗？怎么又来打高校赛？原来之前是兼职呀？咱俩的学校是一个省的耶，离得不算远。

过了一会儿，忘却回了条语音消息：“我帮我小学同学打，赢了奖金分我一半。”

向暖回了一串长长的省略号。

忘却：“你们打得挺好的。”

向暖：还不是因为禁了你的英雄。话说，今天都初十了，你怎么不上班？

忘却：“我不能上班了。”

向暖：为什么呀？

忘却：“工地新买来一个搬砖的机器，老板让我们过完年就不用去了。”

向暖：……

向暖：你等等，什么叫搬砖的机器？

忘却给她发了一段视频。视频里，一个机器正在工作，一只机械手将地上的砖块抓起来移到一辆车上，整整齐齐地码好。

向暖一下子明白过来，回他：大神，你说的搬砖，是真搬砖啊？

忘却：“嗯，我没必要骗人。”

向暖：是我理解错了。

她一直以为“搬砖”就是工作的代称，却没想到会遇见这么实诚的小哥。

向暖说：那你现在怎么办？

忘却：“我不知道，等过完十五再说。对了，我给你寄点汤圆，是我妈自己做的。”

向暖有些受宠若惊，立刻发了地址，又狗腿地说：谢谢大神！

忘却：“不用客气，我给初宴也寄了。”

初宴初宴，怎么哪儿都有初宴……

晚上向暖他们没训练，她和林初宴跑去找虎哥玩。陈应虎正在直播，直播间的观众听到那两个人要来，一片欢呼。

陈应虎问：“你们到底是来看谁的？”

弹幕的回答很一致。

——当然是来看我暖暖小仙女的，你算老几。

——当然是来看我初晏小哥哥的，你算老几。

——我是来吃狗粮的，虎哥，你算老几。

——只有我是来看表哥的吗？虎哥你表哥呢？哦，对了，你算老几。

陈应虎说：“你们不喜欢我，我就给你们唱歌。”

弹幕一堆表白说喜欢虎哥的，求虎哥不要唱歌。陈应虎冷笑。

向暖和林初宴进到队伍后，向暖说：“虎哥，我再拉个人可以吗？”

“可以，谁？”

“一个朋友，玩露娜超棒。”

“呵。”陈应虎的笑声是夸张的轻蔑，“敢在我面前玩露娜？好，我要看。”

忘却进队后，他们已经是四个人了，陈应虎想了一下说：“要不我再拉个人五排吧，咱们打高分局，让这帮家伙开开眼。”

“这帮家伙”指的是直播间里那些说不清是真爱粉还是黑粉的家伙们。

陈应虎从好友名单里找了找，拉了沈则木。

高分局五排车队比较少，他们排了五分钟才排到队伍，进游戏禁选英雄时，向暖说：“我打辅助吧。”

沈则木突然开口了：“我打辅助。”

咦，这是吹的什么风，他可从来没打过辅助。

于是向暖继续打上单，林初宴中单，陈应虎射手，忘却用露娜打野，沈则木选了大乔。

一开局，大乔先是跑去中路蹭了林初宴的兵线。辅助的基本素养就是在前期不要蹭队友的兵线，要保证队友的正常发育。但是这个大乔，不讲究。

蹭完中路，大乔又跑去下路蹭射手的兵线。

陈应虎说：“表哥，你怎么了？”

表哥没说话，默默地往地上画了个圈。

陈应虎：“没人要回家。”

大乔小美女自己站在圈里，回家了。

陈应虎说："你是来演我的吧？"

他猜得没错，沈则木就是来当演员的。

后来大乔又把团战中的林初宴和陈应虎送回家，把选装备的陈应虎送回家，看到林初宴剩下丝血，大乔往地上画了个圈。嗯，画在了敌方的防御塔下。

林初宴假装没看到，自己读条回城。

陈应虎说："表哥你怎么了？"

沈则木"呵"了一声："你说我怎么了？"

陈应虎心虚地闭嘴了。

这简短的对话让直播间的观众不淡定了，许多人开始脑补表哥表弟CP，然后展开黄段子竞赛。陈应虎扫一眼弹幕，看到有人让他"脱光了给表哥消消气"……什么鬼！

向暖也有些不淡定。她拉忘却来陈应虎的直播间玩耍，不是为了扑街的，她有一点小目的。

"学长，拜托了。"向暖弱弱地说了一句。

这话很奏效，沈则木终于没再表演了。

这局游戏最后还是赢了，战绩结算时，向暖看到忘却是全场MVP，伤害量也很高，比林初宴和虎哥都好。弹幕都在刷"虎哥躺赢"。

向暖很为忘却高兴，说道："虎哥，你要加油啦。"

陈应虎说："这个露娜还凑合，勉强有我两成的水准。"

之后他们又打了几把。今晚忘却的露娜一共出场了五次，赢了四次，胜率达到百分之八十。

不要小看这个数字，高分局五排可没有一个是菜的。并且赢的这四次，露娜都是MVP，输的那场，也是本队的MVP。

陈应虎最后也是服气了，说道："你这露娜不错，有没有兴趣来豌豆TV直播？"

忘却说："我不行的。"

"哦？哪里不行？"

“我话少。”

他这话说完，直播间被“哈哈哈”刷屏了。

忘却这样讲倒没有嘲讽的意思，他只是在说一个客观事实。话痨是一个主播的基本素养，某些时候这个素养的重要性甚至超过操作和技术。有些人来你直播间未必是看游戏的，也许就是想听你叨叨。

向暖问陈应虎：“虎哥，你认识打职业的人吗？”

陈应虎笑了：“我认识一百个打职业的。”

沈则木说：“他被一百个打职业的劝退过。”

弹幕又开始刷“哈哈哈”“表哥干得漂亮”之类。

向暖抹了把汗，问：“那职业战队还有招人的吗？你不觉得忘却挺厉害的吗？不打职业多浪费人才呀！”

“我去问问。各大战队的青训队一直招人，不过那是二线，不一定有机会露脸。”

忘却问道：“有工资吗？”

“当然有，又不是黑煤窑专买智障工人。”

忘却：“有工资就行。”

陈应虎汗了一把：“你这……好歹挑挑啊。”

事情终于有了眉目，向暖很为忘却高兴。

这晚下了游戏，林初宴给忘却发了条语音，语气幽幽的，透着股凉气。

林初宴：“向暖对你挺好的。”

忘却：“我就说给她寄点汤圆，没说别的。不过她人挺好的。”

林初宴：“我对她是什么意思，你知道吧？”

忘却：“我知道啊，你放心，朋友妻不可欺，这点人性我还是有的。”

“朋友妻”三个字让林初宴的心情有点愉悦。他让忘却把向暖的备注改成“初宴的老婆”，截图发给他看，然后双方满意地互道晚安。

忘却有点好奇，问林初宴：“那个虎哥的表哥是不是你情敌？我看他有点针对你。”

林初宴："我的情敌不是沈则木。"

忘却："哦？是谁？"

林初宴："是《王者荣耀》。"

忘却："……节哀。"

校际联赛的大区赛在正月十二进行，每个省的第一名进入大区赛，每个大区有八支队伍，一天之内决出冠军。

从大区赛开始，就都是线下赛了。向暖他们大区的比赛地点是南山市。

赛事主办方的经费比较紧张，不能提供酒店，向暖打算住学校。

她提前一天出发，自己坐长途车去南山市。在路上时，林初宴问她的行程，说要来接她。

向暖摸了摸自己的大波浪，在包里翻了半天，找了个旧皮圈，把头发扎起来。她不会给那家伙第二次嘲笑她发型的机会。

向暖下车时，看到林初宴恰好站在客车的门口，正仰着脸往车里看。见她出现，他朝她笑了笑，眼睛微微眯起来，仿佛有光落进他眼里。

那一刻她的心情有点荡漾。林初宴一对她笑她就荡漾，就好像生物书里写的那样，狗一听到铃铛响就流口水，都是条件反射。

林初宴把向暖的行李箱取出来，见她背着背包，他抓着背包的带子掂了掂，不容分说地摘过来，背在自己肩上。

"不沉的。"向暖小声地说了一句，心口有些热。

林初宴只"嗯"了一声，依旧背着她的包拉着她的行李。下车的人挺多，来来去去的有些拥挤，林初宴见有人要撞到向暖，他扣着她的肩膀，把她往自己身边带了一下。

向暖被他的手臂圈着，身子一僵，埋着头不说话。

林初宴察觉到她的异常，他连忙放下手："走吧。"

他把她带到一辆骚气十足的红色法拉利前，向暖眼睛一亮："哇，好漂亮……林初宴，这是你的车吗？"

"不是。"

“那我们走吧。”向暖扯了一下他的袖子，“看看就行了。”

林初宴哭笑不得：“是我爸爸的，上车。”他说着，把行李箱放进前置储物箱里，一边问道，“背包你要用吗？”

“不用。”

“嗯。”那就和行李箱放一起了。

向暖坐上车，系好安全带，问林初宴：“你把车开出来，你爸爸知道吗？”

“知道。”

林初宴不得不承认，单相思也是有福利的。自从爸爸知道他暗恋一个女孩子却求而不得，就表示爸爸的车可以随便开，弄坏了也不用赔钱。爸爸的原话是：“毕竟是我儿子，不忍心看你打光棍。唉，可怜天下父母心。”

虽如此，但爸爸在金钱方面依旧对他严防死守，妈妈想给他包个一万块的红包作为恋爱赞助金，都被爸爸否决了。

唉，妈妈哪里都好，就是有个缺点——太听老公的话了。正常情况下难道不应该一意孤行偷偷给钱吗？慈母多败儿，电视上都是这么演的，我作为儿子已经尽力去败了，你作为慈母就有点不走心了……

“听会儿音乐吧？”向暖建议道。

林初宴收起思绪，开了音乐。第一首歌竟然是《喀秋莎》。坐法拉利，听《喀秋莎》，有点好玩。向暖跟着音乐轻轻点着脑袋，林初宴斜着视线看她，他抿了抿嘴，问她：“去学校？”

“对呀。”

“好。”

车子驶出停车场，上了路，林初宴开得很稳。等红灯时，他对向暖说：“上学期你们鸢池校区闹鬼的事儿，你听说过吗？”

向暖看过那个帖子，说得有鼻子有眼，还有人真身证明呢。

“你不要讲啊。”向暖隔着衣服抚了下胳膊，好不容易把这事忘了。

“好，我还以为你会怕。”林初宴缓缓说道，“现在还没开学，整个宿舍楼都没什么人。你一个人住一个楼，暖气也没开，晚上又黑又冷，叫天天不应，叫地地不灵……”

“林初宴，你闭嘴！”

“好，抱歉，我只是担心你害怕。”林初宴的语气很真诚，“你不怕，我就放心了。”

“我……”

“说实话，要是我，我都有可能怕。”他说着，扭脸望了她一眼，满脸都是赞许，“向暖，你真勇敢。”

“我……”其实有点怕啊……但是林初宴都这么夸她了，她又说不出口。

林初宴把向暖送进她宿舍楼。宿舍楼里空荡荡的，果然很清冷，走在楼道里，他们脚步声的回响特别大，感觉很瘆人。

他把她送到宿舍门口，背包递给她，等着她掏钥匙。向暖迟迟没有动作。

“怎么了？”林初宴明知故问。她低着头，并没有看到他眼里促狭的笑意。

向暖纠结了一阵，终于说道：“我去住酒店吧。”

林初宴沉吟半晌，说：“算了，你还是住我家吧，我家房子多。”

这话说的……向暖一阵黑线：“你家是地主啊？”

林初宴笑：“不是。”

他拉着行李，和她又走出宿舍楼。离开宿舍楼后，向暖感觉精神放松多了。

路上林初宴问向暖想住在哪里，是学校附近还是体育场附近，或者商业街附近，搞得好像整个城市的房子都是他家的。

向暖反问：“你住哪里？”

林初宴低声说：“你想和我住一起啊？”

向暖的脸一下子红了，别开脸说：“你别乱讲啊，我是怕折腾。”

林初宴心想，那就是想和我住一起。

第二十一章 何方妖孽！

林初宴并没有告诉向暖，她无论想住哪里都不会折腾。

他把她带到他们一家三口目前住的地方，那是近郊一个依山傍水的别墅群。

别墅群修得雅致漂亮，这会儿社区里流水潺潺，松竹间生，开着梅花和迎春花，桃花吐了花苞，有些心急的，已经开了零星几朵。

林初宴告诉向暖，地势原因，别墅群所处的地方比南山市其他地方温度稍高，春天来得更早，再过几天，他们就可以去看山桃花了。山桃花一眼看不到边，像粉色的山，粉色的海，向暖心生向往。

林初宴停好车，带向暖进家门。这会儿他爸妈都不在，他让她坐在客厅里，然后给她拿了些吃的喝的。

他见她眼珠在转，不停地打量客厅，于是问："你要参观一下吗？"

"好呀。"

林初宴带她看了看房外各处，然后给她看了他家养的鱼、他爸收藏的古董、妈妈收藏的字画。对于后两样，向暖竟然大部分都能说出个门道，比他懂得还多。

他有些意外，挑眉看她。

"我爸也喜欢这些。"向暖解释道，"有一次我弄坏了一个鼻烟壶，他还要打我呢。”

“哦？打了吗？”

“没有。”

林初宴便笑了笑：“怎么舍得打呢。”

他笑得那样温暖柔和，看起来脾气好好啊……向暖看得有些呆。

然后林初宴把她带到他的书房。

林初宴的书房很大，摆着三个书架。其中有两个书架上放着书，向暖看到那么多书，搞得好像他经常看书的样子，感叹道：“林初宴，你装得还挺像那么回事儿。”

林初宴觉得，自己在向暖心里的形象可能存在一点问题。

“这些书我都看的。”他说道。

“你别解释了，我懂。”

第三个书架上放的是一些杂物和摆件，有木头做的船、飞机、坦克、风车、机枪等。

向暖凑近了看，感觉这些东西做得精致又逼真，不过保留着一些手工的痕迹，不像是买来的成品。她问林初宴：“这些是你自己做的吗？”

“嗯。”

“是买的拼装模型自己拼的？”

“不是，是我做的，我买了木头，零件都是我自己一个一个刨出来的。”

向暖听闻此言，转头默默地看着他，满脸写着“我就静静地看你装”。

林初宴一阵黑线，从书架的最下层格子里拉出一个箱子，打开箱子，里面是他做木工的工具。什么刨刀啦，By子啦，小榔头啦，盒尺啦……满满当当的，一箱子。

向暖看着那些工具，一脸震惊：“林初宴，你上辈子一定是个木匠。”

林初宴看着她的脸，眼里带了点笑意，轻声说道：“你喜欢什么，我可以给你做。”

可能是因为他这样压低声音讲话时自带勾引人的气质，向暖莫名觉得心里一阵甜。她感觉自己实在是太花痴了，有些不好意思，低着头说：“你什么都会做吗？”

“可以试试。”

“那你给我做个小房子吧？”

“好。”

向暖感觉不能好了，林初宴只说这一个字就让她心里冒粉泡泡，真没出息啊。

她转身，走到那两排书架前，抽了一本叫《人工智能的未来》的书，装模作样地坐在书桌旁开始看。

向暖低着头，才看了一页，发觉头发散落下来，她往脑后摸了一下，见是发圈断了。她呆了呆，抬头见林初宴在看她，有些尴尬。

托林初宴的福，现在向暖在他面前披着波浪卷的头发就浑身不自在。她朝林初宴眨了眨眼睛，问：“你家有发圈吗？类似这样的。”

林初宴跑到他爸妈的房间，从妈妈的梳妆盒里拿了一小袋发圈给她，还贴心地带了一把小梳子。直男并不懂，这样的发型是不需要梳子的。

向暖扎头发时，他老盯着她看，她被盯得一阵不自在，脸有些热，也不知道看起来会不会异常。扎好头发，向暖看着多余的发圈和小梳子，她突然有一个大胆的想法。

“林初宴。”向暖笑眯眯地唤他。

“怎么？”他见她笑，也跟着笑。

“这大好时光，我们做点有意义的事儿。”

“什么？”林初宴轻声问道，他听到了自己的心跳声。

“我给你梳小辫吧？”

“……”

林初宴的表情裂了。诚然，他是一个好吃懒做不务正业的纨绔子弟、反面教材，但他也不承认梳小辫算有意义的事儿。反面教材也是有底线的。

“你就让我给你梳吧。”向暖的手伸过去，扯了扯他的袖角，“我可喜欢梳小辫了，我妈不让我给她梳。求求你了……”

她用那样柔软的语气求他，他怎么拒绝？拒绝不了。

林初宴背对着她坐在椅子上，他低着头，轻声叹息："到底谁是谁的小奴隶啊。"

"你说什么？"

"没什么。"

"林初宴，你喜欢什么样的发型呢？"

"我喜欢现在的发型。"

"换一个。"

林初宴破罐子破摔："你随便玩。"

向暖给林初宴梳了五个小辫，头顶上三个，脑后两个，他的头发太短了，梳小辫不容易，她已经竭尽全力了。

很遗憾林初宴的书房没有镜子，她用手机拍了照片给他看。照片里林初宴一脸的生无可恋。

"删掉。"他说。

"好了，删掉删掉。"向暖看林初宴表情郁闷，于是哄他道，"我对你做了一件坏事儿，现在你也可以对我做一件，咱们扯平。"

林初宴笑了，牵着唇角，直勾勾地看着她："你自己想想你说的话。"

向暖一愣。

林初宴："是不是在耍流氓？"

向暖回味了一下自己那句话。她本来没别的意思，但是被林初宴一提醒，呃，什么叫做坏事儿，做什么坏事儿……不能细想了……

她的脸爆红，丢开梳子低头说："林初宴，你神经病。"

林初宴舔了一下唇角。他看着她红通通的脸蛋，这一刻他确实有对她做点坏事儿的冲动，但他克制住了。

阻止他做坏事儿的并不是绅士风度或者别的什么，纯粹是那一脑袋小辫。

林初宴无法接受自己在梳着五个小辫的状态下和喜欢的女孩子接吻。那可是初吻，一旦亲下去，就是一辈子的心理阴影了。

两人都没说话，气氛一阵尴尬。不过也没尴尬太久，因为书房的门突然被人推开了。

他们俩意外地向门口望，门外的人也在看他们。那人一眼看到林初宴的一脑袋小辫，似乎受到了不小的惊吓，直接爆粗了：“何方妖孽！”

中气十足的声音，把向暖都吓了一跳。她感觉有些奇怪，眼前这位大叔，从相貌到声音，都让她有种熟悉感。

林初宴慢悠悠地撸下脑袋上的发圈，一个，一个，又一个，一边撸，一边喊了声：“爸。”

林雪原真的不想承认眼前这妖孽是他儿子，他黑着脸走进书房，视线一偏，这才定睛去看房间中的另一人。

向暖感觉这位叔叔凶巴巴的，她有点怕，不敢看他，小声说道：“叔叔好。”

林雪原：“……”

他想到他当初第一次见到这姑娘就把人家吓到了，现在因为看到倒霉儿子作妖，一时有点暴躁，又把姑娘吓到了……林雪原又心虚又惭愧，又有一点小小的侥幸心理，希望姑娘记性不好，不要认出他。

他心虚，向暖也心虚，跑到人家家里把人儿子祸害出一脑袋小辫……多欠打啊。

林初宴撸完发圈，随意撩了撩头发，把发型变回到中分。由于刚才乱扎头发，现在发型有点怪，像个长歪了的大甜瓜。

林初宴神色镇静，说道：“爸，这是向暖。”

“你好。”林雪原朝向暖点了点头，尽量使自己的语气和蔼可亲，仿佛一个耐心的幼儿园教师，说，“我只是来找个榔头，不好意思，没打扰到你们吧？”

“没没没……没有。”向暖讲话有点结巴。奇怪了，为什么连讲话结巴都感觉好熟悉……

林初宴弯腰将自己的木工箱拉出来，打开让爸爸随便挑，他奇怪地问道：“你要榔头做什么？”

“楼下有只小猫，钻进花瓶里出不来了，我估计得把花瓶敲碎。”林雪原提着榔头，气场从两米八变成三米八，他说，“你张姨的儿子生病住院，今晚她不能过来做饭，晚饭我给你们做……向暖，晚饭在这儿吃，别跟叔叔见外。你想吃什么跟叔叔说。”

“谢谢叔叔。”

“行，你们聊，我去解救那个智障猫。”

目送爸爸离开后，林初宴对向暖说：“我爸做饭挺好吃的，不过他太忙，不常做。”

这一头，林雪原提着榔头走到楼下，第一时间给越盈盈打了个电话：“老婆，你快回来，初宴把他的小媳妇儿带回家了！”

越盈盈本来在和一个女画家喝下午茶。女画家又有才华又有个性，越盈盈很欣赏她，不出意外的话，今年会把她签进自己的画廊。

接到林雪原的电话后，越盈盈把女画家丢下，迫不及待地回家了。画家再有才，也不及儿媳妇儿重要。

当然，越盈盈心里知道，此处的“儿媳妇”还只是她家初宴的一厢情愿。不管怎么说，她一定要第一时间去看看那个小美女。

回到家一进门，越盈盈看到林雪原在客厅摊着个笔记本电脑处理公务。客厅是个好地方，方便随时观察别人的动向。

越盈盈脱下大衣放下包，走到林雪原身边坐下，问他：“怎么样？那个女孩没走吧？”

“你怎么回来得这么快？你超速了？”

“没有没有，今天红灯少……初宴呢？他带回来的女孩呢？”

林雪原的眼神有点意味深长：“看电影呢。”

“哦？在哪里？外面还是家里？”

“地下室。”

“地下室好，地下室好。”越盈盈感觉初宴的进展超过预期，她有些高兴，看到老公在皱眉头，她问，“你怎么还不乐意呀？”

“我是觉得，初宴他……”林雪原说着，指了指自己的太阳穴，“这里出了点问题。”

“什么意思？”

林雪原凑到她耳边，悄悄跟她讲了。

越盈盈听完，也有些担忧：“他怎么这么傻呀？被女孩看到那样，人家不嫌弃他？”

“说得是呢，太傻了。”

“你有照片吗？给我看看。”

“没……”

越盈盈有点遗憾，紧接着又说：“你猜，他们现在在看什么电影？”

林雪原一乐：“还用猜吗，肯定是爱情电影。”

林雪原说得没错，林初宴他们确实在看爱情电影。电影的名字叫《怦然心动》，是一部很经典的爱情电影，青涩又纯情。

地下家庭影院封闭而昏暗，这样的空间里，人和人之间的距离会被黑暗缓慢侵蚀。

林初宴坐在向暖身边，借着屏幕的光，他时不时侧脸看她，观察她的表情。向暖神情游离，目光显得有些空洞。

她和他一起看爱情电影，竟然一直走神……林初宴有些失望。

电影里演到男孩和女孩一起种树，两人往树根处埋土时，男孩的手盖住了女孩的手。

林初宴心头微动，手悄悄地朝她挪动。

向暖突然猛地一拍大腿：“我知道了！”

林初宴被她吓了一跳。

“你知道什么了？”他低声问她，语气有些不易察觉的无奈。

“我知道我在哪里见过你爸爸了。”

“电视上？杂志上？”

“不是。”向暖摇了下头，“我有一次在主校区的湖边看到他，他当时在打电话，气急败坏得很，我和歪歪学长都被吓到了。叔叔很客气地和我们说抱歉，他还说他生气是因为自己的儿子，他说他儿子……”向暖说到这里顿了一下，她的回忆里出现那六个掷地有声的字，“滚刀肉，不要脸。”

林初宴没想到还有这样的事儿。本来他想修复自己在向暖心目中的形象已经很吃力了，结果还横插这么一出，他爸在背后给他使绊，很好，亲爹。

向暖觉得这件事情挺好玩的，她笑嘻嘻地看着林初宴，说：“知子莫若父。”

林初宴把手里的爆米花捏得咔咔响。

看完电影出来，向暖看到客厅里多了一个人，不需要介绍，她就能猜出那是林初宴的妈妈，因为面貌上有几分相似。看得出林初宴的清秀相貌遗传了妈妈。

越盈盈一见向暖，眼前一亮，感觉这女孩长得明艳又清纯，真人比照片还要生动几分。不等林初宴介绍，越盈盈就笑道：“你就是向暖吧？我听初宴讲过你，又漂亮又可爱的女孩子。”

嗷，林初宴在别人面前说她又漂亮又可爱！虽然他是个神经病，但这一刻她选择为他亮灯！

向暖有点不好意思：“阿姨好。”

“来，坐，等你叔叔去做饭。你叔叔做饭特别好吃，平常都不轻易做的，我们今天都有口福啦。”

越盈盈从外表到声音都是温婉细腻的，讲话不紧不慢，情绪很放松，再多的话讲出来也不着急，给人一种又温柔又有耐心的印象，让人心生好感。

林雪原晚饭要用的食材已经让秘书送来了。他今天打算多做几个菜，于是早早地进厨房。

林初宴留妈妈和向暖说话，他也跟进厨房：“爸爸，有需要帮忙的吗？”

对于儿子的突然献殷勤，林雪原表示不屑：“你能帮什么忙？也就会煮个方便面。”

林初宴没答话，见那一堆食材里有葱，于是把葱拿出来剥。剥葱他总是会的。

林雪原围着个围裙，把要洗的菜都放进洗菜池，说道："初宴，你别嫌我唠叨。你说你到底会不会追女孩子？扎小辫？亏你想得出来。"

林初宴指尖灵活，一层层地剥着葱皮，答道："她想扎，我有什么办法。"

"她想扎你就让她扎啊？你一个大男人，能不能爷们儿一点？疼女人不是这么疼的。我对你妈算好吧？你妈要是让我扎小辫，我绝对不扎。"

林初宴幽幽看了爸爸一眼："她让你贴面膜，你从来都不拒绝。"

林雪原抽出一把剔骨刀，熟练地往案板上一剁，瞪他："再顶嘴剁了你。"

林初宴不敢顶嘴了。剥完葱，他走得离爸爸近一些，小声说："我问你个事儿。"

"嗯？说。"

"你在向暖面前说我是滚刀肉，不要脸？"

林雪原洗菜的动作停住，面上闪过一丝心虚。紧接着，他理直气壮地看着儿子，反问："我说错了吗？你是不是滚刀肉，是不是不要脸，你自己心里没数吗？"

林初宴叹了口气："你在我喜欢的女孩面前这样说我，我没法好了，刚才向暖还笑我呢。要是我妈知道……"

林雪原深吸一口气，一脸隐忍的样子，擦干净手，摸出手机，点了几下。

林初宴看到自己的手机有消息提示，爸爸发来一个五千块钱的现金转账。

嗯，封口费。

林初宴握着手机，小声说："爸爸，你看不起我。"

林雪原又发了一个五千的："够了吗？"

林初宴非常懂得见好就收的道理，把两个红包都领了，手机一收，说："我可不是为了钱，我是不想看到你和我妈吵架。"

林雪原翻了个白眼："滚。"

一个"滚"字说得铿锵有力，于是林初宴麻溜地滚了，刚回到客厅，他听到来自自己亲妈的尖叫。

他妈妈很少这样失控，他听到妈妈说："天！原来你是向大英的女儿？！"

越盈盈着急回来看传说中的向暖，一来是好奇，二来也存着一点探究的心思。毕竟是初宴一心喜欢的女孩，当妈妈的怎么也得观察一下。她回来后与向暖聊了会儿天，感觉这小姑娘天真可爱，落落大方，谈吐也好。越盈盈在心里正感叹自家儿子的好眼光，与向暖聊着聊着说到她喜欢的画家是向大英，结果向暖来了一句"那是我爸爸"，越盈盈立刻就不淡定了。

温柔可亲的漂亮阿姨突然拔高声音，把向暖吓得小心脏颤了颤，有那么一瞬间，她甚至怀疑爸爸是不是在外面结了什么仇……但紧接着，她发现自己刚才忽略掉一个很重要的事实——林初宴的爸爸曾经千辛万苦地想跟她爸求一幅画送给妻子。

所以，应该不是结仇，而是偶像崇拜？

向暖代入了一下自己，假如王者峡谷里她最喜欢的两个颜值担当——诸葛亮和貂蝉一起走到她面前，想必她也会尖叫的。

越盈盈为自己的失控感到不好意思，她用一只手紧紧地握着另一只手，无意识地揉着，朝向暖笑了笑："抱……抱歉，我有点激动。"说完这话，她看一眼正走过来的儿子，眼神有些抱怨。

林初宴因为被爸妈打击到，一直不愿和他们多提向暖，关于向暖的家世，他自然也没来得及说。他走过来坐在沙发上，说道："我忘了和你们提。"明明客厅里沙发很宽敞，他偏偏坐在向暖身边，挨得不算近，但也不远。

向暖有点走神。越盈盈鼓起勇气，拉了向暖的右手握在手里，轻轻拍了一下，笑道："我说呢，什么样的人家可以养出这么好的孩子，原来是向教授家，那就一点都不奇怪了。"

林初宴好想提醒一下妈妈，她的表情有点狗腿啊……

向暖被夸得都害羞了，红着脸说：“阿姨，您过奖了。”

“一点也不过奖，向暖，你是不是不了解令尊在书画界的地位？”

林初宴抚额，“令尊”都用上了呢……

向暖被越盈盈问得怔了一下，她只了解爸爸在家里的地位，大部分时候，他都要听老婆的话，可以说是没什么地位……至于书画界的地位嘛，向暖受这样的家庭熏陶，也不是完全不懂，她想了想书画圈名头比较响亮的大画家，她爸爸虽然算有点名气，可也没到有什么江湖地位的程度吧……

向暖有些不确定地问越盈盈：“阿姨，我爸爸很有名吗？”

“要说在书画界的名气，向教授的名头并不是最响亮的，但他的地位很超然。早年师从国画大师瞿文松先生，是瞿先生的关门弟子，他早期书画作品还有些瞿先生的影子，但很快脱去窠臼，自成一派，画作任意风流，生趣盎然。难得的是人品高洁，不慕名利，他很少卖画，也从不拉帮结派。市面上流通的他的画作，百分之九十九都是赝品。”越盈盈简单地总结了一下。

向暖仿佛听了一段有声的百度百科。听了阿姨的科普，她感觉她每天在家里看到的可能是个假的向大英同志……

越盈盈又说：“你知道我们为什么用‘生趣盎然’来评价令尊的作品吗？书画界从不缺妙趣横生的作品，但能担得起‘生趣’一词的，唯以向教授为首。”

向暖仿佛一个电视广告里的群众演员，很配合地问道：“为什么呢？”

“因为向教授的画作蕴含着一种很纯粹很美好的生命力。纯粹是因创作时一片丹心，毫无杂念，美好是他乐观豁达的天性反映，生命力是他对这个世界的热爱。”

越说越玄乎了……向暖都不知道怎么接了。

林初宴用一种看大忽悠的眼神看着他亲妈。

“真的。”越盈盈的表情很认真，“传说有人通过向教授的画作治好了抑郁症。”

向暖想了想，问："会不会是有人想炒作呀？"

"不是，这个事情并没有报道出来。我听说记者都写好新闻稿了，后来找向教授要好处费，向教授报警说那是诈骗电话，新闻也就没发。"

还有这种操作啊……向暖无意间从别人那里听到自己亲爹的八卦，感觉陌生又好玩。

之后越盈盈和向暖聊了很多，从人生哲学谈到诗词歌赋，林初宴才发现原来他妈妈可以说这么多话。

他心情不太美妙，这种时候难道不该留他和向暖两人独处吗……妈妈怎么还不走……别人都是坑爹，他爸妈倒好，一个两个的，专门坑儿子。

林雪原做了八菜一汤，有凉有热，有荤有素。他把晚饭做好后，越盈盈跟他说了向暖的来历，林雪原除了惊讶之外倒没有太大反应，不像越盈盈那样激动。他自知是个俗人，收藏几个古董都算附庸风雅了，没办法像喜欢钱那样去喜欢艺术。

不过看着自己老婆提到别的男性时眼神透着膜拜……好吧，他承认，他还是有一点小嫉妒的。

但他很能理解老婆。越盈盈这人特别喜欢画画，年轻的时候就是，可惜老天爷不开眼，给了她超一流的审美眼光，却给了她十八流的绘画天赋，无论如何努力，画出来的东西总是透着一股匠气——这是她自己说的，说是唬一唬外行人还可以，内行人一看就要笑了。所以她画了画从来不给人看，都是藏在家里。

林雪原感觉这种尴尬类似于那些明知道怎么做能赚到钱，却偏偏做不到，只好眼睁睁看着别人数钱……想想那个画面，心都要碎了好吗。

"老公，愣着干什么？"越盈盈说。

林雪原收回思绪，放下最后一盘菜，然后拍了拍老婆纤细的肩膀，神色十分郑重："老婆，加油。"

越盈盈莫名其妙地看了他一眼，低头给向暖盛了碗米饭。

向暖双手捧过饭碗："谢谢阿姨。"

“向暖，在这儿就当是自己家啊，不要见外，多吃一点。”

“妈，我的呢？”林初宴说。

“你自己没长手？”

林初宴坐得离饭煲比较远，他只好起身绕过来，自己盛饭，盛完自己的又给爸妈各盛了一碗，这算是以德报怨？

一顿饭吃得算是其乐融融，至少向暖和越盈盈挺乐融融的。向暖现在超喜欢林初宴的妈妈，感觉这位阿姨什么都懂，什么都能聊两句，而且再高深的东西，她都能用浅显的语言讲出来，她讲话总是平和又温柔，让人完全感觉不到距离感。

吃过晚饭，越盈盈问向暖：“向暖，你喜欢看音乐剧吗？”

“看啊，阿姨你有推荐的吗？”

“我赞助了一个公益项目，是支持年轻人自己制作音乐剧的。”

“那挺难得的。”

“对呀，今晚就有一场，你要是想看，我——”

“妈。”林初宴突然打断她们的交谈。

越盈盈看向林初宴，发现儿子的目光带着一点幽怨。

“我……”越盈盈艰难地顿了一下，继续说道，“我和你叔叔今晚都没空，票放着也是过期浪费，不如你和初宴去看看？”

林初宴悄悄松了口气。妈妈终于不坑儿子了，感天动地。

音乐剧的音乐挺好的，剧情有点无聊。向暖看到一半，有点撑不住了，脑袋垂着，一点一点的。

她其实很想玩一把游戏，可又觉得这样不够尊重演员，只好这样一直玩点头游戏。

点了会儿头，她肩上突然绕过来一条手臂。林初宴抬起手，扣着她的脑袋轻轻用力，将她拨向自己的肩头。

“睡吧。”他说。

她没有丝毫抗拒，像一把柔软的柳枝，顺理成章般靠在他肩上。

林初宴眼睛望着舞台，目光却有些空，他的注意力全在她身上。他舔了舔唇角，想要压下跳得过快的心脏，他担心他打鼓一样的心跳声将她吵醒。

向暖的身躯起伏均匀，似是熟睡。在黑暗的遮掩下，没有人能看到，她的睫毛不安地颤抖着，脸蛋红得像个小火炉。

这晚看完音乐剧，两人一起回去，路上都有些沉默。

越盈盈想得很周到，给向暖准备了很多东西，洗漱用品、护肤品、拖鞋、睡衣等，还有一个白色的香熏灯……可以说是无微不至了。向暖感觉比住五星级酒店都舒适。

晚上她躺在柔软的床上，给闵离离发信息：睡了吗，离傻？

闵离离秒回：没有呢，暖傻，怎么了？

嗯，向暖想和闵离离说心事儿，又感觉难以启齿，便只回道：我明天要比赛了哦。

闵离离：我听郑东凯说了。

向暖：那你都不给我加油吗？

闵离离：你还有脸问，现在想起我来了？这段时间郑东凯跟我说过的话都比你跟我说的多！你跟我说，你是不是在外面有人了？

向暖：……

闵离离：嗯？不会真有人了吧？是哪个小贱人？我去砍了她。

向暖打了闵离离的电话。

“离离，我好像喜欢上一个人……”她红着脸，似乎在说什么丢脸的事情。

闵离离长长地“哦”了一声，说：“原来我们暖暖是思春了呀？让我猜猜那个人是谁……那人姓闵，对不对？”

“你别闹，我认真的。”

“好吧好吧……是林初宴对不对？”

向暖沉默了一会儿，小声问她：“你怎么一猜就中啊？”

“你以后可以叫我离神了。怎么样啊暖傻，你们是不是快在一起了？说好了，脱单请客啊，我要吃什么你就得请我什么。”

“没有在一起，我还不知道他怎么想的呢。”

“哦？”

向暖眼珠转了转，说道：“其实我觉得，他可能也有点喜欢我。”

“哦？何以见得？”

“我跟你说，上次情人节，他把别人给我的巧克力，偷偷换成了大便——”

“什么鬼！这样的男的不乱棍打死，你留着过元宵节啊？！”

“不是不是，你等我说完嘛！是大便形的巧克力！本质上还是巧克力啊……”

“哦哦。”闵离离松了口气，“我说呢。林初宴虽然风评不好，可也不至于这么恶心。”

“还有哦。”向暖回想起今天的事情，忍不住乐了，“他还让我给他梳小辫。”

“是……他主动要求你这样做的？暖暖，听我的话，这种男人不能要。”闵离离的语气变得忧心忡忡以及语重心长。

“不是不是，是我要求的，他一开始不愿意，后来就愿意了。”

“暖暖啊，你这话说得很容易让我脑补出一本黄色小说唉！”

“……”还能不能聊天了啊！

闵离离又说：“好了，说正事儿，你们到底什么时候在一起？给个准话。我想想我吃什么，嘻嘻。”

向暖有些忧伤了：“我也不知道啊，他又不向我表白。”

“那你不会和他表白吗？”

向暖想象了一下那情形，有些为难：“如果我表白，他要是笑话我怎么办？”

“他要是笑你，你就把他扔进洗衣机里。”

“哈？”

“甩一甩他脑子里的水。”

向暖脑补了一下 Q 版林初宴被塞进洗衣机甩脑子的画面，有点搞笑。

第二天的大区赛从下午两点开始。杨茵没给他们留训练任务，向暖和林初宴两人一上午都在双排打游戏，主要是放松身心熟悉感觉。

越盈盈给他们送了一次水果、两次茶水、一次甜点和零食，后来干脆坐在向暖身边看她玩。

这个时候林初宴就觉得自己不像是亲生的。他妈妈知道他玩这个游戏，也知道他去参加比赛，知道归知道，平常不问一句，爱输输爱赢赢，都不关她的事儿。这会儿倒好，坐在向暖身边，装出一副能看懂的样子，还生怕打扰到人家，一句话也不说。

过一会儿，向暖玩累了，肩膀有些酸，她轻轻活动肩膀时，越盈盈看到，便站起身：“来，阿姨给你按按。”

向暖笑道：“阿姨你真好。”

林初宴感觉她们好得像一对姐妹。不，不能这么想，如果向暖和他妈妈成姐妹了，那他就得叫向暖阿姨了……林初宴想到这里一阵黑线。

越盈盈问向暖：“你今天的比赛，要不要化妆呀？”

向暖摇头道：“不用吧，又不是选美。”

“不会上镜吗？”

“应该不会，虽然比赛有转播，但都是游戏画面的转播，没有人解说，也不会转到选手的镜头。这次赛事的级别比较低，有些流程能省则省。”这些是杨茵对她说的，向暖把大概意思转述给越盈盈听。

越盈盈说：“那也要多少化一下，万一到时候被拍到呢？你一定要把自己最好的状态展示给外界。”

一句话说得仿佛向暖成了个大明星，向暖心里轻飘飘、美滋滋的，接着又有点羞涩：“我其实不太会化妆……”熟练度不够。

越盈盈等的就是这句话，她轻轻一拍向暖的肩膀：“我会，我给你化，保证给你化得漂漂亮亮的。”

越盈盈给向暖化妆时，发觉这姑娘的皮肤真是太好了，满满的胶原蛋白，细腻白嫩透着点微红，没有斑或者痘印，连痣都很少，只在下巴左边有一颗芝麻粒大小的浅褐色的痣，不认真看几乎看不出。总之她的皮肤真应了那句话——年轻就是最好的化妆品。

越盈盈给向暖化了个淡妆，主要突出水嫩嫩的少女感。向暖的一双眼睛本就灵气逼人，在越盈盈的妙手之下，显得更大更灵动，像是会说话一样。唇妆也重点照顾到，向暖的唇形太好看了，是越盈盈最喜欢的部分，所以化得很仔细，化完特别有成就感。

化完妆，越盈盈把向暖带到林初宴面前。

林初宴看得有些呆愣。她本来就很漂亮，现在化了点妆，五官比平常更显细腻精致，尤其一双眼睛，清澈明亮，眼波如泓，被这样一双眼睛注视着，林初宴感觉内心一阵悸动。

林初宴老盯着她看，让向暖很不自在，她低着头，不安地扯了扯衣角。

越盈盈一副过来人的样子，低头笑了一下，说道："早去早回。向暖，晚饭带你去吃好吃的。"

林初宴回过神："晚上我们聚餐。"

"好吧。"

林初宴和向暖并肩往外走，走到门口时，林初宴突然说道："你等我一下。"说完转身，噔噔噔跑上楼。

向暖一脸莫名其妙。

不一会儿林初宴又下来了："走吧。"

两人上车，林初宴坐在驾驶座上，侧脸看着副驾驶上的向暖。封闭的空间里，任何细微的动作都可能被放大，更何况是这样毫不掩饰的目光。

向暖被他看得一阵脸热，别开脸，小声说："看什么看呀。"

"好看。"他低声说，说完笑了一声。笑声低低的，有些愉悦。

向暖不知道怎么接，埋着头不说话，心房却已经滚烫了。

她的手里突然塞过来一个盒子。林初宴做这个动作时，不知是有意还是无意，食指的指尖刮到她的虎口，停了停，才离去。

向暖心里一颤，定睛看，见那盒子是黑色的，看起来蛮精致，盒盖上印着银色的文字，是意大利语，看不懂意思。

“这什么呀？”她问道。

“打开看看。”

她依言打开。盒子里躺着一枚樱桃胸针，樱桃的枝叶是用青铜做的，纤薄而逼真，两颗樱桃好像是玻璃珠做的，暗红色，很漂亮。

“真好看。”她禁不住说道。

林初宴说：“戴上试试。”

“给我的呀？”

他侧头看她，眼里带着点笑意：“不然呢？”

向暖看着他的目光，心想，这不是引人犯罪嘛……她不敢看他了，低着头将胸针取出来，戴在自己的毛衣上，戴完欣赏了一下，怎么看怎么觉得满意。

向暖问道：“怎么突然想起来送我这个？”

林初宴目视前方发动车子，状似不经意地答了一句：“早就想送了。”

第二十二章 独一无二的表白

向暖他们到时，杨茵和郑东凯、歪歪已经先一步到体育馆。杨茵看到向暖，有点惊讶，笑道：“今天这么漂亮啊？”

向暖笑嘻嘻地挽住杨茵的胳膊：“茵姐姐今天也很美呀。”

今天算是比较正式的场合，杨茵作为教练，也化了个妆。这两人美美地往体育馆走，三个男生跟在她们身边，颇有点护花使者的意思。一路上遇到的人眼神都往她们俩身上溜，连歪歪都与有荣焉了，虽然美女不是他女朋友，但和他是一伙的。

沈则木是最后一个到的。杨茵这是第一次见沈则木的真人，一眼望过去挺拔英俊，比她脑补中的帅很多。不过那人气质是清冷寡言，一看就不合群，欠打的类型。

沈则木第一眼看到的是向暖。他与几人点下头，算打了招呼，目光又往向暖身上飘，然后他问向暖：“你什么时候回南山的？”

六个人里，只有他和向暖不是本地人。

向暖答：“我昨天就回来了，学长你呢？”

沈则木追问道：“没住学校？”

呃……向暖感觉，如果照实回答，说自己住林初宴家，听起来就太暧昧了……虽然她还没来得及对林初宴做点什么。

向暖犹豫的这一会儿，林初宴毫不犹豫地直接替她答了："向暖住我家，学长。"

歪歪和郑东凯的表情都有些微妙。

沈则木与林初宴对视着，两人的眼神都不太友好。杨茵一阵头疼，她真是脱离学校太久了，不懂现在学生们的情趣，都该打比赛了，还有心思在这儿争风吃醋？

终于，无耻的人更胜一筹。林初宴对着沈则木微微一笑，挑着眉问："学长也住我家吧？我们可以睡一个房间。"

沈则木一个"滚"字差一点脱口而出，视线一转见其他人都在看他，他忍了忍，只是说道："不用。"两个字短促而有力，连路人都能听出他语气里的排斥。

这时，工作人员招呼他们可以进场了。几人起身，走向比赛席，沈则木走在前面，听到身后的郑东凯和林初宴说话。

郑东凯说："你家房间不是很多吗，还需要挤一个房间？"

林初宴说："我想和学长睡不行吗？"

沈则木："……"求求你们别说了。

向暖本来觉得林初宴有点喜欢她，现在听到他们讲话，她有点不淡定了。万一林初宴这人男女通吃怎么办？万一他既喜欢她又喜欢沈学长呢？就像论坛里讲的那样……她要怎么办？为了独占林初宴的爱而先去把沈则木泡到手吗？什么鬼！

"你们都给我专心点。"杨茵忍不住了，说道。

向暖连忙收起心思，她感觉自己的脑洞太大了。

时光战队的第一个对手是波老师战队。双方选手进场前有一个握手的环节，向暖出于礼貌，跟每个人握手时都保持微笑，还郑重地祝福对手："加油！"

对方五个男生，跟她握完手，有三个脸是红的。

那五个男生走向自己的席位时，一边走一边交谈。

“那个女生会不会就是他们的秘密武器？她好漂亮，是我见过的最漂亮的女孩子！”

“肯定是！怎么办，我感觉自己要恋爱了……”

“大哥，专心打游戏行吗？”

“对，专心打游戏，赢了才能引起她的注意，才方便去要她微信。”

时光战队这边，他们五个人按顺序走进比赛房间时，杨茵突然叫住沈则木，两人留在门外。

“怎么？”沈则木问。

杨茵抱着胳膊，斟酌了一下措辞。她以前做职业选手时都是别人对她做赛前疏导，现在轮到她疏导别人了。杨茵做教练的时间并不长，她好不容易转型上岗后，还因为把老板打了而迅速丢掉工作，严格意义上说，时光战队的五个人是她真正做教练带的第一批队员。

这会儿她尽量把语气放温和，对沈则木说：“不管你们之间有什么感情纠葛，先打好比赛，知道吗？”

沈则木不喜欢杨茵说话的语气，搞得好像他是一个孩子。他居高临下地看了她一眼，淡淡地“嗯”一声，转身走进比赛房间。

杨茵摸了摸后脑勺，感觉做教练比做选手要累得多啊……

比赛房间是全封闭的，三面是墙，一面是明亮的落地窗，很宽敞。房间内有赛事专用的桌椅、手机、隔音耳机等。在一些大的赛事中，房间内还会有直播设备，这次因为赛事级别低，手头紧，所以都免了。

对面的波老师战队并没有教练，对比之下，向暖认为时光战队战斗力更强，就像古代的农民起义大多以失败告终，因为农民军打不过正规军。而结果也像她预料的一样，波老师战队以迅雷不及掩耳之势，溃败了。

“对面的失误有点多。”一局结束，向暖说。

歪歪：“我怎么感觉……对面的表现欲有点强，浪翻天了……”

他这话说完，四个男生齐刷刷看着向暖，众人的表情大概在恍然大悟与心照不宣之间。

向暖摸了摸鼻子：“有点扯了……”

说对手是为了引起她的注意力才打这么烂的？这事儿光想一想都觉得太自恋了。

可万一真是这样呢？向暖觉得不太好，搞得好像是他们故意用美色迷惑敌人，有点胜之不武的意思。所以第二局开局后，她特意在公频上说了句话：加油！

对面竟然给了回应。

小波：谢谢妹子，这局我们要是赢了，能加个微信吗？

初神：不能。

小波：要是输了，能加吗？

暖神：……

他们这是在打比赛吗？怎么会在比赛里索要微信，还能不能有点节操了！

对手都自我放逐了，还鼓励他们什么？一个字：打！

显然波老师战队的几位因为第一局状态不好，第二局已经没什么斗志了，苟延残喘了一会儿，终究还是溃败。

时光战队晋级。

“这晋级也太轻松了。”向暖忍不住吐槽了一句。

“下一把我们不能松懈。”歪歪说，“向暖的美色也不一定随时都管用。”

“我谢谢你，赶紧闭嘴好吗……”

半决赛的对手是魔方战队。魔方战队的人看到对手里混着个女孩子，似乎也很惊讶，赛前握手时，他们问向暖的游戏 ID 是什么。

歪歪帮向暖回答：“她 ID 是暖神，你们手下留情啊。”

然而魔方战队并没有手下留情，不仅如此，他们还把向暖当突破口来针对。大概是觉得这么漂亮的女孩子肯定玩不好游戏吧，既然是弱鸡一个，不打她打谁？

问题是向暖并不弱……不仅不弱，她对战士类英雄的理解也很好，一手老夫子又能打又能扛，一见事情不妙，溜得贼快，让人想骂娘。

她不是团队的突破口，她是团队里最坚硬的那块石头。魔方战队投入了精力，却没得到相应回报，整个节奏有点乱，打着打着就输了。

第二局魔方战队学聪明了，给了向暖非常高规格的待遇——直接禁掉了她的老夫子。

向暖在杨茵的建议下选了杨戬。她也不知道自己怎么了，反正今天的手感特别好。队友也发觉向暖的手感好，有意识地给她让经济，所以向暖的杨戬是全队发育最好的一个点。杨戬是一个有宠物的男人，他的宠物是一条高贵的单身狗。单身狗可以放出去咬人，只要咬到人，杨戬就能立刻追上去。单身狗可以跑出很远一段距离，这个技能用于追击、切入敌方后排时都非常好，同时也能用于逃跑——单身狗咬一下前方的小兵或者小怪，只要咬中，杨戬嗖的一下蹿得比狗都快，敌人很难追上。

这会儿向暖手里的杨戬，单身狗一咬一个准，把敌方小脆皮砍得人仰马翻。一个队伍里，如果法师和射手英雄的成长道路太艰辛，那么这个队就已经输了八成。

魔方战队再次饮恨败北。

比赛结束，双方走出比赛席，握手道别。魔方战队的人对向暖说：“现在的妹子都这么厉害了？”

向暖有点不耐烦：“性别有那么重要吗？”说完这话，她感觉头顶上突然多了一只手，揉了揉，拍了拍。

林初宴：“打得不错。”说着收回手。

向暖：“不许摸乱我的发型。”

林初宴牵了牵唇角。

歪歪看看他们又看看沈则木，最后长长叹息一声，拍了拍沈则木的肩膀，一切尽在不言中。

他们决赛的对手是诗与远方战队。

从半决赛结束到决赛开始，有一个小时的调整时间。杨茵把他们集合到备战室，几人一起粗略看了诗与远方战队前两场比赛的回放。看完得出一个结论——这个战队的出场英雄很少。也就是说，他们的英雄池可能很浅很浅。

这战队此前之所以能一路赢下来，是因为对手没机会或者没时间研究他们，进而做出针对策略。现在时光战队可以做到了。

决赛时光战队打得比半决赛还轻松一点，把对方的优势英雄禁掉、拿掉或选出针对性阵容……对付英雄池浅的队伍，方法不要太多。

打完这场，锁定冠军，出来之后歪歪第一个欢呼："两万块奖金入账！每个人六千！我就当自己拿奖学金了！"

向暖提醒他："你想得美，还有我们教练呢！你想让教练打白工吗？"

"随便给我一点就好了。"杨茵也很高兴，一扭头，见沈则木望着众人，眼里有些暖意。

杨茵对沈则木说道："打得不错。"

沈则木还是淡淡的一声"嗯"，听着特别招打。

六人一起去找地方吃晚饭。

向暖赢了比赛特别激动，一直在和歪歪他们讲话，回味刚才的精彩瞬间，互相吹捧……

林初宴听着也不觉得烦，低着头，用手机给陈应虎发了条信息。

林初宴：我打算跟她表白了。你作为过来人，有什么好的建议？

陈应虎：兄弟，我失恋了！

林初宴：……

向暖聚餐时本来想喝点小酒助兴，可惜杨茵不许。

"后天就是全国赛，明天我给你们安排了一天的训练任务，十二个小时。全国赛奖金五万，看在钱的面子上，你们先忍忍。"

那之后的两天向暖忙得要死，暂时将儿女情长抛在脑后。第一天紧锣密鼓地训练，第二天，几人一起开车去二百公里外的玉明市参加本次校际联赛的全国赛。

全国赛是每个大区的前两名、一共八支队伍参加，像大区赛一样，三局两胜单败淘汰，一天之内决出冠军。

向暖他们的准备是很充分的。确切地说，是杨茵的准备很充分。

杨茵把大区赛几个参赛队伍的比赛录像都看了一遍，有些地方还要放慢镜头看，边看边总结。她将各个队伍的优势和短板都总结好，提前发给几人看。

向暖看到那份细致堪比论文的总结，她就觉得时光战队赢了。别的队伍当然也可以看到他们的比赛，但别的队伍没有杨茵，这是双方最本质的区别。

而事实也正如她所预料的那样，时光战队一路过关斩将，虽偶有波折，最后终究是顽强地站在了冠军的领奖台上。

高校赛的直播本来只直播游戏画面，没有选手露脸。不过最后要直播颁奖典礼，所以冠军队自然会出现在镜头前。

颁奖典礼有点寒酸，没有观众，录像设备也像是二手市场淘来的，一切的一切都非常符合这类业余赛事的气质。

在这样的镜头里，时光战队的五个成员一个个出现，直播间被刷屏了。

毕竟是业余赛事，关注的人并不多，这会儿直播间的弹幕突然爆炸，甚至吸引了网站监测人员的注意。

“太好看了！”直播间的观众纷纷感叹，“游戏打得好也就算了，长成这样还讲不讲理啊？而且还是南山大学的，还给不给别人活路了！”

有一些观众并不沉迷于眼前的美色，他们想得长远，于是纷纷跑去给豌豆 TV 的官方发邮件，要求豌豆 TV 考虑一下，签约这个战队的人来做主播，这样大家就能天天看到男神女神啦!

彼时时光战队并不知道自己正在带给别人怎样的轰动，领完奖，他们高高兴兴地出门分钱了。

分完钱，林初宴把向暖送到高铁站。向暖已经提前买了回家的车票，明天是元宵节，她要回家和爸妈一起赏灯。

他们的比赛奖金是按人头分的，总共八万块，六个人每人一万三千多，所有奖金以银行转账的方式发放。

向暖收到奖金后，跑去银行把奖金都变成现金，然后回到家坐在客厅里，翻来倒去地数。

她数完一遍，就握着一沓钞票在手心甩两下，甩出啪啪的脆响，一脸嘚瑟的样子，特别招打。

任丹妍感觉不忍直视，问她："你没见过钱吗？"

"那不一样，这是我自己挣的。你老说我玩游戏没正形，那这是什么呀？"说着，又啪啪两下，"打了六天，赚了一万三，平均一下，一个月赚六万多。"

"哦，挺好的，我们暖暖是大人了，那以后你学杂费、生活费就自己包了啊，妈妈不管了。"

向暖一听，脸立刻垮了，扯着妈妈的胳膊："妈……我又不是天天都能有比赛。我还是个孩子，需要你和我爸的资助。"

任丹妍哼了一声，向暖吧唧往她脸上亲了一下。

任丹妍哭笑不得："你多大了还撒娇，去去去。"

"妈，今天我们吃汤圆吧？"向暖说到这里，想起忘却寄给她的那些汤圆，她在南山没法签收，是妈妈代收的，于是她说，"上次我朋友寄过来的那些汤圆，我都没来得及尝呢。"

"哦，那个，我和你爸尝了，挺不错的。"

"好啊好啊，我要吃。"

妈妈不好意思地看着她："我们都吃光了。"

向暖："……"亲妈。

向暖拿着奖金去商场买了很多东西，自己赚钱自己花，那感觉可真爽。她给爸爸买了一件春季款大衣，给妈妈买了条半身裙，想到越阿姨对她那么好，她又给越阿姨买了条丝巾。然后又七零八碎地买了些吃的玩的用的，还在《王者荣耀》里充钱抽了个武则天。

一万三千多最后花得只剩三百多。

向暖总觉得自己忽略了什么……哦对，林初宴送了她胸针，她要回礼呢，于是又从自己的小金库里拿出一千多，凑了凑买了块腕表。

早知道不抽武则天了……

向暖给林初宴打了个电话。两天没听到他的声音了，她压下心里那点小躁动，说道："林初宴，你家地址是什么？我给阿姨买了点东西，怕送货时她不在家，要不我直接写你的电话？对了，我还顺手——"

"向暖，我不在家。"

"哦哦，那你在哪儿呢？"

"我在居源。"

居源是一个城市，一个……沈则木居住的城市。

向暖心口重重一跳，脑子里闪过很不好的猜测。不是她脑洞大胡思乱想，而是……许多蛛丝马迹都在印证她可怕的脑洞，感觉有点沮丧。

"林初宴。"她小声叫他。

"嗯？"

向暖吞了下口水，鼓起勇气问他："你不会真的喜欢沈学长吧？"

林初宴听到这话，中分头差点气成爆炸头。

冷静，冷静……自己选的路跪着也要走完，自己选的人哭着也要喜欢。

向暖听到林初宴的呼吸声加重，像沉闷的风声，她感觉他好像生气了。

林初宴突然开口："我喜欢谁你不知道吗？"

向暖心房一阵慌乱，语无伦次地说："我我我我给你买了块手表。"

手机那头便安静了。过了一会儿，她听到他低声说："等我回去收拾你。"

向暖感觉这天没办法聊下去了。她正红着脸不知说什么好，听到手机那头传来另一个人的声音，声音有些遥远："初宴，电梯没电了，你去楼下取外卖。"

林初宴回了那人一句："你没长腿吗？"

"我失恋了！"

向暖：“……”她的听觉很敏锐，听出那是虎哥的声音。所以……虎哥失恋了？

林初宴大老远地跑去居源市，是去安慰失恋的虎哥吗？

片刻之后，向暖听到开门关门的声音，她知道是林初宴出门了。她八卦兮兮地问他：“虎哥失恋了啊？”

林初宴倒是对她没保留，答道：“确切地说，是他女朋友失联了。”

“啊？”

“他女朋友联系不上，已经好几天了，手机停机，微信和QQ留言都没人回复，像是人间蒸发一样。”

向暖愣了一下，问道：“这怎么算失恋呢？这算失踪吧？怎么不报警呀，万一她出了什么事儿呢……”

“失恋的可能性比较大。”

“为什么这么说？”

“那个叫可可的女孩，在失踪前向虎哥借了一大笔钱。钱到账第二天，她就不见了。”林初宴一边与她解释着，一边下楼梯，空旷的楼梯间里回荡着他有节奏的脚步声。

向暖算是听明白了：“这是遇上骗子了吧？那也得报警啊……”

她听到林初宴轻轻叹了口气，然后他说：“我感觉，他暂时没办法面对这件事儿。如果真的报警了，然后警察把可可抓到，证明可可确实是骗子……他受到的刺激只会更大。”

“那现在怎么办？”

“先让他缓一缓再说。”

“唉，虎哥真可怜。”向暖为虎哥感到难过，这种游戏技术好又专情的男生多难得啊，偏偏遇上的是骗子。

林初宴最后强调了一句：“别告诉沈则木。”

林初宴取了外卖，见小区门口停着几辆送快递的电三轮。盲道边蹲着两个快递小哥，一个顺丰的一个圆通的，正在吃盒饭。顺丰小哥还给圆通小哥夹了一筷子菜，十分相亲相爱的样子。

林初宴问顺丰小哥：“有林初宴的快递吗？”

“几号楼？”

“6 号。”

“好像有，我看看。”顺丰小哥放下盒饭，掏钥匙打开货箱，找了一下，说道，“两个。”

“嗯。”林初宴应了一声，掉头就走。

快递小哥蒙了：“喂，你不拿啊？”

“你们不是送上门吗？”

“大兄弟，可怜可怜我吧，今天电梯停电。”

林初宴给了小哥二十块钱，让他把两个箱子搬上五楼。

陈应虎好几天没出门了，这会儿还穿着睡衣，一副萎靡不振的样子。他看到林初宴带回来两个箱子，有些好奇，揣着手围着箱子转悠，那做派像个马路边寻找碰瓷机会的老大爷。

等快递小哥走后，陈应虎问林初宴：“这是什么？”

“木头。”

“你买木头做什么？”

“做房子。”

陈应虎一脸莫名其妙，不知所云。

林初宴没解释太多，与陈应虎一起吃了午饭。陈应虎没什么食欲，林初宴担心浪费粮食就没点太多，只给陈应虎点了碗小米粥，给他自己点的是鸡翅加大虾加鱼丸汤的豪华便当。

陈应虎吃了几口就吃不下了。

林初宴说：“我劝你多吃点，哪天她回来，看到你瘦成皮包骨头，估计就不要你了。”

“她还会回来吗……”

“可能吧。”

陈应虎默默地看着他。

林初宴说："遇到这种事儿，很多人的第一反应是骗子，但其实，从严谨的逻辑出发，还有其他很多可能性。"

"哦？"

"也许她有什么不得已的苦衷，比如还不上钱不敢面对你，比如得了绝症不想拖累你，比如发现自己是你失散多年的亲妹妹，比如突然出车祸失忆了……你要给她时间恢复记忆。"

"你当是演电视剧吗……"

"你以为电视剧为什么那样编？因为现实中发生过。"

陈应虎被他说得愣在当场，低头想了一会儿，说道："你的钱我会还的。"

林初宴正在用筷子将鸡翅的骨头剃掉，听到他说这话，便答了句"不急"。

陈应虎又说："初宴，谢谢你啊。"

"不用客气，今天还是你打地铺。"

"……"

陈应虎不喜欢在家听爸妈唠叨，现在独自在外租了个一居室。林初宴为了省酒店费就住在陈应虎这里，他不愿与人同床，陈应虎第一天睡的是沙发，沙发太小，差点闪了腰，第二天只好打地铺。

说好了一人一天轮流打地铺的，结果轮到林初宴时他突然要赖。

陈应虎可怜兮兮地看着林初宴："初宴，地上凉啊。"

"也对。"林初宴心软了，"要不——"

"嗯？"

"我给你买个防潮垫。"

"……谢谢你做出这么大的让步。"

林初宴在网上下单买了个防潮垫，然后对陈应虎说："这防潮垫是买给你的，所以你每天都要用。"

"我都失恋了，你竟然这样对我，你还是人吗……"

"你至少谈过恋爱，我一次都没有，谁更可怜？"

陈应虎张了张嘴，这个，还真说不好谁更可怜。

吃过午饭，林初宴把快递拆了，两个箱子，其中一个里面是纹理漂亮的樱桃木，另一个里面是工具。

陈应虎蹲在旁边，眼睁睁看着林初宴开始量木头、锯木头、刨木头，动作不要太熟练。

陈应虎都看愣了，说道："原来你爸爸是木匠呀？"

林初宴低头刨着木屑，头也不抬地答："不是。"

"那你这是跟谁学的？"

"自学。"

"你到底要干什么呀？"

"做房子。"

"什么房子？"

林初宴拿过手机，调出一张效果图给他看。那是一栋非常漂亮的双层小楼，结构很完备，还带一个小花园。

陈应虎"啧"了一声，将手机还给他，问："这是你自己设计的？"

"嗯。"

"你鼓捣这些干什么？像个大姑娘。"

"送人。"

"送谁？"

林初宴牵了牵唇角，目光变得温柔："向暖。"

陈应虎感觉自己太嘴贱了，问这些干什么，好了吧？被秀一脸，现在他觉得心口特别疼。

林初宴在陈应虎这儿住了一个星期，陈应虎的状态渐渐好了些，没一开始那么吓人了。

而林初宴也成功地把小房子做好了，他找了些干净的小石头放进木头房子的花园里，又撒了些草种。做完小房子，余下一些边角料，林初宴给陈应虎做了个木鱼。

“你是什么意思！”陈应虎不高兴了，“想劝我出家吗？”

于是林初宴把木鱼修改了一下，倒过来挖个坑，就是一个木头碗了；敲木鱼的棒子随便挖一挖，改成一个吃饭的小勺。

这随机应变……陈应虎真服了他。

“我要走了。”林初宴说，“今天开学。”

陈应虎点头道：“我送你。”他终于肯出门了。

两人在机场逗留了很久，因为林初宴的飞机晚点了，他们在机场吃了顿难忘的晚餐。

之所以难忘，是因为太咸了。

林初宴的飞机在南山机场落地是晚上九点多，他打了个车，直奔鸢池校区。

向暖接到林初宴的电话时，已经十点半了。

“喂，林初宴。”向暖喊出这个名字后，莫名地有点委屈的情绪。自从去安慰虎哥，林初宴就不怎么和她联系了，也不玩游戏，好像在刻意冷落她。

她有一次梦见林初宴说自己真正喜欢的人是虎哥，她当时就吓醒了。

林初宴说：“出来。”简洁利落的两个字。

向暖莫名其妙：“啊？”

“我在你楼下。”

向暖跑到阳台向下望，一眼看到他。他的影子被远处的路灯拉得老长，此刻正仰着俊俏的小白脸向上看，似乎是看到了她。

向暖心口一热，在睡衣外披了件羽绒服，趿拉着拖鞋就跑下楼了。

到楼下看到他时，她又突然放慢脚步，一步步走向他。他一身风尘仆仆的样子，身边立着行李箱，手里提着个盒子。

林初宴看着她向他走来，面孔越来越清晰，他心中有一种难言的悸动。

待走近时，他自上向下把她打量了一遍，掠过她的羽绒服和印着粉色小心心的睡裤，最终停留在裸露的纤细脚腕上。

“没钱买袜子？”他问。

“不是……”向暖窘了窘，经他提醒，她才发觉脚踝有些凉意，她问他，“林初宴，这么晚了你有什么事儿？”连说出这样平常的一句话，她的心跳都会加快，呜呜，真是没救了。

林初宴递给她一个四四方方的盒子。盒子好大，比一个生日蛋糕还大，用礼物纸包着，不知道里面是什么。

“这是什么？”向暖接过盒子，问道。

“你要的东西。”

“我要的什么呀？”

“自己看。”

向暖将盒子抱在怀里，想扒开包装纸，可惜盒子太大了，她必须双手才能抱住，腾不出手来拆包装。

林初宴又看了眼她的脚踝，他都替她冷，于是他说：“拿回寝室看。”

“哦，谢谢。”

“明天记得给我打电话，讲一讲心得。”

“啊？”向暖一脑门问号，他却潇洒转身，一手提着行李，另一手背对着她随便挥了挥，算是告别了。

她抱着盒子回到寝室，一层层剥开严实的包装，像剥洋葱一样，剥到最后，终于看到最里面的东西。

那是一座漂亮的木头房子。像是普通的房子按比例缩小了一样，做得特别逼真，屋顶、门窗、家具、花园……每处都很真实。

向暖捧着脸，一颗小心脏扑腾扑腾跳得癫狂。

闵离离路过，见她桌上摆着个小房子，有些惊讶：“咦，好漂亮，哪儿来的？”说着，伸过手要来摸一摸。

向暖推开她的爪子：“别碰别碰。”

“喂，暖暖，你这是什么表情？你对着个房子脸红什么，太饥渴了吧，你在脑补什么画面？”

向暖轻轻推她：“走开走开，小孩子懂什么。”

闵离离夸张地“嘿”了一声：“我有什么不懂的？我可是看过小黄文

的人，你看过吗？”

“我求求你不要用骄傲的语气讲这种话啊……”

闵离离被推开了，向暖红着脸继续欣赏她的小房子。

她感觉林初宴的手真是太巧了，巧得不像个男生。她推开小窗户，摸了摸那些小床、小桌子、小椅子，然后又玩了玩柱子和栅栏。她桌上的台灯很明亮，对比之下，小房子有些暗。

要是房里的灯能亮就好了，她心想。

向暖在小房子上各处摸索，摸到底部时，她发现那里有一块可移动的小木板，她把木板移开，看到三节五号电池。

咦咦咦？有电池就说明这些灯可以亮，不过开关在哪里呢……

她又找了会儿，最后推开了一楼客厅的门，房子里立刻亮起灯光。那光是橘黄色的，淡而柔和的光亮，给小房子添了些许人情味。

向暖关上台灯，小房子的灯光显得明亮多了，也漂亮多了。

她趴在桌上，下巴枕着胳膊，微笑着。

就在这时，房间里突然响起一道声音，那声音纯净、温柔，带着点淡淡的笑意：“我喜欢你。”

向暖吓了一跳，闵离离和另两个室友也被惊到了。

闵离离：“谁？谁在说话？！我们寝室怎么会有男人？！”

向暖却立刻明白了。她把小房子的客厅门关上，灯光随之全熄；然后推开，灯光再亮。

过一会儿，那道声音再次响起，依旧是那样纯净温柔：“我喜欢你。”

向暖只觉脸颊滚烫，心房也是滚烫的，她双手捧着脸，埋起头，自顾自傻笑起来。

第二十三章 你是不是在勾引我

向暖怕影响到室友，躲进洗手间玩她的小房子，一开一关，一遍遍听林初宴说喜欢她。听得她心花怒放，春心荡漾。

闵离离很担心，怕她疯了。

终于，她把小房子玩没电了，总算舍得睡觉了。躺在床上还很兴奋，失眠了好久才睡着，第二天她起床，眼下一片乌青，仿佛被人打了。

向暖简单化了个妆，重点是把黑眼圈遮住。她一边拍遮瑕霜，一边对正在刷牙的闵离离说："离离，一会儿下课去超市吗？"

闵离离含着一嘴泡沫，含含混混地答："好哦，你买什么？"

"买点电池。"

林初宴上午接了两个电话，都不是向暖打来的。

一个电话来自陈应虎，虎哥深切地表达了对林初宴的思念，尽管两人分别的时间还不到二十四小时；另一个电话来自忘却，说他今天中午的火车，到南山南站。

林初宴连续经历了两次失望，低头滑动着手机通讯录。说实话，他对那傻子的智商也不是很有信心。

林初宴手机一收，换衣服出门。

向暖这天上午只有一堂课，是微观经济学。上完课她和闵离离一边走一边商量着午饭吃什么，走到经管楼门口，她一眼看到门口挨着龙爪槐树站着个人。

小白脸，中分头，大长腿，不是林初宴是谁?

仿佛心有灵犀一般，林初宴也从人潮里一眼捕捉到她的身影。

两人互相望了一眼，向暖心跳加快，走向他时连脚步都变得轻盈了几分。

林初宴今天穿着白色的外套、浅蓝色的牛仔裤、白色的板鞋，打扮得又简单又骚气，随便往那儿一戳，就是一道风景，引得路人频频注目。

向暖走到他面前，问:“你怎么来了？”她不敢看他的眼睛，目光平视，视线不经意间落在他的领口处。

她看到他微微敞开的领口里，露着一点锁骨的线条，好看。

林初宴低头观察了一下她的表情，接着非常从善如流地抬起手，白皙的指尖扣着领口的拉链，稍稍向下扯开一些。

向暖：“……”什么意思，搞得好像她是个色狼……

他见她脸色不好，便抠着拉链问：“还要啊？”说着作势要继续扯。

“别别别别闹！”向暖吓了一跳，赶紧捂住眼睛。

然后她听到他带笑的声音：“里面是毛衣，你想什么呢？”

向暖闹了个大红脸。

“我说……”闵离离突然出声了，“虽然我很想装死，不过还是要提醒一下，你们旁边还有个大活人呢……”

林初宴视线一转看了她一眼，问：“你打算一直站在这里？”

“不不不，你们继续，我去搞我的小黄车，拜拜！”说着，她背着书包转身跑到停车处，挤在一堆人里扫二维码。

“走吧。”林初宴接过向暖的包背在自己肩上。其实不沉，不过这好像已经成为他的习惯。

向暖这会儿一见他就尿，她揣着衣兜，埋着头走在他身边，活像个小鹌鹑。

走出去不远，林初宴问：“房子还满意吗？”

“挺好看的。”向暖低着头答，顿了顿，又说，“唉，就是有点可惜，房子里的灯亮不起来，要不然更好看。”

林初宴脚步顿住，眯着眼睛看她，能看到的也只是她乌黑的发顶。

这时，闵离离骑着小黄车路过，小黄车被她骑得歪歪扭扭，好像随时都能摔倒。闵离离毫不畏惧，经过向暖时问她：“暖暖，你还去超市吗？”

“不去了。”

“哦，那电池我帮你买了啊。”

向暖：“……”

闵离离：“不谢！走喽！”

并没有想谢你好吗……向暖感觉自己好命苦，好难得装一次，不到一秒钟就被拆穿了。

林初宴笑出了声，向暖被他愉悦动听的笑声弄得一阵窘迫。

“你买电池做什么？”他明知故问。

向暖好羞愤，她现在满脑子只想逃跑，于是低着头加快脚步。

林初宴一下子扯住她的手腕：“跑什么。”

她挣了挣，没挣开。

他变本加厉地手向下滑，握住她的手。她的手又小又软，包裹在他滚烫的手掌里，仿佛是一艘小帆船停靠在风平浪静的海湾里。

向暖的心跳因此变得快了很多。

林初宴终于得偿所愿地牵住她的手，他现在无比感动和满足，心情好得不像话。

“牵了手，就是男女朋友了。”他说。

“喂，我还没答应你呢。”

“你不想答应的话，就把手拿回去。”

他握得那么紧，向暖除非是大力士或者懂缩骨术，否则怎么可能抽回手。

“林初宴，你个无赖。”

“我就是无赖，我赖定你了。”

向暖被一个无赖牵着手，直接走出了学校。

她奇怪道：“我们不吃饭吗？”难道脱单第一天就要挨饿庆祝吗……

林初宴答道：“先去车站接个人，一起吃。”

“谁要来呀？”

“忘却。”

“哇！”向暖一听来劲儿了，夸张地捂了下嘴巴，“是我认识的那个忘却吗？”

林初宴低头看着她，语气不太友好：“你和我在一起了都没这么兴奋。”

向暖的手还被他握着，随着这话，他的手指稍微用力收拢，捏了捏她的手，借此表达不满。

她脸一热，扭开脸，小声说：“你能和忘却比吗？”

“怎么不能比？”

“你的貂蝉 solo 赢过他的露娜吗？”

林初宴万万没想到她在这儿等着他，这游戏简直阴魂不散。其实他和忘却只 solo 过一次，胜败乃兵家常事儿，这很正常，他自己都快忘了。不过输赢不是重点，重点明明是——

林初宴：“需不需要我再提醒你一次，我现在是你男朋友。”

“哼哼。”

“所以你要无条件站在我这边。”

“菜狗。”

“……”很好，跟杨茵那老司机一块儿玩，净学好词。

林初宴松开她的手，抬手摸了摸她的脑袋，目光像个老父亲一样慈祥：“你别逼我。”

向暖觉得他这样很好玩，真是好难得见到林初宴吃瘪呢，于是她继续刺激他：“菜狗，菜狗，菜狗，哎哟——”突然一声惊叫。

林初宴站在她身后，胳膊圈住她的脖子，手臂揽在她颈前，将她往自己怀里带了带。向暖整个身躯完全靠进他怀里，她像是被他挟持了。

林初宴“挟持着”她，将她往几步之外的一个小巷里拖。

向暖一慌，双手去扯揽在脖子前的他的小臂：“你干什么呀！”

“收拾你啊。”他笑答，低低的嗓音，语气带着点不怀好意的轻佻。

大街上人来人往，做什么都不方便，他要把她拖进小巷里“收拾”。

向暖的脸爆红，更加用力地去扯他的胳膊。男女之间的力量差距很大，好在林初宴的动作虽强势，但并不粗鲁，不敢弄疼她，所以没太用力。

于是向暖终于成功挣开他，她这会儿羞得连脖子都红了，不敢看他，直接跑了。

跑出去不远，她听到身后的他说话：“不看忘却了？”

呜……向暖几乎没有犹豫地折回身。

“你不许胡来了。”她警告他。

她这样子像个小受气包，林初宴没忍住，笑了。

“也不许笑啊……”她无力地瞪了他一眼。

林初宴抬手，食指的指尖在她下嘴唇上点了点，柔软Q弹的触感，勾得他心里发痒。

向暖向后仰了下头，躲他。

他收回手，说：“先欠着。”声音压得极低，声线沉得有些异样。

向暖觉得林初宴这样讲话时声音性感得不得了，她怀疑他是故意的，故意勾引她。

忘却的火车晚点了十二分钟。

向暖站在出口外，伸长了脖子看陆续拥出来的乘客。林初宴站在她身边，比她淡定一些。等了一会儿，林初宴接到忘却的电话，向暖听到他说：“对，是南站口，你直接出来，我穿的白衣服，背粉色的单肩包，很好认。”

向暖听得有些窘，不知道忘却会不会怀疑即将面基的网友是个小娘炮。

等了几分钟，出站的人一直很多，像过江的鲫鱼一样。向暖看到人群里有个人高高地举起胳膊朝他们招手，接着那人便走过来。

来人身高在一米七三左右，穿着军绿色的大衣和黑色裤子，身材精瘦，肤色黝黑，黑得好均匀，像是从酱油缸里捞出来的。

走到近前，他朝他们笑了笑，露出一口超级亮白的牙齿。

向暖也不知道这算不算一个定律，那就是——肤色越黑的人牙越白，她几乎没见过例外的。

他笑得很腼腆，眼底干干净净的，一看就是个好人。

这让向暖莫名地有些好感，对他笑道："你就是忘却吧？我是向暖，这是林初宴大菜狗。"

林初宴抬手轻轻推了一下她的脑袋："你特别盼着我收拾你？"

向暖脸一红，往旁边挪了一步，与他划清界限。

"你们好，我是游戏里的忘却，大名叫路玉强。"那人说。

他的声音有些粗粝，像海边那种大粒的沙子，很有特点，也不难听。

"终于见面了。"林初宴说着，伸手与他握了握，双方互相拍了拍肩膀，接着他又对忘却说，"汤圆很好吃。"

向暖都不好意思提这事儿。

互相认识完毕，忘却问："你们在一起了？"

林初宴眼珠一斜，视线落在她脸上，牵着唇角"嗯"了一声。

忘却挺为他高兴的："恭喜。"

向暖还有些难为情，林初宴却不由分说地又牵起她的手，紧紧握住，还是那样无赖。

三人午饭吃的是本地特色菜，吃饭的时候向暖打听了忘却这次来南山的目的。

他是来试训的。南山市是区域中心城市，娱乐游戏产业很发达，这里有不少电竞俱乐部。忘却这次要去的是一个名叫极火的俱乐部，他们的《王者荣耀》分部正在开放招青训员。

"青训员就是替补吗？"向暖问。

"不是。"忘却摇了摇头。

向暖歪着脑袋等他解释，他却惜字如金，没说话。

这方面林初宴是有些了解的，给她解释道："青训算是预备役，青训营就是一个人才储备库。"

向暖一听也明白了："意思是你去了连替补都打不到，只能等机会？"

"嗯。"忘却点了下头，他倒并无遗憾，强调了一句，"有工资的。"

"工资一个月多少呀？"

"八千左右。"

"太少了吧？"

"不少啊……"

向暖感觉忘却的身价不应该只是八千，八万还差不多。

事实上，就算是八千一个月，人家俱乐部也得先考察一下。忘却经虎哥介绍认识了俱乐部领队，先在网上接触了些天，然后得到试训邀请。来基地试训一个星期，之后要考核，考核通过了才能正式进入青训营。

向暖听忘却讲着，就感觉有点委屈他的实力。连林初宴都认为八千有点少。

忘却感觉这两个高才生在这方面有点傻白甜，可能是因为没在社会上经历过什么事儿。他搬砖也不是一直能接到活计，闲的时候不提了，就算有活儿，累死累活一个月就四五千，还没有社保。打游戏一个月八千，收入稳定有社保，怎么听都像是天堂般的待遇了。

"我觉得挺好的。"他说。看着那两个同龄人不识人间疾苦的样子，他觉得有点好笑，又有点羡慕。

吃饭的时候忘却脱下外套，向暖看到他穿着件蓝色的毛衣，毛衣正面织着条大鱼，看起来很喜庆。

"这毛衣是自己织的吧？"她问道。

"嗯，我妈织的。"

向暖有点羡慕："我妈从来不给我织衣服，只给小雪织。"

"小雪是……"

“我们家猫。”

忘却被她逗得笑了下。向暖发现他很爱笑，笑起来腼腆而无声，像角落里寂静生长的苔。

向暖忍不住多看了他两眼，她感觉忘却其实长得挺帅的，尤其是鼻梁，很挺，支起整个人的精气神，眉峰有些高，本来显得冷峻，笑的时候整个缓下来，看起来脾气特别好。

唉，只是肤色不符合现在女孩子的审美。

林初宴有些不乐意了：“吃饭，发什么呆。”

“哦哦。”向暖感觉自己这样盯着人家看有点不礼貌，她也挺不好意思，埋下头吃东西。

这时她发觉自己碗里多了些细嫩的鱼肉，是林初宴给她夹的，她用筷子扒了扒，鱼刺都被挑干净了。

这是何等的心灵手巧啊。向暖有些震惊，又默默地有点嫌弃。这是林初宴用他自己的筷子挑的，上面还沾着他口水呢……

“可以不吃吗？”

“不吃打你。”

“呜……”向暖感觉有必要重新审视一下他们的恋情了。

忘却起身去了洗手间。林初宴往她身边挪了挪，紧紧地挤着她，低头挨到她耳边说：“不要生气，怎么舍得打你呢。”

他用这样低沉而温柔的语气和她说话，不管是什么内容，向暖就觉得轻飘飘的，好幸福，这是很直观的身体的反应。

她推开他，小声说道：“林初宴，你是不是在勾引我啊？”

林初宴低着头，笑出了声。

她斜着眼睛，看到他微微牵起的唇角。他没在看她，坐姿很正经，这会儿垂着眼帘，视线落在面前的空盘里。

“你还不算笨。”他说。

竟然就这么承认了，一点惭愧的表示都没有……他无耻得这样理直气壮，让向暖都不知道怎么接下去了。她只好埋头吃东西，把碗里的那些鱼肉都吃了。

她吃鱼肉的时候，林初宴说了一句："早晚要吃的。"

向暖一阵莫名其妙，等吃完了才反应过来他指的是什么。

她发觉这人根本就是个流氓。

忘却回来看到向暖埋着头，连耳朵都红了，林初宴一直牵着嘴角笑眯眯的样子，也不知道林初宴对向暖做了什么，反正肯定没好事儿。

于是忘却脸也红了。这时候就体现出黑色皮肤的优越性了——没人能发现他脸红，同时他还庆幸自己刚才离开了，否则万一撞见人家情侣接吻，岂不是更尴尬。

吃过午饭，忘却打算去极火俱乐部的基地报到。向暖有些神往，正好她下午第一节没课，她问道："我能去你们俱乐部参观吗？"

"不清楚，我打经理的电话问一下。"

林初宴见他拿起手机，便问："你打算怎么说？"

"就问能不能参观。"

"如果经理拒绝参观怎么办？你和经理又不熟。"林初宴提出一个比较大的可能性。

忘却愣了一下，他不知道该怎么办。

林初宴感觉这人也太实诚了点，他用食指点了下桌面："你就说我们是你朋友，你家里人不放心你独自一人来南山试训，托我们跟着看看，了解一下情况，希望战队那边能理解。"

他这样一提，忘却有一种被点拨到的感觉。

"你可真聪明。"忘却不吝赞美。

"你可真狡猾。"向暖说。

林初宴摸了一把向暖的头，心想，等着。

职业战队一般都很重视选手的家庭情况。倒不是说家境好坏，而是选手的家人对他们打职业的态度，是支持还是反对。有了家人的支持，可以减少很多纷争，也能够让选手更加安心地专注于比赛。

所以忘却这么一提，俱乐部经理几乎没犹豫就点头了："来吧，都来看看。"

向暖这是第一次参观职业战队，有点小激动。

极火电子竞技俱乐部处在郊区的一片别墅群，装潢豪华，大门口立着个好大的牌子，logo 是一团火。这个俱乐部按照游戏类别分了不同的分部，《王者荣耀》分部是去年设立的。向暖他们在前台被拦下来，忘却当着前台小姐姐的面打了经理的电话，等了一会儿，才等到那个传说中的张经理。

那人一进大厅，看到向暖，眼睛像是度数暴涨的大灯泡，啪的一下就亮了。

"你们好，你们好。"张经理的态度很热情，跑过来要和他们握手。

林初宴有点反感，将向暖往自己身后一拨，警惕地看着他。

张经理倒没生气，垂下手问林初宴："你就是忘却吧？小伙子可真帅。"

他说完这话，见旁边一个小黑哥举起手："我是忘却……"

"呃，你……"张经理有点尴尬，"嗯，也挺帅的。"就是有点黑。

向暖感觉这个经理的关注点有些不同寻常，打游戏又不是用脸打，帅不帅不是重点吧？

自从看到他们的脸，张经理就变得很热情，领着他们在基地内部转了个遍，训练区、住宿区、会议室、健身房、厨房……一边走一边讲话，问他们在《王者荣耀》里玩什么，玩得怎么样，什么段位，喜欢什么英雄……话痨一个。

向暖觉得这个人不太靠谱，她挺为忘却的前途担忧的。

参观活动进行完毕，张经理要试一试他们的游戏水准。不是他，是他们，连向暖和林初宴也包括在内。

向暖和林初宴对视一眼，都从对方眼里看出莫名其妙。

张经理叫来《王者荣耀》分部的教练，向暖他们三个被要求先和教练进行 solo。

向暖挺害怕，感觉他们可能遇上了神经病。她惴惴不安地用貂蝉和教练 solo 了一把。她的貂蝉 solo 还是虎哥教的呢，随着她后来对游戏理解的加深，水准也有不小的精进。

Solo 完了还不行，张经理又要求他们和职业队员切磋。

教练打电话沟通了两分钟，叫下来两个队员，和向暖他们组好一支队伍，另外有五个队员在训练区没过来，也组好队伍，双方在游戏里开了房间。

向暖选了她最近用得很顺手的老夫子，心里想着打死你们这群神经病，进游戏后就很威猛，用老夫子追着对面的职业选手砍，不要太可怕。

张经理和教练对视一眼，两人的目光都带着些惊讶和兴奋。

一局打完，张经理不满足，说："三局两胜。"

于是只好又开一局，向暖用花木兰追着砍对面的神经病。

张经理问她："你还会什么位置？"

"还会辅助。"

"第三局你玩辅助。"

"已经输两局了！"

"再给你们一次机会。"

同队职业选手之间的默契不是他们这些临时组成的队伍能比的，单兵实力再强也不行。连输两局，向暖这会儿也憋着一股火，第三局用了她最擅长的张飞。林初宴用了孙尚香，忘却用的露娜。

孙尚香这个英雄只要发育起来，杀人有如切菜，难的就是怎么挺过漫长的发育期。向暖的张飞一颗心都长在孙尚香身上，把林初宴呵护得很好。

这局他们打得也很艰难，但最后赢了。

张经理悄悄地问教练："那边放水了吗？"

教练摇头："我问了，没有。"

向暖赢完游戏，通体舒畅，手机一收，招呼林初宴："我们走吧。"

林初宴像个小狗一样，她一招手他就跟在她身边。

"等一下。"张经理说道。他使了个眼色，让教练先把其他人带走，包括前来训练的忘却。

会议室里只剩下三个人。

张经理给他们俩重新倒了茶，然后面对面坐着，笑容有些谄媚。

“你们有兴趣打职业吗？”

“啊？”向暖惊得张大嘴巴，与此同时，又有些实力被肯定的兴奋和喜悦，“我们可以吗？”

“当然可以。”张经理笑答。

林初宴冷静地看着他，说道：“我们还在上学。”

“先别急着拒绝我。”张经理摇了下手指，笑容有些自信，“我可以给你们开这个数的月薪。”说着，张开胖乎乎的爪子，晃来晃去。

向暖估摸了一下忘却的月薪，心里有了数：“五千？”

“五万。”

要不怎么说有对比就有伤害呢。向暖本来对职业选手的薪水没有太具体的概念，但是忘却一个月才八千，衬得这五万就是土豪的待遇了。

她感觉有些不可思议，忘却才拿八千，她和林初宴能拿五万？凭什么？

“你们……你们觉得……”向暖吞了下口水，说出那个令她光是想一想都觉兴奋的猜测，“我们比忘却打得好？”

“你们比他长得好。”

“……”

向暖对这位张经理的价值观实在不敢恭维。

她蹙了下眉，反驳道：“经理，你这话我不认同，打游戏又不是用脸打，靠的是实力。”

张经理微微一笑道：“打游戏靠实力，这点我不否认，所以我愿意签下你们，实力也是考量的因素之一。你们两个的水准都不错，只要好好培养，以后有机会做主力队员。”

“那忘却呢？忘却比我们实力好，值不值得好好培养？”

“妹子，我先跟你交个底吧，反正以后你要是真来我们队，我也还是要说清楚，不如现在就说。我们经营战队很不容易，不可能亏本做慈善，对吧？总要考虑收益的，要是没有钱维持战队，队伍解散是早晚的事儿。每个选手的经济价值不一样，这是我们考量选手的重要指标。大部分选手的经济价值与其实力挂钩，但总有少数。你们是例外。”

“就因为我们长得好看？”

“对，就因为你们长得好看。”

向暖感觉很荒谬。

她一脸的不以为然，让张经理有些不耐烦，但考虑到她潜在的价值，还是耐心解释了：“那个小黑脸想要打出名堂，需要自己一步步拼下去，成败看他自己，这是很多职业选手走过的道路，他自己都没反对呢，你不用替他委屈。但我要说的是，以你们的外表，只要你们俩踏进这个圈子，我就有办法让你们成为备受追捧的男神女神，保守估计，你们两个的年收入都可达到百万以上，媲美或者超过联盟顶尖的选手。”他可能是被自己勾画的蓝图给感动了，讲着讲着，表情带了些神往。

向暖知道他并无恶意，但还是听着很不舒服。原来靠刷脸，三流的实力就可以与一流的实力比肩了？

“我觉得不公平。”她说。

“你不该觉得不公平，你该庆幸父母给了你上好的外表。”

向暖郁闷至极，又不知道怎么反驳他。她心里憋着一口气，板着脸起身：“我们走了，经理再见。”说着，一把牵住林初宴的手，“走。”

林初宴一手提包，一手握着她的手，安静地跟在她身边。

张经理有些不理解这姑娘在矫情什么，他跟着把他们送出去，一边走还一边喋喋不休：“你们真的不考虑一下？你们现在去上学，等毕业起薪能有一万吗？要我说，我们这圈已经够好了，不管你长得多好看，至少也是要有点技术的。你没看现在那些演电视的，根本不需要演技嘛……”

林初宴见向暖的脸色越来越臭，他定住脚步，转身朝张经理笑了笑，笑得如沐春风：“谢谢张经理提点，我们打算去演电视了。”

张经理被这一句话噎得没词了，愣在当场。

林初宴挽着向暖的手扬长而去。

向暖走路很急，直到走出去很远，脸色还是臭臭的。林初宴见她嘟着嘴巴，下嘴唇凸起，又成了小金鱼。他有些好笑，想逗逗她，又怕把她点炸了。

他停下脚步，抬手揉了揉她的发顶，温声道："还生气？"

向暖仰脸看他，他发现她的眼圈竟有些发红。

"怎么还要哭了？"林初宴有些惊讶，小心翼翼地捧起她的脸，指尖轻轻摩挲她的脸颊，力道很温柔。他真觉得她这样子很好玩，又不敢笑。

向暖一脸的生无可恋，林初宴把她往怀里揽，她也没有抗拒，心情不好的她像一只温驯的小鸟。他一手揽着她的后背，另一手抬起来扣着她的脑袋，鸡妈妈一样将她整个人罩进怀里。

"别哭，不至于。"他柔声劝慰她。

"没哭啊。"向暖的脸埋在他怀里，别别扭扭地答了一句，声音有些闷。过一会儿，她觉得呼吸不畅，侧了侧脸，脸蛋压在他胸前。

她感觉到他的胸膛在起伏，一下一下，很有力，像大海卷起波浪。

有一个这样的人供她依偎，向暖的心情好了些。她叹了口气，小声说道："我就是有点失望。"

林初宴突然明白了，她为什么反应这么大。

打职业这种事儿，在他眼里就是一份职业，与其他很多职业没什么区别。但是在向暖眼里不一样，她对这个游戏的热情远胜过他，职业圈在她心目中是大神聚集地，是自带光环的。她来这里参观，心情类似于粉丝去见偶像。没有什么比亲眼看着偶像形象崩塌更残忍了。

林初宴有点心疼了，揉揉她的脑袋，安慰道："那个张经理说的话只能代表他自己，他代表不了整个行业。你没必要因为他而对职业圈失望。"

"对哦。"

简单一番话把向暖说得心情好多了，她感觉挺神奇的："林初宴，你可真会安慰人。"

林初宴笑："那你怎么奖励我呢？"

"奖励你个大西瓜，快放开我，有人来了。"

"过河拆桥，坏蛋。"

低沉而缓慢的声音，略带娇嗔的语气，把向暖激得起了鸡皮疙瘩，她感觉自己仿佛在和一个小太监谈恋爱。

林初宴终究是放开了她。

不远处有个穿运动服的少年骑着自行车，飞快地经过他们，这时两人已经分开，向暖看了一眼那少年。

少年脸上一闪而过惊艳之色，自行车一个不小心撞到了马路牙子，车速太快，他被甩了出去，整个人倒着扎进路边的绿化带。

向暖心想，骑自行车的危害就是这么大。

林初宴心想，我女朋友的杀伤力就是这么大。

他们俩合力把那少年从绿化带里拔出来，少年的精气神还挺足，看来没受什么伤。他问向暖："小姐姐，你住在这里吗？还是在附近上班？我不知道怎么感谢你，能不能请你吃个饭？今天不方便也没关系，先加个微信？"

林初宴说："你的腿好像断了。"

"没断没断，好着呢。"

"我帮你打断吧。"

"……"少年一脸惊恐，推着自行车跑了。

向暖乐不可支。

林初宴突然接到一个电话，向暖听到他对着电话说："你今天过来？现在？马上？那你随便。"

他挂断电话后，向暖问："是谁要过来呀？"

"虎哥，他马上登机。"

"他来干什么？"

"说是来散心。"

那之后两人各自回学校上课，林初宴有些郁闷。他们俩虽然同校，却根本是异地恋。

好在晚上又可以见了。晚饭他们俩和陈应虎一起吃的是螃蟹香锅，陈应虎坐在他们俩对面，看着林初宴把螃蟹腿里的细白蟹肉剔出来给向暖吃。

向暖还在拒绝："我自己会，你把我当智障吗？"

“你是我养的小猪。”林初宴说。

向暖反驳：“你是我养的菜狗。”

“那你怎么不喂我？”

“你要脸吗……”

陈应虎心口好痛。他有点后悔，在家老老实实待着不好吗，跑到这儿来找虐。

向暖一边吃着饭，一边偷偷看陈应虎，感觉虎哥没她想象中那么憔悴，还好还好。她很识趣地没有提可可。

过了会儿，陈应虎说：“对了，我差点忘了和你们说，豌豆 TV 的网站运营托我来问问你们，对直播有兴趣吗？”

“哦？”向暖感觉挺新奇的，“怎么找上我们的呀？是不是因为在你直播间发现我们这俩人才？”

“不是，听说是在校际联赛中发现的，他们跟我八卦了一下，发现我认识你们，就想找我要你们的联系方式。我回答说先问问你们的意向。”

向暖还真不好回答，她对直播的了解仅限于当一个观众。她侧脸看了看林初宴，想听听他的意见。

林初宴问：“让我们直播什么，《王者荣耀》？”

陈应虎：“对啊。”

“我们不行。”

“为什么？”

“话少。”

陈应虎翻了个白眼：“你大爷。”想了想，他又说：“其实你们不需要口才，网站找你们也不是冲着口才。”

向暖问：“是冲着技术吗？”

“不是，是脸。”

这是向暖今天第二次听到这样的回答了，她感觉不能好了：“不去！”

陈应虎有点委屈：“不去就不去，干吗那么凶嘛。”

“虎哥对不起，不是凶你，今天下午……”向暖说着，把今天下午发生的事情吐槽了一下。

“我当是什么事儿呢，这有什么？哪个行业都喜欢好看的人。就比如直播，百万观众的游戏主播，收入不一定比得上观众只有几万的美女。”

“我知道，我是担心忘却难过，都不敢和他说这件事儿。”

“那应该没事儿，他要是就这点心理素质，不要打游戏了，回家搬砖去吧。”

“你怎么知道他原来是搬砖的？”

“……”他真不知道，就随便一说。

“我认为——”林初宴突然插过来打断他们的话，“我们就做我们力所能及的。”

“哦？”

林初宴当着他们的面，摸出手机在网上下单，买了一批美白面膜。

这，就是力所能及的。

向暖揉了揉脸，她的男朋友，没给她买过任何护肤品、化妆品的男朋友，送了别的男生美白面膜。不，这不是真的……

陈应虎举着个遍布齿痕的大螃蟹腿，摇头晃脑：“要我说啊，忘却也不一定非给别人打工，你看，我们几个实力都不错，组成一个战队，脚踏荣耀扫荡联盟——”说到这里突然顿住。

他发现向暖正在看他，目光莹亮。

陈应虎头皮一紧：“我我我，我随便说说，你别当真啊……”

第二十四章 梧桐树下的初吻

向暖翘了翘嘴角，说：“你想到哪里去啦，我怎么可能当真呢。”

陈应虎松了口气。

于是向暖默默地吃饭，动作文静，像只优雅的小猫，特别赏心悦目。吃了会儿饭，她突然问陈应虎：“要是组队的话就我们四个，你说，还能有谁呢？沈学长行吗？”

陈应虎：“……”明明就是当真了啊！

他悄悄看了眼林初宴，发觉林初宴正在瞪他，目光很不友好。吓得他手一松，螃蟹腿掉进餐盘里。

“我现在直播挺好的。”他小声说，“还等着赚钱还债呢。”

“哦。”向暖的神情有一点失望。

林初宴提醒她：“打职业要休学的。”

向暖一脸莫名其妙地看他：“我又没说要去，你想什么呢。”

“想去的是猪。”

“你才是猪！林初宴，有你这么对待女朋友的吗？”

林初宴捏着额角，哭笑不得。

陈应虎把螃蟹腿咬得咔咔作响。

两人有些意外，看向他，见他这会儿目光如电，面露狰狞。

“我警告你们。”陈应虎说，“单身狗可是会咬人的。”

晚上林初宴送向暖回寝室，他把她的包递给她，舍不得和她道别。向暖仰着脸望他，看着他亮如星辰的眼睛，心跳突然有些快。

林初宴：“你说过给我买了礼物。”

他这一提醒，向暖突然想起给他买的那块表。她从包里翻了翻，找到那个包装精美的小盒子：“喏。”之前确实想给他来着，一不小心忘了。

林初宴接过盒子打开看了眼，貌似挺满意。他突然扣着她的肩膀把她往身前一带，向暖眼前一花，扑面而来的是他的气息，清新干净，温柔若水。未等反应，她只觉额上一片温热柔软的触感。

“谢谢。”他松开她，低声说。

向暖心口一阵狂跳，紧张得不知道说什么好，她低着头不敢看他，转身，噔噔噔……跑了。一溜烟钻进宿舍楼，身影消失不见。

林初宴低头，摸了摸自己的嘴唇，不自觉笑了下。

这晚林初宴回去，和向暖、虎哥一起上游戏，向暖难得没有连麦。她游戏也打得心不在焉，犯了不少低级错误。

林初宴给她发消息：想什么呢？

向暖：没有啊。

林初宴：想我？

向暖：不是。

向暖：我就是想，其实虎哥说的那个主意，也不是完全不可能。你觉得呢？

林初宴给她发了条心口被刀插的动图。向暖表示看不懂。

次日两人都是满课。林初宴倒是愿意逃课去找向暖玩，可惜向暖不愿意。林初宴有点无聊，单手拄着下巴，用手机骚扰向暖。

林初宴：干什么呢？

向暖：上课。

林初宴：上什么课？

向暖：英语课。

林初宴：别上了，过来我教你。包教包会。

向暖：别跟我说话了。

林初宴：我想你了。

向暖一阵脸红心跳，感动地将林初宴设置为消息免打扰。

她感觉林初宴很有做红颜祸水的潜质，但即便他是红颜祸水，她也不愿当昏庸的帝王。嗯，就是这么有追求。

但是第二天，向暖主动给这个红颜祸水打了电话："林初宴，你今天有空吗？"

林初宴敏锐地察觉到她语气不太对劲儿："有空，怎么了？我今天没课。"

"我妈妈要过来。"向暖讲这话时竟带着点哭腔。

"阿姨来做什么？"

"她要来打我了……"

林初宴一皱眉，温声劝她："你先别着急，慢慢说，她为什么打你？"

向暖犹豫着跟林初宴解释了一下，林初宴一开始还挺着急，结果听完来龙去脉，他满脑子就两个字：活该。

向暖竟然给辅导员打电话咨询休学的事儿，问辅导员能不能因为打职业比赛休学。辅导员警惕性很高，接完电话，立刻给向暖的家长去了个电话，希望具体了解一下家长的想法，向暖是不是真要为了打游戏休学。

任丹妍一听气炸了肺，平常在家玩游戏就不管她了，小孩子都贪玩，能忍就忍。结果倒好，把她惯成这样，不上学？打游戏？

"都是被你惯的！"任丹妍首先把怒火撒到老公身上。

向大英好委屈地看着她："关我什么事儿，游戏又不是我教她的……你干什么去？"

"我找她去！"

"别着急，她也就是说着玩吧，你怎么像个炮仗一点就着。"

"我得教训她，我得让她知道该做什么！"

“我跟你一起去吧。”

“你别跟着我，你就知道和稀泥。你在家待着。我今天……我今天要打她！”

向大英感觉任丹妍是真的动了怒，他等老婆走了，连忙给向暖打了个电话：“暖暖，你妈生气了，要去打你呢！你自己想办法，爸爸只能做到这里了。”

向暖一脸蒙：“妈妈为什么打我呀？”

“你们辅导员给她打电话了，说你要休学去打游戏。暖暖，你怎么这么想不开？”

“我没有！我就随便问问啊……”

“那你自己和她解释，她现在出门去找你了。你妈这脾气，会不会相信你，我可说不好。你自求多福吧，爸爸已经尽力了。”

“爸爸，你也来嘛，我怕……”

“你怕她，我就不怕吗？”

“……”

向暖捧着手机惴惴不安，仿佛大难临头。她自己也确实心虚，否则不至于这么害怕。妈妈要来找她算账了，爸爸不肯来救她，能救她的人还有谁？外婆年纪大了也来不了，小雪……小雪只会卖萌，不会说话，呜呜……

等等，还有一个人！一个特别会在家长面前装乖的人！重点是，那个人很讨她妈妈喜欢！

林初宴赶到鸾池校区时，向暖看他的眼神仿佛在看救世主。

他在她面前站定，似笑非笑地看着她。向暖有些心虚，视线飘开。

“想休学？打职业？”他问道，语气不善。

“我就是问问。”

“问就是想。”

向暖埋头看着地面，小声说道：“打职业也没什么不好的呀，那样我们每天都能在一块儿了。”

林初宴本来胸口郁结着一团气，弄得他看什么都不顺眼，讲话都阴阳怪气的。可是听到向暖这样说，他突然觉得心里有丝丝甘甜，连心跳都快了几分。

“你真这么想？”他站在她身边，轻声问她。

向暖足尖轻轻磕着地面方砖的棱角：“反正就想想，又不花钱。”

“就那么喜欢打游戏吗？”

“也不是。”向暖抬起头，目视前方，表情像是在回味什么，“我喜欢赢的感觉，超级喜欢。赢比赛让我特别开心，特别兴奋，觉得自己仿佛是在发光……那种感觉。”她说着，侧过脸看他，“我想去更大的舞台，赢更多的人，把最厉害的人都打败。当然，我还想和你一起，我们一起赢。”

他看着她漂亮的桃花眼，眼底是前所未有的认真。他只觉心口微微发着烫，心房像是被一只柔软而火热的手掌轻轻抚着，微微地震颤，既舒服又满足，又战战兢兢的，害怕失去……那就是幸福啊。

良久，他视线移动，也低头望向地面，轻声说了句：“油嘴滑舌。”

“过奖过奖，论油嘴滑舌哪里比得上你。”

林初宴还要说话，一抬头，见任丹妍挎着包怒气冲冲地走过来。他连忙喊道：“阿姨。”

任丹妍只对林初宴点了下头，视线一转看着她家倒霉孩子。

向暖弱弱地唤了她一声：“妈……”

“不敢不敢，以后我管你叫妈行吗？只求别给我添乱。”

向暖脖子一缩：“妈妈，你误会了，我真没有，我就是随便问问，好奇嘛……”

“那你怎么不好奇别的呢？怎么不好奇一下功课呢？你要不是动了这念头，你会好奇？你是我生的，别以为我不知道你怎么想。”

“阿姨您别生气。”林初宴接过话来，“是我跟她说的，怪我多嘴。”

任丹妍看一眼林初宴，也不好对他疾言厉色，问他：“初宴，你怎么没上课？”

“我今天下午没课，过来给她送点吃的。”

“初宴，你别护着她。我跟你说，这人不能惯。”

“阿姨，您开车过来挺累的吧？我们找个地方坐会儿吧，挺久没见您了。”

几人去了附近一座茶楼，开了个包间。包间里装潢得素雅干净，窗边放着盆淡紫色兰花，室内飘着若有若无的香气。

任丹妍毕竟是个文明人，待在这样的环境里，也不好像个母老虎一样发作。再者说，“一鼓作气，再而衰，三而竭”，她刚才一见面朝向暖发了顿火，现在情绪也消下去一些，神色缓和。

三人点了壶花茶，和一些特色的精致点心。

向暖看到茶水单下面还有一个单子，好奇地抽出来看，见可以点人来弹曲子，她“咦”了一声。

任丹妍一看到她这没心没肺的样子，一点低头认错的意思都没有，又来气了：“你要气死我。”

“妈妈，我真没有，你都不相信我，相信别人。”

“我知道你没有，你要真是干出这事儿，我早不要你了。”

“妈……”

林初宴一脸歉意：“阿姨，真的怪我，我……”

“初宴，你得给我看着她，她有这个想法就很危险。休学打游戏，想什么呢？”

向暖辩解道：“休学又不是退学，还能回来继续上学呢。”

“还在想？真想挨打了？”任丹妍说着，抬手作势要打她。

林初宴连忙拦住：“阿姨息怒，您听我说……”

“说什么？”

“您可能不知道。”林初宴解释道，“玩这个游戏的人，有两亿，真正能打进职业圈的，大概是两百个。您算一算这概率。”

任丹妍还真算了一下，算完一挑眉：“百万分之一？”

“阿姨，您怎么算得这么快？”

“那当然，阿姨我年轻时也是学霸。”

“您现在还是学霸，向暖她就算不出，必须用计算器。”

“她是傻子。”

向暖：“……”

任丹妍对自己亲生的女儿非常有信心，一听林初宴说到那百万分之一，她就感觉倒霉孩子不可能有这个能耐，于是一颗心也就放了大半。

任丹妍晚上约了朋友，没在南山吃晚饭，她走的时候心情已好了很多，只因来时气势汹汹，这会儿拉不下脸去和颜悦色。

林初宴和向暖一起送她去停车场，任丹妍看到两人牵着手，随便往那儿一站，男的俊女的美，比画的都好看。

她深吸一口气，缓了缓语气，说道：“春天不要随便减衣服，容易感冒；没事儿少在外边溜达，空气不好……听到没？”

向暖心情还有点低落，这会儿讷讷应道：“知道了。”

“初宴，我把她交给你了，你给我看好她。”

“嗯，阿姨您放心。”

“你可别被她给带坏了。”

林初宴被逗得微微笑了笑，笑容淡淡的，又温柔又和煦：“她挺好的。”

任丹妍开车离开后，向暖望着那渐渐远去的车尾巴，不说话。

林初宴见她脸色不好，逗她道：“听到了吗，你都快把我带坏了。”

向暖陡然甩开他的手。

林初宴一怔：“怎么了？”

“我又没做什么，我也没伤害谁，干吗都来说我啊？”

林初宴知道她生气了，心里一慌，连忙把她搂进怀里：“好了，我错了，不该说你。”他说着，手掌压在她后脑，轻轻地顺她的头发，一下一下，一边顺着，一边柔声说，“不生气啊。”

向暖起伏的身体渐渐放松下来，她乖乖靠在他怀里：“你才是傻子。”

“我是傻子，我是大傻子。”

她沉默了一会儿，又说：“我就是给辅导员打电话问注册的事儿，顺口问了一句。”

“你没错，是辅导员误会了，别生气。”

向暖动了动，换了个舒服的姿势，依旧是靠在他怀里，这会儿脾气渐渐下去了，她姿态有些温顺，小声对他说：“再说了，休学打职业有那么十恶不赦吗？问一下就要砍头啊？”

“休学打职业只是一个选择，它本身是中性的，没有很好也没有很坏。”林初宴耐心地解释着，一边说一边继续抚她的头发，“理论上说，每个人都有做自己喜欢的事儿的自由，但自由本身是有边界的。”

自由是有边界的。向暖只是天真，脑子并不笨，她略微沉思了一下，答道：“我知道。”

林初宴总算把她顺过来了，心底悄悄松了口气。

“林初宴。”她突然从他怀里抬头，仰着脸看他。

“嗯？”

“对不起。”

“为什么道歉？”

“我刚才不该对你发火。”

林初宴笑了笑：“我是你男朋友，你不对我发火对谁发？对大树发吗？”

她忽地踮起脚，在他脸上亲了一下。柔软的唇瓣印在肌肤上，少女的气息若有若无地萦绕鼻端，林初宴被她亲得心口重重一荡。

“我是你女朋友，以后你心里有火了，也可以对我发，不要客气。”向暖说。

林初宴心想，我心里没火，身上有啊。

任丹妍晚上和朋友吃了顿饭，九点多才回家。回家看到老公正在翻相册。

“看什么呢？”任丹妍放下东西，走过来，虽然这样问，心里却已经有了答案——多半是在看暖暖小时候的照片。

她走近一看，发现并不是。相册里都是她上学时候在照相馆拍的写真。

看到花枝招展的自己，任丹妍老脸一红：“你看这些干什么，别看了。”

“哦。”向大英乖乖地换了一本相册来翻。

这本相册里面都是任丹妍的大头贴，年幼的女儿和帅气的老公偶尔入镜。

大头贴……仿佛看到了自己的黑历史，她连忙抢过来说：“别看了。”

向大英笑呵呵地指了指身边：“你坐呀，站着干什么。”

等任丹妍坐下后，他叹息一声，说：“唉，我就是突然想起咱们二十几岁那会儿。那时候啊，你喜欢买衣服，烫头发，拍照片。我喜欢看外国电影，逛景点。有次咱们出去玩露营，在山上遇到猴子和小鹿，你记得吗？”

“怎么不记得？猴子把我们的照相机抢走了，小鹿大概是哪家人家养的，也不怕人，我喂了它，它晚上在我帐篷里睡。”

“还有，你记不记得，你有段时间特别喜欢跳舞，去舞厅跳，岳父他老人家不理解，去舞厅抓你，要打你。”

“这种事儿你提它做什么？”

向大英摇头笑了笑：“我是突然发觉啊，我二十岁左右做过不少事儿，有用的没用的，但你现在让我回想，我印象深刻的，都是那些没用的。”顿了顿，他又说，“十八九岁的小孩，哪有不贪玩的，这就是青春嘛。”

任丹妍知道他说的是向暖，她说：“暖暖就是没受过挫折，长不大。”

“我倒希望她永远不要长大，永远做我们的暖暖。”

“别想了，她现在已经是初宴的暖暖了。”

向大英闻言脸一垮。

任丹妍觉得他那样子挺可乐，又加了点料：“我已经把她托付给初宴了，你放心。”

“我不放心！”

忘却给林初宴打了个电话：“初宴，我收到一箱面膜。”

“我知道，我赠给你的试训贺礼。”

忘却眉角跳了跳，用面膜做试训贺礼，闻所未闻。但，还有他更不能忍的："面膜就不提了，唇膏是什么意思？现在队友看我的眼神都不对。"

"唇膏是商家赠送的。"

"那我也不能要，给你吧？"

"给我也没用，我不会用赠品来送女朋友的，你看哪个队友顺眼就给他吧。"

忘却没有送队友，男生和男生之间送唇膏感觉怪怪的。扔掉又觉得浪费，于是他把唇膏藏起来了。

美白面膜可以偶尔用一下，毕竟是初宴的一片好意，人变白点走夜路也方便，不容易被车撞。

过了几天，忘却跟向暖他们公布了一个好消息——他在战队试训得不错，战队决定提前录取他了。向暖很为他高兴。

忘却想请几个帮过他的朋友吃顿饭，向暖欣然前往。她和林初宴从各自的校区打车过去，郊区的仙女不容易堵车，先到了。

几人约的地方是一个烤肉店，忘却见向暖到了，给她倒了杯茶水。

向暖总觉得忘却有了点变化，是更爱笑了，还是脸白了点？

她坐下后，忘却神色郑重了些，对她说："我挺想当面跟你说声谢谢的。"

向暖心里一暖，她做了很多与这个游戏有关的事儿，这是唯一被肯定的时刻，高兴得想哭。

向暖喝了口茶，笑道："是你自己厉害啊。"

"是我运气好。"

向暖想到他们战队那个张经理，她总担心以后忘却会经历一些不着调的事情，于是问了他一个问题："如果有人实力不如你，但长得比你好看，因此得到战队的重用，而你却没得到……你会觉得不公平吗？"

"不会。"

"哦？这么淡定？"

"这世上哪有那么多公平。如果处处不淡定，早得抑郁症了。"

向暖怔了怔，为这个回答。

她眼里严重的不公正，就被他这么轻描淡写地带过去了，好像那些事情还不如桌上的菜单更能吸引他的目光。他到底经历了多少世态炎凉，才锻炼出现在的波澜不惊？明明，他只比她大半岁啊。

向暖呆愣的工夫，林初宴和陈应虎也到了。

陈应虎一到南山就不想走了，住在林初宴校区附近，因为变穷了住不起高级酒店，只好住那种小招待所。

这天晚饭，向暖很安静，喝了不少酒。林初宴觉得不太对劲儿，忘却转正，她不应该很高兴吗？结果她就这样一边喝酒一边听他们讲话，时不时笑一笑，有点心不在焉。

林初宴挺担心，不知道她有什么心事儿。异地恋就是有这点坏处，不能天天见面，不能时时刻刻掌握到对方的信息。

这晚向暖其实没喝醉。他送她回去时，她走路很稳，与他牵着手，步子迈得很方正。

天气越来越暖，连夜风都变得轻柔，吹过春日初发的树枝，沙沙作响。两人并肩走在路灯下，影子缩短又拉长。

“你今天怎么了？”林初宴问道。

“嗯……就是有时候觉得自己挺幼稚的，长不大。”

“你这样想的时候，就表示自己开始长大了。”

“我就是有点难过。”

“没关系，我陪着你。”

“永远陪着我吗？”

“永远陪着你。”

“林初宴。”

“嗯？”

“我也喜欢你。”

向暖说出这话时，低着头，也不敢看他。毕竟是表白，她还挺不好意思的。林初宴的脚步一停，她埋着头，有些紧张。

他没说话，她只觉身体突然腾空。

“啊！”她吓了一跳。林初宴竟然将她打横抱起来了，他力气很大，抱着她，脸不红气不喘，好像也没使多大的劲儿。

“你你你干什么，放我下来啊……有人在看呢……”

林初宴置若罔闻，抱着她走到路边。

向暖的身体随着他走路的动作有规律地轻微晃动，感觉像是躺在摇篮里。她有些着急，又哭笑不得：“你怎么像个土匪一样啊……”

土匪抱着他的压寨小媳妇儿，走到梧桐树后面。

梧桐树种在路灯的后排，粗大的树干完全遮住那一头的灯光，向暖被他放下时，眼睛还没适应，她背靠着树干，只觉眼前一片黑暗。

黑暗使人心慌意乱，她想跑，肩膀却被他扣着，紧接着，她感觉到嘴唇上有什么贴过来，柔软的，有力的，带着温度和干净的气息。

林初宴吻了她。

嘴对着嘴，四片嘴唇相接，他用了些力道，柔软的唇瓣互相挤压着。

眼睛看不到时，触觉会更加敏感和清晰。向暖脑子里仿佛炸开一片烟花，她闭上眼睛，紧张得肢体僵硬，一动也不敢动，整个人像是钉在那里。

呼吸渐渐乱起来，杂乱的呼吸交缠在一起，周遭的气流仿佛都染了蓬勃的热度，烘得人脸上一片燥热。

林初宴扣在她肩头的手慢慢向上移，捧在她的脸上。他用手掌轻轻托着她的脸颊，掌心的触感细腻，光滑，柔软，脆弱……他小心翼翼地捧着她，指肚不自觉地摩挲她的肌肤，呼吸渐渐地更加凌乱。

向暖的心跳快得不像话，她紧张得要命，渐渐地呼吸有些困难。她摆了一下头，躲开他。

这一吻就这样突然结束，林初宴恋恋不舍地捧着她的脸，指尖在她肌肤上轻轻地滑动，一下一下，温柔又缓慢，像安抚，也像引诱。

黑暗中，向暖背靠着树干平复呼吸，过了一会儿，小声说道：“该……该回去了。”

两人便从树后走出来。

向暖才发觉自己腿都软了，原来接吻这么耗费体力。

重新走到路灯下的向暖有点心虚，不敢看路人的目光。

林初宴低头看她："脸这么红？"一开口，才发现声音有些低哑。

向暖没注意到他的异常，她揉了揉脸，强行解释："是因为刚才酒喝太多了。"

他牵着唇角，长长地"哦"了一声。

向暖被这意味深长的一声"哦"弄得羞赧了，快走了两步。他紧跟上来，要牵她的手。

她躲开他："走开，禽兽。"

林初宴笑出声，笑声低低的，分外悦耳："这就禽兽了？"他说，"还有更——"

向暖连忙打断他："你不许说啊！"

林初宴老实闭嘴，心里想，我不说，我只做。

向暖第二天下午有堂体育课。她上学期选课选晚了，喜欢的项目都已经满额，剩下的只有足球和篮球，她在这两者中选了个看起来不那么累的。

嗯，就是篮球了。

没想到会在上课时遇到沈则木。他正在和一群人打球，他们穿着同样款式的队服，黑色的无袖上衣加黑色的短裤，上衣背面印着名字的拼音。队服的款式风格简约深沉，倒是和沈则木这个人很搭调。

一群人里，沈则木是最显眼的。无袖的上衣露出他手臂上结实流畅的肌肉，英俊的面孔被汗水打湿，在太阳下反射着细碎的光辉，他动作矫健，目光锐利，像一头猎食中的豹子，敏捷，优雅，专注，迷人。

篮球班的女生排着队在等老师点名，这会儿女孩子们一个个都侧着脸朝沈则木那片球场看，仿佛一排向日葵。

向暖听到她们在小声讨论。

"那就是沈学长？好帅哦。"

“这身材，啧啧，穿衣显瘦，脱衣有肉。”

“穿衣显瘦我懂，脱衣有肉？你见过他脱衣呀？”

“我没见过，林初宴见过。”

向暖：“……”

她目光幽幽地盯着她们，语气坚定得不容置疑：“林初宴没见过。”

女生们一看说话的是向暖，正三角恋中的主角之一，于是有点小尴尬，停止讨论了。

老师说学习要循序渐进，零基础学篮球，不可能一上来就能三步上篮。于是向暖拍了一节课的球，乒乒乓乓啪啪啪，拍得可响了。

沈则木休息时站在篮球架后面，一手握着矿泉水瓶，远远地望她。她运球的动作一看就是新手，篮球在她手里不受控制地乱跑，她手忙脚乱地追着……像遛狗。

后来沈则木打球打得有些分心，看到向暖上完课离开球场时，他突然说：“我有事儿，一会儿回来。”说完也不管队友乐不乐意，抓下挂在篮球架上的外套，转身走了。

向暖有点后悔选篮球，一点都不轻松，她拍球拍得手疼，又控制不好，篮球像长了腿，弄得她很疲惫。

一起上课的女生没有她认识的，连说话的人都没有，她独自一人离开球场，思索着一会儿干什么去。

身后突然有人叫她：“向暖。”

向暖转身，见是沈则木，他穿着外套，脸上还有汗，看起来很有男人味。

“学长好。”向暖说。面对沈则木，她多少有点别扭，毕竟他也算是跟她表白过。

沈则木只“嗯”了一声，脚步一迈，走到她身边。

向暖没话找话说：“学长，你不练球了？”

“休息一下。”

“哦哦，学长，比赛加油哦。”

下个月有篮球赛，沈则木他们系的实力不错，对冠军有一争之力。

向暖与他客套了几句，本以为会就此分道扬镳，结果两人一起进了超市。刚刚运动完，口干舌燥，都想买点喝的。

向暖拿了瓶雪碧，从走出超市就开始拧。她平常拧瓶盖不在话下，偏偏今天遇到一瓶“倔强”的饮料，加上刚才拍球拍得手疼……拧半天，瓶盖纹丝不动。

一只手掌突然插过来，接管了她手里的饮料瓶。

向暖抬头，见沈则木只一下就拧掉了那瓶饮料的“倔强”。

“谢谢学长。”她接过饮料，喝了一口，仰头时，看到沈则木垂眼看她的目光，不加掩饰的温柔。

“咯咯咯……”向暖吓得呛到了，弯着腰一通咳嗽。

沈则木拍了拍她的后背，宽厚的手掌，掌心的热度几乎要通过衣料抵达她背上的肌肤。

向暖感觉一阵头皮发麻，不能这么下去了，她心想。她拍了拍胸口，顺过气之后，说道：“学长，我已经——”

突然，不远处一道声音打断了他们。清澈的嗓音，硬邦邦的语气，肉麻的内容：“宝贝儿。”

向暖循声望去，见那里站着林初宴。他背手而立，嘴角弯起来，皮笑肉不笑。

“林……林初宴……”向暖回忆了一下她刚才和沈则木的相处，应该没什么暧昧之处吧？可林初宴那个眼神是什么意思？搞得好像捉奸一样……

林初宴走过来，走到近前时，直接握住向暖的手。

向暖说：“学长，我刚才想跟你说的是，我已经和林初宴在一起了。”虽然主动跟人透露自己的恋情有点自恋，不过这个情况还是早点说开比较好。

沈则木看着他们握在一起的手，他突然有些话想问问向暖。但他又不能问出口，静静地看了一会儿，他敛起目光，淡淡地“嗯”了一声，接着便转身离去。

林初宴看着他的背影，说：“学长，不打算祝福我们吗？”

“不打算。”

沈则木离开后，向暖偷偷观察林初宴的表情，发现他的脸色还是不太好看。

“喂。”她有点委屈了，“你什么意思嘛，难道不相信我？”

“不是，我只是，有点后悔。”林初宴一脸郁闷。

“后悔什么呀？”

“我当初不该报物理系。”

物理系四年都在主校区，他现在才大二，还要和她搞两年半的异地恋。女朋友太漂亮，周围虎视眈眈的目光太多了，到处都是危险，到处都是想撬他墙脚的野男人。

向暖不是很懂他的少男情怀，虽然不同校区，但他也没少来啊，不照样经常见吗。

向暖看到他另一手始终背在身后，于是好奇地问道：“你藏着的是什么呀？”

林初宴回过神，胳膊一转伸到她面前，向暖看到他手里的是一捧小花。

花是雏菊，有三种颜色，用泛黄的纸裹着，没有别的装饰。小小的一捧，简单素雅，清新别致。

她看一眼就很喜欢，接过来，放在鼻端闻了闻，笑：“嘿嘿嘿。”

林初宴轻轻推了一下她的脑袋：“傻。”

过一会儿，他又说：“我们公开吧。”

“怎么公开呀？”

林初宴让她握着花束，他握着她握花的手，拍了张照片。照片里两只手裹在一起，掩藏在盛开的雏菊下，浪漫又唯美。

他用这张图片发了条朋友圈，配文两个字：脱单。

向暖看得心里直冒粉泡泡，她有些不好意思：“刚才出一身汗，我先回宿舍洗个澡，你等我一下。”说着就跑了。

洗个澡……林初宴不小心脑补了她洗澡的画面，快流鼻血了。

向暖洗完澡换了身约会装，下楼再见到林初宴时，林初宴表情有点不正常。

“怎么了？”

“那条朋友圈。”他说着，点开自己收到的留言给她看。

他被一条留言刷屏了——

为什么是菊花？

为什么是菊花？

为什么是菊花？

这关注点好奇怪，向暖看得一阵黑线，把手机还给他：“你这朋友圈都是一群什么人啊……”

林初宴删掉了朋友圈：“再拍张别的吧。”

“拍什么样的呀？”

“拍一张……”他语气顿了顿，“稍微亲密一点的。”

因为需要稍微亲密一点，两人找了个僻静的地方，在家属院的院墙后面有一条窄窄的过道，过道一旁种着杂树，另一旁的墙上爬着爬山虎。

林初宴举着手机，让向暖亲他。向暖红着脸，踮起脚，闭起眼睛在他唇上亲了一下。

亲完之后没能分开，因为他突然扔开手机，把她往怀里紧紧一搂，扣着她的后脑加深了这个吻。吻了一会儿，她挣扎，他便松开她。

向暖喘着粗气：“你……你故意的。”

他低下头依依不舍地轻啄她的唇瓣，气息火热而凌乱：“想你了。”

第二十五章 赚钱娶媳妇儿

两人从那僻静的过道里走出来时，扣着手，十指交握。

林初宴领着向暖在阳光下站定，举起手机，将地面上两人牵手的影子拍下来。

他拍完，给向暖看了一眼，向暖指指他的手机屏幕：“摔坏了。”

“嗯，反正要换了。”

他用这张图片重新发了条朋友圈，接着似乎是感觉到哪里不对，他拉起向暖的手，低头看了看。果然不对，她手心发红，皮肤蹭破了一些，食指还有点肿。

“怎么回事儿？”林初宴拧起眉。

“拍了半天球就这样了。”

“疼吗？”

“不疼。”

她不疼，他疼——心里疼。

林初宴把向暖拉到路边的长椅上坐下，然后给她抻了抻食指。

向暖的食指发肿是因为运球时施力方向不对，被球的反作用力伤到，不是什么大问题，恢复几天就能好。

她的手太软了，林初宴摸着摸着就舍不得放下，他将她的手包裹在自己掌中，说："以后我教你吧。"

"你会打球啊？"

"会一点。"

"那你报名篮球赛了吗？"

"没。"

"为什么？"

"不想训练。"

向暖懂了，说来说去一个字——懒。

他那么懒，肯定不喜欢锻炼身体，向暖有点为他的身材担忧了。今天下午她在球场看到那些打球的男生身材都不错，人嘛，多少有点虚荣心，她希望自己的男朋友身材也好。

向暖把林初宴的袖子撸上去，看他小臂上的肌肉，还好奇地上手捏了捏。

林初宴不明所以，但向暖用指尖捏他时，他觉得挺痒的——不是身上痒，是心里痒。

"做什么？"他被她捏得有点心猿意马。

"我看看你的肌肉。"她坦白道。

林初宴躲了一下，将袖子放下去："你闭上眼睛。"

"干什么？"

"闭上眼睛，我保证不亲你。"

向暖好奇他要做什么，于是闭上眼睛："你是不是想给我变魔术？"她闭着眼睛想，变出一朵花或者一只小兔子什么的，电视剧里都这么演。

林初宴并没有回答她。他抓着她的手，伸到自己的T恤里面，按在小腹上。

明明有心理准备，但她柔软的指尖触碰到他小腹上的肌肤时，那异样的触感使他不受控制地吸了口气，身体绷紧，心跳都变快了。他本来只是想开个玩笑，自己都没料到，自己的反应能有这么大。

向暖动了动手指，才反应过来自己在摸什么，她吓了一跳，立刻抽回手，睁开眼睛瞪他。

林初宴垂着视线看她，目光幽亮。他下意识地舔了一下嘴唇，喉咙动了动，然后问她："摸到了吗？"

"流氓。"软绵绵的控诉，把他逗得笑了笑。

"是你自己要看肌肉的。"他低声说。

"我也没说要看肚子啊。"

"那叫腹肌……"林初宴见她往旁边挪了挪，他厚着脸皮凑过去，紧紧挨着她，低声又问一遍，"摸到了吗？"

"没有！"

"再给你一次机会。"

"走开……"

林初宴怕把她惹恼，不敢笑，极力忍着，问："一会儿我们做什么？"见她要开口，他补了一句，"不要打游戏，你的手都这样了。"

"那去图书馆吧，好久没有好好学习了。"

"约会去图书馆？"林初宴并不觉得这是个好主意。

"林初宴，难道你不想和我一起为建设社会主义而奋斗吗？"

林初宴心想，我比较想和你一起为计划生育而奋斗。当然这种话想想就算了，自然不敢说出来，怕被打。

之后两人去了图书馆，向暖写作业，林初宴用他遍体鳞伤的手机上网，找了几款球鞋，问向暖喜欢哪一款。

向暖低声说："我自己买就好。"

"是情侣款，正好一起买了。"

情侣鞋哦……向暖心里有些甜蜜，低头笑。

选好了款式，林初宴下单付款，然后尴尬的事情出现了……付款显示余额不足。

他，没钱了。他偷偷看一眼向暖，她低着头在笑，幸好，这尴尬的一幕没被她发现。

林初宴重新下了个订单，只买了女款的。幸好，买一双鞋的钱还够。

嗯，看来要想办法搞钱了。

林初宴给爸爸发了条信息：爸爸，看到我朋友圈了吗？

林雪原：没看到，屏蔽了。

林初宴：……

林雪原看不下去倒霉儿子在朋友圈哭穷，早就屏蔽他了。这会儿见儿子问得蹊跷，他赶紧去看了一下，这一看可不得了。

林雪原：是和向暖吗？是吧？除了向暖不能是别人，不然你妈会疯。

林雪原：当然，如果你真的和向暖在一起了，我估计她也会疯。

林雪原：好了，她已经疯了。

他一连发了三条，看来颇为激动，林初宴慢悠悠地回了个“是”。

林雪原：你妈她哭了。

林初宴：……

虽然感觉妈妈的情绪有点夸张，不过现在是个不错的时机，于是他对爸爸说：可是我没钱约会了。

林雪原从善如流地问：哦？要多少？

林初宴：要多少都可以吗？

林雪原：你可以先提。

本着“漫天要价就地还钱，人有多大胆地有多大产”的原则，林初宴跟爸爸要八百万。

林爸爸让他滚，然后给了他八百块。

他也没嫌弃，先把钱收了，然后说：妈妈就不担心我太穷委屈了向暖吗？

林雪原：放心吧，你妈说要给向暖包个大红包。

林初宴：……

谁是亲生的，一目了然。

林雪原放下手机，轻蔑一笑：“臭小子，再让你算计了，我管你叫爸爸。”

越盈盈刚才激动得流眼泪了，这会儿眼睛发红。她自然知道老公和儿子聊天的全部内容，于是有些担忧："初宴都没钱约会了，暖暖要是嫌弃他怎么办呢？"

林雪原笑了笑，说："你还记不记得，我刚上大学那会儿，穿的球鞋都打补丁，你嫌弃我了吗？"

"说实话，当时是有一点嫌弃的。"

"……"这天没办法聊了。

越盈盈回忆当初，又补充道："不过后来你对我那么好，我一点都不嫌弃了。"

林雪原总算挽回一点面子。

越盈盈想到过往，脸上挂着淡淡的笑意："我还记得，我想换个复读机，你突然就给我买了。之后你说你做兼职太忙，不肯和我一起吃饭，后来我才发现，你偷偷啃馒头……还有一次，我特别喜欢一条裙子，你也是招呼都不打一声就买了，一个多月的兼职白做了……"越盈盈讲着讲着又想哭了，"老公，我好高兴遇见你。"

林雪原拥住老婆，笑道："我也是啊。"

他从小到大吃过不少苦，并不把吃苦太当回事儿，这会儿他说道："所以你看，初宴如果真的想对向暖好，肯定会自己想办法的。没准就去做兼职了呢。"

"如果他不去呢？"

"不去说明他对向暖不是真心的。"

"那我打断他的腿。"

向暖收到球鞋的那天，林初宴也收到一个新手机，是自家女朋友送的。

他很高兴，也很忧伤，感觉自己被包养了……

不行，不能这么下去了。林初宴简单做了个市场调研，对比了一下各类兼职的收入和潜力。最后，他给虎哥打了个电话。

三天之后，向暖得知，林初宴签约了豌豆 TV，作为一名游戏主播，正式出道了。

向暖感觉很好玩：“我也要去，我也要去。”

“你不能去。”

“为什么呀？我也被邀请过。”

“女主播太辛苦了。”

这里的辛苦，更多是指精神上的苦。林初宴做过调查，很多女主播都会被观众调戏，轻者语言轻佻暧昧，重者下流无比，不忍直视。

他不能接受向暖被这样对待，光是想想都难受。

向暖有点遗憾：“你都能靠着游戏赚钱了，我也想做兼职。”

“我赚钱，我们两个花，一样的。”

“那不一样，我想自己赚。”

“不许做主播。”

“好，不做不做。”

不做主播，还可以干别的嘛。向暖在网上找了个游戏代练工作室，应聘为打手。而且，由于她段位比较高，应聘到的是“金牌打手”。

嚯嚯嚯，看我大干一场！

应聘成功的当晚，她就幸运地接到一单，客户的段位是王者四十颗星，要求上到四十五颗，一颗星一百块钱。

向暖打了一晚上，成功掉了两颗星，倒赔给客户三百块钱，才免于被投诉。

从此以后她再也不提兼职。

林初宴和豌豆 TV 签的合同有点特别，是网站专门为他修改的。合同里加了一个条款——必须露脸。

这样的条款对一个游戏主播来说是比较另类的。网站方为了显示诚意，给他寄来质量不错的摄像头、麦克风，以及一个可以安装在书架上的台灯。这台灯与一般学生用的台灯不一样，光线柔和，很适合在镜头下用。

正式开播当天，向暖问林初宴：“你要不要化个妆呀？”

林初宴斩钉截铁地拒绝：“不用。”

向暖说："总该修个眉什么的吧？也要尊重观众嘛。"

手机那头的人沉默了一会儿，说道："我没钱。"

"二十块钱都没有吗？"

"嗯。"

向暖突然明白林初宴为什么答应开直播了。她感觉他好可怜，给他转了一千块钱："你先花着，不够再跟我说。"

"我不会拿女人的钱。"

"那你吃饭怎么办呀？"

"和郑东凯他们一起吃。"

向暖想了想，说："要不我去给你修一下眉毛吧？"

林初宴轻笑："好呀。"

之后林初宴把室友都赶出去上自习，他自己在寝室等向暖来。

虽说向暖的化妆技术没怎么练好，但简单修个眉毛还是可以的。而且，她挺喜欢给人化妆，就像给别人梳小辫，或者打扮自己的洋娃娃那样，很有成就感。

这次来，她带了全套的化妆品，装了一小包，满满当当的，还有一张补水面膜。万一林初宴改主意了，想化妆了呢……

向暖到时，林初宴的寝室只有他一个人。

她早就听闻男生宿舍脏乱差，本来已经做好了心理准备，这会儿一进他们寝室，发现哪有那么糟糕啊，房间里挺干净的，没有异味，东西也没乱丢，室内显得宽敞明亮。

林初宴给向暖倒了杯水，向暖笑嘻嘻地看着他："你紧张吗？"

"为什么紧张？"

"第一次嘛。"她让他坐在椅子上，站在他面前，问，"你确定不化妆吗？要不要再考虑一下？"

"不。"

"你先考虑，我给你修眉毛。"

林初宴坐在椅子上，闭着眼睛。向暖拿着根眉笔在他脸上比画着，确定好修眉的三点。她见他眼睫毛轻轻颤着，安慰道："不要紧张。"

"那你亲我一下。"

她低头在他脸上亲了一下，结果他睁开眼睛，仰着头笑看她："亲这里才算数。"说着，抬手用指尖点了点自己的嘴唇。

"林初宴，我警告你，你再得寸进尺，我把你眉毛剃光。"

这个威胁就比较霸道了，林初宴立刻安静如鸡，乖乖任她摆弄。

林初宴眉形清俊，眉尾上扬，显得很有神采，但幅度不是很大，偏柔和，没有攻击性。他的眉毛需要修剪的地方并不多，向暖很快搞定了，又用眉笔画了画，然后用海绵擦干净。

搞定之后，她用爪子轻轻拍他的脸蛋："哎呀，这是哪里来的小帅哥？"

林初宴扑哧一笑，睁开眼睛看她。他目光晶亮，直勾勾的，向暖被他盯得脸一热，转身放下眉笔："我说，你真的不化妆吗？要不试试？"

身后的人没有说话。向暖感觉气氛有点不太对，她灰溜溜地把那些化妆品都收好："不化就算了，那要不我先走了？你晚上加油哦。"

她提着包走到门口，转身和他告别。

林初宴突然把她推到门上，不等她反应，他的吻便落下来。密密麻麻的吻，像绵密的雨丝洒落在荷叶上。向暖手一松，手里的包落地，接着便双手环住他。她其实挺想他的。

向暖的动作似乎刺激到了林初宴，他咬了她一口，虽然没用太大力气，但坚硬的牙齿压在柔软的唇瓣上，吓得她张了一下嘴，他抓住这机会，舌尖探进她的嘴里。

几乎是本能地，向暖活动舌头，舌尖向外推，想把突入口中的异物推出去。

林初宴的呼吸突然变得粗重，灼热的呼吸扑在她脸上，她感觉自己要被烘熟了。

她并没能把口中的异物驱赶出去，反而被那柔韧有力的灵舌搅得不得安宁。原来接吻还可以这样，竟然这样。他们的舌头纠缠在一起，像两条嬉戏的小鱼，追逐，缠绵，互相勾弄，互相濡润。他含着她的舌尖，眷恋地吸吮，她身上的力气都被他吸光了。

林初宴发觉她挣扎，他放开她，容她喘息。

向暖四肢发软，背靠着门，粗喘。

这个角度，她带着温度的呼吸全部喷到他的领口，那气息顺着领口钻进他的衣服里。林初宴的目光变得幽亮，他低下头来，又要吻她。

她想抗拒，用手推他。他不容她抗拒，抓着她的腕子撩到头顶上方，紧紧地扣在门上。她无力反抗，迎着他的吻。

林初宴这次吻得更急切了，灵活的舌头在她嘴里进进出出，本能地模仿一些动作。向暖并没有能力思考这些，事实上她连思考的能力都丧失了，脑子里一片荒芜，身体软得要命，像是黄油扔进炙热的平底锅，正在一点点融化掉。

林初宴第二次放开向暖时，向暖目带水光，表情有点迷茫又有点委屈，喘息着说："林初宴，你腰带硌到我了。"

林初宴松开对她的桎梏，他退开一些，弯腰帮她拿起包。

向暖的情绪还没缓过来，并未发觉他动作的异样。

他把包递给她，说："明天我去找你。"嗓音暗哑得不像话。

向暖背着她粉嫩的书包离开他的寝室，一边走一边低头摸着嘴唇，脸上还是红云一片。刚才真是太疯狂了，心跳到现在还没平复。

走出宿舍楼时，她收到一条来自林初宴的语音信息，他的声音依旧是暗哑低沉的，听在耳里莫名的性感。

林初宴："不是腰带。"

本来向暖和林初宴约好了，他的直播首秀她要来捧场，可是晚上她爽约了，大概是没办法面对他的"腰带"。

她不来，他的直播还是要照常开，因为直播平台已经筹备几天了。

林初宴长得帅，技术好，声音又好听，浑身闪耀着人民币的光芒，平台方对他倾注了不少资源，完全不是新手能有的待遇。开播前就造了一波势，开播当天，又给他推荐到网站首页。

很多路人看到首页推荐点进直播间，进直播间的第一反应是：咦，我怎么进错板块了？

然后退出去重新找《王者荣耀》板块，发现又能看到这人。

长成这样……游戏主播？等等，难道是哪个明星来直播了？

看一眼主播ID，初晏？没听过，应该不是明星。好吧，再看一眼直播间的名字，向暖而生？好装哦……

有些一头雾水的路人决定暂时抛掉那些，看看这个游戏主播的技术怎么样。看了一会儿，路人忍不住发弹幕：66666……

林初宴一把游戏结束的时候会看一眼弹幕，回答一些问题。他会先把问题念出来：“主播多大了……二十岁。主播哪里人……南山。主播有没有女朋友……有。主播是每天晚上直播吗……是。”

当答到主播有女朋友时，直播间里一片哀号。

其实，关于女朋友这事儿，平台方有建议过林初宴不要透露，林初宴直接否决了。

直播间的成分复杂，也不尽是文明人，骂人找碴的、带其他主播节奏的、调戏人的……应有尽有。林初宴让房管把发有害信息的都禁言了，其他随意。

然后他说：“你们可以关注我一下，免费的礼物送一下，我缺钱。”

我缺钱——身为一个帅哥，你要不要这么直白啊！一点偶像包袱都没有！

有观众问：主播为什么缺钱呀？

林初宴把这条弹幕念出来了，然后答道：“我要赚钱娶媳妇儿。”他讲这话时垂着眼睛笑，像是有点不好意思。

直播间又是一片沸腾，有为主播的笑颜痴迷癫狂的，也有作为单身狗被虐到而哀号的。

突然，直播间炸起一片特效，这是有人送了用人民币买的礼物才有的特效。

“不做大哥很多年”送给主播十个深水鱼雷。十个深水鱼雷就是一千元人民币。

林初宴沉默地点开了那位“不做大哥很多年”的用户资料。只有一级的账号，没关注别的主播，也没在别的直播间消费过。

这个情况，要么是新手，要么是马甲号。

花钱花得挺熟练，不太可能是新手，那么，是谁的马甲？

如果是一般的不认识他的人，有必要披马甲吗？所以说，这个人极有可能认识他。

认识他的，是在网上看直播的时候刚好遇到，还是已经提前知道他今天要开直播，前来捧场？

他才开始直播半个小时，如果是刚好遇到，未免太巧了吧？那么，如果是提前知道他要开直播的，那就有意思了……

豌豆 TV 的账号，是可以用昵称直接登录的。林初宴输入这个昵称，密码用向暖的生日试了试，没成功。

直播间的观众在催他开游戏，他只好压下心头的疑云，继续直播。

第二天是星期六，林初宴上午去找向暖，两人计划上午在图书馆学习，下午看电影。

向暖看起来很正常，还朝他笑了笑。林初宴也对她笑。

到图书馆摆好东西，向暖开始刷手机玩。一般情况下，这就是她写作业之前的热身活动。先看看微信朋友圈，再看看游戏新闻，然后看看微博有什么新鲜事儿。

她在微博里看到一条内容为“帮小哥哥娶媳妇儿”的热门微博，好奇地点开……这不是林初宴吗？

向暖好兴奋，两眼放光地把手机递给身旁的人，悄声说：“林初宴你快看，这是你！”

林初宴一看，也有点意外。

发微博的人完全站在一个花痴的角度，讲了昨天直播的事情，叙述有些混乱，看起来不太像是营销通稿。微博里截了几张图，还有段视频，尤其是林初宴笑着说要“赚钱娶媳妇儿”那段，真真正正的眉目如画，神态温柔得让人沉醉。

图片和视频的清晰度都不太好，叙述也很凌乱，即便是这样，这条微博也火了，转发有两万多。评论区也是什么都有，有人在打听小哥哥的来历，有人自告奋勇给小哥哥当媳妇儿，有人在卖萌征婚，还有人感叹现在世风日下，到处都是炒作。

林初宴很确定自己没有炒作，不过平台方有没有炒，他就不知道了。他给一直跟他联系的那位网站运营发了条信息询问此事儿，运营表示不知情。

向暖划着手机屏幕，一条条看评论，看了一会儿，越看越气——评论有一半以上是要给林初宴当媳妇儿的。

她把手机往桌上一扣。

向暖是个喜怒都形于色的人，基本不会掩藏自己的情绪。林初宴见她不乐意了，连忙抬手轻轻地给她顺毛：“怎么了？”

“这里边有一万个人想嫁给你。”向暖说这话时就感觉胸口疼。

林初宴一下一下地顺着她的头发，轻笑：“可是我不想娶别人，我只娶你。”

向暖的胸口突然不疼了。

她真佩服他，一句话就把她心里那点火气给吹熄了，剩下的都是满心的柔软甜蜜。她有点不好意思，低头拉过英语试卷，提起笔，状似很认真地审题。

嗯，这学期要考英语四级，要好好学习。

林初宴往她身边凑了凑，趴在桌上看她，小声问：“那么，你想嫁给我吗？”

向暖撇开脑袋：“你走开，我才十九岁。”

林初宴便直起身子，有些遗憾地轻轻叹了口气。确实，她年纪太小了，现在他们不适合把关系推得太近。虽然，他其实有点……反正最近都上火了。

“我昨天晚上梦到你了。”他说。

只说了这句，没说别的，可也不用说别的了。昨天两人发生了什么，大家心知肚明，他晚上能做什么好梦？

向暖被他这一句话弄得脸红心跳。她扔开笔，从笔袋里摸出一卷胶带，扯着胶带，她在林初宴的嘴巴上贴了封条。只有他安静如鸡，她才能安心学习。

林初宴的嘴巴被贴了好半天，直到她做完一张英语卷子，他们要去吃饭了。

向暖放下笔直起腰，活动一下肩膀，这才发觉他的封条还在。她看向他时，他还朝她眨了眨眼。

嗯，好可怜的样子。一阵内疚涌上心头，向暖轻轻地帮他把胶带撕下来。

林初宴抽纸巾擦着嘴，说：“你得补偿我。”

“今天不许亲。”

“为什么？”

“我不能接受一个胶带味的林初宴。”

林初宴：“……”

午饭吃的是三杯鸡、羊肉汤，以及两个素炒。林初宴看到桌面上有购物网站的广告，他用手机扫了一下：“注册有红包。”

向暖挺理解他的，人穷的时候，看到红包心里就有亲切感。

“来，帮我想个密码。”林初宴说。

向暖正夹着羊肉汤里的萝卜往嘴里送，闻言说道：“你就用你姓名的首字母加上学号，不要用生日，生日太简单了。”

林初宴“哦”了一声，语调悠长。

向暖的萝卜有点烫，只咬了一小口，然后她吹了吹，一抬眼，见林初宴在笑。

这人看着屏幕，眼睛好像在发光，笑出一排洁白的牙齿，别提多开心了。

“你至于吗？多大的红包啊？”向暖挺好奇。

“三十九。”林初宴随口编了个数字。

向暖心想，三十九块钱的红包能高兴成这样，我男朋友好可怜，我一定要多给他买点好吃的。

想到这里，她拿起饭卡：“我再去买个番茄牛腩。”

“不用。”林初宴一把抓住她的手，“够吃，不要浪费，你坐下。”

他还在笑。不，应该说是，他笑得更欢了。嘴巴咧开就合不拢，眼睛弯弯的，虽然说这笑容很好看……可是，也很可怕好吗！就为三十九块钱笑成这样？他精神是不是出问题了啊……

向暖心里毛毛的，他让她坐下，她不敢反抗，轻轻地坐回去，不动声色地看他。

林初宴笑眯眯地给她夹菜：“来，多吃点。”

“你你你你怎么了？”

“我高兴啊。”他说着，朝她挤了下眼睛，“来，快吃。”

向暖夹着鸡肉往嘴里送，鸡肉嚼在嘴里是什么味道她暂时没感觉了，她现在全部的注意力都在林初宴身上。

林初宴笑着，叫了她一声：“大哥。”

“喀喀喀……”向暖被鸡肉噎到了，捂着胸口一阵咳。

林初宴轻轻拍她的后背，动作很温柔：“怎么这么不小心啊，大哥？”

她总算顺过气来，看了他一眼，一脸的莫名其妙：“不知道你在讲什么。”

“密码是姓名的首字母加学号。”林初宴说着晃了晃手机，手机屏幕上是豌豆TV的界面，哪有什么购物网站，“登录成功，不做大哥很多年。”

向暖实在是没防备他这一招。他之前装得太像了，让她一点怀疑都没有，就这么着了道，自己把自己招出来了。呜，感觉没脸见人了！

林初宴见向暖黑着脸要走，他赶紧拉她坐好：“吃饭。吃饱饭才有力气减肥，大哥。”

“不吃了。”

“不吃饭，我喊你大哥。”

向暖真的好想把男朋友卖掉，一毛钱一斤就行，不用多给。

林初宴的直播时间是晚上八点到十点，向暖晚上班级开会，快九点了才回宿舍，回去后赶紧打开豌豆 TV，看自己男朋友的直播。

一进豌豆 TV 的首页，她吓了一跳。林初宴的人气怎么涨这么快？太夸张了吧！

要知道，他才直播第二天，这人气都快追上虎哥了，虎哥算是《王者荣耀》板块小有名气的主播。向暖都有点怀疑是网站方太看好他，所以急不可耐地帮忙做了一下人气，直到她点开林初宴直播间的关注列表。

如果是虚假人气，关注列表里会有很多僵尸粉，向暖仔细看了一下，发觉僵尸粉并不多，人气是真的。

她有想过林初宴如果走红了会如何，但实在没想到，这家伙竟然红得这么快。果然不愧是林初宴，走到哪儿都是火花带闪电，注定不平凡。

林初宴打完一局游戏，给她打电话，问她回去没。

两人提前约好了晚上一起打排位，不过这会儿出现了一点小意外——陈应虎也在。

向暖回宿舍之前，陈应虎一直和林初宴双排，现在听说向暖要来，陈应虎也没说要走，就默默地等着三排。

林初宴不好意思赶他，三排就三排吧。

向暖开着手机打游戏，开着电脑看直播，武装齐全得很。她和林初宴组好队，进到三个人的聊天组时，林初宴的直播间刷出一排“嫂子好”的弹幕，把她逗得乐不可支。

除了“嫂子好”，还有一堆“情敌你好，你男朋友归我了”。这种无视掉就好了，反正他们也不可能真的把林初宴抢走。

林初宴问：“明天做什么呢？”

陈应虎：“明天我想去老凤街。”

林初宴：“没问你。”

弹幕一片“哈哈哈”，陈应虎也在开直播，他的直播间里都是“心疼”，各种心疼虎哥。

以前粉丝“心疼虎哥没女朋友”时，陈应虎还能在心里嘚瑟一下哥其实有女朋友，现在观众心疼他，他也心疼自己。

可是一个人玩太无聊了，所以他尽管心里疼着，还是要厚着脸皮和这对情侣组队。

林初宴又问向暖明天想做什么。今天下午两人看完电影吃了晚饭，一天的约会就这么结束了，没来得及问别的。

向暖答：“我也不知道干什么。”

“明天不要上自习了，我们去看樱花。错过了桃花，不能错过樱花了。”

“好呀。”向暖说着，看一眼直播间的弹幕，发现好多“汪汪汪”。

她有点窘，这些观众太不淡定了，明明她和林初宴讲话的内容很正常好不好。

三人一边聊着天，一边进了游戏，各自选了英雄。向暖本来想打上单，可惜上单的位置被抢了，只剩下辅助位置供她选。出于稳妥考虑，她拿了手比较擅长的张飞。

这一手张飞，引发了一波弹幕高潮。

——给玩张飞的小姐姐跪下了。

——男貂蝉女张飞，现在的年轻人可真会玩。

——救命！本来我还在脑补初嫂的颜值，现在满脑子只有张飞了！

——看来暖神小姐姐不在乎颜值。是不是越不在乎颜值的人越容易找到有极品颜值的男朋友？好了，我宣布从今天开始脱离颜狗队伍！

一开局，向暖领着自家射手，帮陈应虎的打野去对面反了个蓝 buff，发生混战后她护着自家两个小脆皮全身而退，射手顺手收了个人头，拿下一血。

之后游走探视角，绝不抢队友资源，也不抢功劳，哪怕有人头摆在面前，也尽量让给队友。

这就是一个辅助该有的专业素养，她毕竟跟着杨茵训练过。

本来直播间里一直有人质疑这位暖神的王者段位是男朋友带上去的，但是慢慢的，到这局游戏的后期，这种声音没有了。

张飞拿着全队最低的经济，打出了超过百分之九十的参团率，自身零伤亡。

哪怕不看这些战绩，有眼睛的人都能看到，张飞对队友的保护力度有多强。

游戏结束时，直播间里叽叽喳喳的，好多人在讨论暖神，还有人喊她女神，搞得好像她能玩好游戏是多意外的一件事儿。

向暖第一次来跟林初宴直播，还有点羞涩，不好意思讲话。现在看到这些弹幕，她忍不住说："本来女孩子就能玩好游戏啊，这是很平常的事儿。"

有人鸡蛋里挑骨头，说只会玩辅助没意思，还说女孩子也就玩玩辅助了。

于是第二局游戏，向暖抢了一手花木兰。花木兰对操作的要求比较高，神的超神，坑的超坑。向暖的花木兰是杨茵调教出来的，绝不会是坑的那一类。

这局，前期花木兰独自一人对抗上路两人，把上路守得铁桶一般；中期某次团战偷偷绕后，一人连斩敌方的法师和射手。

弹幕一波"666"送给花木兰。

林初宴笑："这就是我的女朋友。"

弹幕：

——初神你说实话，你的王者是不是女朋友带上来的？

——是不是因为我单身太久了，你现在说什么我都看着像狗粮。

——前面的别走，感觉这个主播和暖神在一起，连呼吸都是粉红色的。

——暖神，我等你娶我。

——大家好，我宣布我已经和初神离婚了，现在我老公是暖神。

林初宴看着那些说要嫁给向暖的弹幕，向暖看着那些说要嫁给林初宴的弹幕，两人这会儿心情都是酸爽无比。

陈应虎突然讲话了：“我说，雷霆杯的比赛，你们要不要参加？”

第二十六章 直播间狗粮日常

雷霆杯电竞比赛是一个叫邹雷霆的人创办的，以他个人的名义。邹雷霆是豌豆 TV 远古神级别的主播，也是豌豆 TV 的股东之一，因此雷霆杯的比赛与豌豆 TV 有着脱不开的联系，通常就在豌豆 TV 这个平台进行宣传和直播。

雷霆杯《王者荣耀》分项的比赛，冠军奖金是十万人民币，报名条件是队伍里至少有一名豌豆 TV 的签约主播。

陈应虎简单介绍了一下雷霆杯，向暖听到冠军有十万块奖金，于是相当感兴趣：“好呀，必须参加。”

“茵姐也说要去。”陈应虎说，“这就四个人了，还差一个。”

向暖想到忘却。忘却是个粗大腿，这种事情她通常第一个想到他：“忘却呢？”

“忘却要训练，不好因为这个事请假。”

郑东凯和歪歪也都不行。雷霆杯虽说也是业余比赛，可参赛的一多半是实力主播，剩下一些是代练、半职业的选手，总之都是靠这个游戏混饭吃的，比校际联赛这类业余赛事的水准要高得多。陈应虎之前和杨茵通过气，杨茵觉得郑东凯和歪歪的水平还是不够好，参加这种比赛只能被人捶，没意义。

其实他们有一个更合适的人选，但陈应虎掂量了一下，不知道该不该开口提。

林初宴一直听他们讲话，没参与讨论，这会儿他的诸葛亮身上挂着五个环环，甩着大长腿正在追敌人。

追着追着发觉势头不对，掉头就跑，可惜已经晚了。敌人援军到了，从侧方抄过来，本来被他追着的那个残血敌人也突然返身，三打一，打算把他灭了。

向暖从小地图上看到诸葛亮被围，她估计了一下距离，感觉来不及营救，于是没去帮忙，而是趁着敌人兵力空虚的机会去推塔。

林初宴有点郁闷，说道："你不打算救你男人？"

"你男人"三个字让向暖一阵脸热，她咳了一声说："反正是要死的。"

林初宴："我要是不死，你喊我一声老公。"

向暖："你要是死了，你喊我一声爸爸。"

直播间里满屏的"哈哈哈"。

向暖不相信林初宴能活下去，操作再怎么好，可英雄属性摆在那儿呢。她借着队友视角看他那儿的战况，诸葛亮这个英雄，操作好的话可以贴脸和敌人对殴，这会儿林初宴已经收了敌方一个人头，还把另一个敌人打残，当然他自己的血条也见了底。

这已经是最好的结果了，一点都不用惋惜。

她眼看着英俊帅气的诸葛军师倒下，带着悔恨和不甘，以及一点即将喊女朋友爸爸时的惶恐。

向暖忍不住笑了："哈！呃……"笑声突然卡住，诸葛亮又原地站起来了。

怎么会？

这样原地站起来，只可能是因为买了复活甲。向暖看了一眼对战信息，果然，林初宴的装备栏里多出了一件"贤者的庇护"，也就是俗称的复活甲，死亡后两秒钟原地复活，并恢复少量血量。

问题是，这件装备他什么时候买的？明明她刚才看还没有啊……

此刻两个敌人已经准备撤退了，很显然他们和向暖一样，对诸葛亮的生命力之顽强并无防备，反应上慢了半拍。诸葛亮优哉游哉地一个大招收走残血那位敌军。

向暖突然有一个可怕的想法——林初宴他杀人之后大招很快刷新，刚才一直留着大招没用，会不会就是为了等这一刻？

战场里的情况瞬息万变，此刻诸葛亮杀完人就跑，仅剩的那名敌人大概失去了理智，紧追着他不放，向暖听到林初宴弱弱地说了一声“救人”，才反应过来，连忙去接应他。

第三个敌人也料理完时，最先死掉的那位在公频上发信息，质问诸葛亮为什么这么早买复活甲。

复活甲一般是最后一件出的装备，买太早性价比不好。

林初宴回：怕死。

敌人回了一串省略号。

向暖问林初宴：“你到底是什么时候买的复活甲？”

“死前的那一刻，卖掉装备买的。”

向暖不信：“不可能，怎么来得及啊？这得多快的手速？”

林初宴轻轻一笑：“你知道我为什么手速这么快吗？”

向暖直觉他没好话，连忙说：“你快闭嘴吧……”

“因为我从小练钢琴……你想什么呢？”

这会儿直播间的观众都被林初宴那荡漾的笑容闪瞎狗眼了，纷纷迫不及待地发弹幕。

——主播，你其实不用打游戏，就这么待着，我能看一百年。

——调戏女朋友这么熟练？

——从小练钢琴！男神好棒！

——别怪暖神不信，要不是因为亲眼看见，我也不信！就一眨眼的工夫，屏幕一花根本没看清是什么鬼！

——哈哈哈哈，我本来是来看秀恩爱的，结果一不小心听了段相声。

——暖神，你在想什么？大声地说出来，我们要听！

——色情主播，举报了。

——只有我发现虎哥话少了吗？心疼虎哥。

——心疼 +1，虎哥要不别和他们玩了，他们是坏人，羞羞。

——能把一个话痨逼成这样，我是服气的。

“我生气了。”向暖突然说。

林初宴心里一咯噔：“我错了，不要生气。”

观众们一阵无语，男神你认错也太快了吧？好歹先问问她为什么生气啊……

“你当着那么多人的面跟我乱说话，我不要面子啊？”向暖倒是自己先说了。

弹幕已经有人开始说她作了，各种嫌弃她。

林初宴额角滴汗，生怕她看到这些弹幕更加生气，连忙柔声哄她：“好，我以后都改，对不起，原谅我这一次。”

“那也不行，除非你答应我一件事儿。”

“什么事儿？”

“你先答应我。”

“好，我答应你。”

“你绝不会逼我喊你老公。”

林初宴眯着眼睛咬了咬牙，心想这傻子学聪明了。

此时此刻，直播间观众的心声是——好不容易把瓜拿起来了，咬了一口发现又是狗粮！

向暖总算把林初宴绕进去了，心里有些得意，她不想和林初宴说话了，于是问陈应虎：“虎哥怎么不说话？”

“我说了，你们没听到。”

“哦哦，对不起，虎哥。”

“没事儿。”

“虎哥明天玩什么？”

“我也没什么可玩的，想去老凤街转转。”

向暖突然想到一个主意，对林初宴说：“初宴，不如我们——”

话未说完，便被他打断：“不行。”

向暖吐了吐舌头：“我说，你整天跟我在一块儿不腻吗……”

她就这么一说，本没打算让他回答，正要继续讲话，他突然插了一句：“不腻啊。”

把她弄得一瞬间忘词了。

过了一会儿，向暖才说：“我是想说，我挺想茵姐姐的，不如也叫上她，大家一起玩嘛，反正要比赛了，先培养一下默契度，对吧虎哥？”

陈应虎觉得有道理。自从林初宴谈恋爱之后，都不怎么陪他玩了。他有一次无聊跟林初宴开玩笑，问林初宴，如果他和向暖掉进水里，林初宴救谁。

林初宴说他自取其辱。后来林初宴好像也自觉话说得太重，又打了个补丁，问他喜欢什么，可以烧给他。

陈应虎只想要可可，但他不希望可可被烧掉。

反正陈应虎觉得挺寂寞的，他又不敢回Z省，因为爸妈老是催他带女朋友回去看看。他们还不知道，他的女朋友已经变成蝴蝶飞走了。

虽说跟这对情侣一块儿玩也有点虐心，但总比一个人自虐要强，两害相权取其轻，他愿意和他们一块儿玩。

“好不好嘛？”向暖问林初宴。

林初宴说不出拒绝的话。毕竟，她想给他扎小辫他都拒绝不了。

“你就是来克我的。”他说，“你先问问杨教练有没有空。”

杨茵因为之前打伤过一个土豪老板，现在那姓邓的老板出院了在到处黑她，导致她一直没找到工作，向暖把明天一起看樱花的事情跟她一提，她欣然答应。

陈应虎想到他们第五个队友的人选，忍了半天终于没忍住，小声问道：“要不要把我表哥也叫上呢？”

林初宴买了个容量 1L 的超大型保温杯，他让陈应虎背着保温杯，然后两人一起去鸢池校区找向暖。

向暖正在湖边凉亭里坐着做美甲。美甲师是越盈盈帮她预约的，越盈盈听说他们要去赏樱花，好兴奋，身不能至心向往之，于是预约了一个美甲师，一大早来给向暖做樱花指甲，聊表心意。

林初宴也是从谈恋爱以后才发觉原来自己亲妈的思路是这样开阔。

除此之外，越盈盈还叮嘱向暖多拍照片。

林初宴他们到时，向暖的指甲刚好做完，她跟美甲师道了谢，问多少钱。

“已经付过了。”美甲师是个二十多岁的小姐姐，这会儿一边答话一边收东西，看到林初宴来，她脸上闪过一丝惊艳的神色。

美甲师离开后，向暖张着手朝林初宴比画，手指一张一收，笑问：“好看吗？”

“我看看。”林初宴拉下她的手，一根手指一根手指地看，看完一只手看另一只手，看得特别仔细，比做题都认真。

等把十个手指头都摸一遍，他才答道：“好看。”

陈应虎也说：“好看。”

林初宴斜了他一眼。

向暖指了指陈应虎肩上背的大保温杯：“带这么大的杯子做什么？公园可以买矿泉水吧？”

“给你带的。”

“我？”

“嗯。”林初宴摸了摸她的头，一脸慈祥，“多喝热水。”

向暖：“……”她确实正在生理期，问题是他怎么知道的啊……

“你怎么知道的？”她有点脸热，小声问他。

林初宴：“以我的观察能力，杜绝了你婚后出轨的可能。”

“喂，你扯远了吧……”向暖有些窘，想了想又觉得不公，“我不能出轨，那你可以随便出轨咯？”

“我不会出轨。”

“你怎么那么肯定？”

林初宴没有回答，只是抿着嘴角笑，眼睛直勾勾地盯着她，眼神那叫一个荡漾。向暖头皮一紧，轻轻推了他一把。

他借势捉住她的手，握着：“走了。”

走出凉亭时才发现，这么一会儿的工夫，外面开始飘雨点了。陈应虎问林初宴：“初宴，你带伞了吗？”

“这不是有吗。”林初宴见向暖手里提着雨伞，接过来打开，两人共同撑着。

这伞粉底白花，款式倒很适合赏樱花，可惜是单人伞，伞面很小巧，两人共撑的话空间显得狭窄，必须靠在一起。

林初宴举着雨伞，伞面微微倾斜，他几乎把向暖揽进怀里。

就在这时，陈应虎从包里掏出一把伞打开。雨伞是深蓝色的，很大很大，他一打开，头顶立刻阴下来一片。

不，这不是伞，这是蘑菇云。

陈应虎站在他的蘑菇云下邀请林初宴：“你们两个挤在一起不累吗？初宴，你和我打一把吧，我的雨伞大。”

林初宴又斜了他一眼。之后林初宴并没换到陈应虎伞下，就这么挤着来到学校正门处，与另外两人会合。

杨茵比沈则木先到一会儿。她在南大正门下了车，把卫衣的帽子往上一翻，就这么揣着兜等着。春天的雨不大，雨丝像雾一样，落在身上没什么感觉。等了几分钟，她低头用手机发语音：“我到了，你们还要多久呀？”

身后很近的地方突然响起一个声音：“转身。”

杨茵愣了一下，扭头看到近在眼前的沈则木。她把脑袋往上抬了抬，发现这会儿头顶上方是有伞的。

“你怎么走路没声音。”她嘟囔了一句。

沈则木很确定自己走路有声音，是她没听到而已。不过这不是什么大不了的事儿，他也没辩解，就这么撑着伞默默地看着路边的行人。

杨茵想到他们的三角关系，于是问候他："你还好吧？"

"挺好的。"

"好就行。"

"嗯。"

莫名其妙的对话。

过了一会儿，沈则木突然说："谢谢。"

杨茵抬头正要讲话，一眼看到向暖他们几个走来，她一乐，朝他们扬手："向暖，这边这边！"

向暖撒开腿跑向她："茵姐姐！"也不管下不下雨了。

她来得太快，像个小导弹一样冲过来，沈则木怕她跌倒，在她刹住脚步时，他扶了一下她的肩膀。

向暖一愣："学……学长好。"

不远处，一道视线落在他扶在她肩头的手上。沈则木微微抬了一下眉，目光落到林初宴脸上，平静地和他对视。

陈应虎感觉不太妙，于是撑着蘑菇云走在林初宴面前，挡在两人之间："表哥。"

沈则木移开视线，淡淡地"嗯"了一声，有点冷漠。

向暖朝杨茵比了比手指："茵姐姐，你看我的樱花指甲好不好看，你怎么不爱做指甲呢，好可惜。要不然我们可以一起做。"

"我也不知道，就是不爱染指甲。我看你的就好啦。"

两人说了会儿话，之后林初宴走到近前，向暖把自己的小花伞接过来与杨茵同撑，一边走一边聊。林初宴只好走在陈应虎的蘑菇云下。

南山市有两个比较大的赏樱花的地方，鸢池公园是其中之一，从南山大学鸢池校区走路过去只需要十五分钟。向暖到时，只见细雨微风中大片大片的樱花开得正热烈，放眼望去，雾霭婆娑，长霞织锦，烟云般绚烂；雨丝的拍打下有许多花瓣落地，一点点一片片，扑在石板路面上，脚踏上去，仿佛踩在十万星河之上。

她知道樱花是什么样的，这会儿看到，眼里依旧震惊："好漂亮啊……"

这么漂亮，一定要多拍照。

向暖一开始拍的照片还是正常的，后来林初宴把她拉到一边，站在樱花树下，捏了她的脸。他把她的脸都捏变形了，拍了张奇葩的照片。

向暖的脸并没有被捏疼，但她的尊严被捏疼了。为了报复，她也捏了林初宴的脸。后来就一发不可收拾，两人互相捏脸拍照，有单人照也有合照。

陈应虎站在远处看他们，看了一会儿，有些羡慕。他收回目光，对一旁的沈则木说："表哥，你是不是也觉得他们两个很般配？"

沈则木对自己这个表弟感到费解。到底是什么，驱使他一遍又一遍往自己表哥心口插刀？图什么？有钱赚？

陈应虎叹了口气，说："表哥，看开点，要不你就换个心上人吧。"

"你管好你自己。"沈则木说。

陈应虎心里一跳，偷偷看沈则木，也看不出他什么表情。陈应虎挠着后脑勺，打了个哈哈。

沈则木轻轻地哼了一声，语气十分鄙夷："你当我不知道？"

"啊？表哥你说什么？"

"你已经很久没在朋友圈秀恩爱了。"

"表哥，不要告诉我爸妈。"

沈则木沉吟半晌，目光突然有些奇怪："你不会还没报警吧？"

陈应虎偏开脸不看他，嘟囔道："干吗要报警？"

"因为你被骗了。"

陈应虎有些急了，反驳道："谁说可可是骗子啊？"

"不是骗子还能是什么？"

"就不能是被车撞失忆了吗？电视上都是这么演的。"

沈则木真想扒开陈应虎的脑壳看看里面是甜豆腐脑还是咸豆腐脑。

"报警。"他说。

"我不！"陈应虎极力抗拒。

“如果你真的相信她。”他的目光冷静而锐利，仿佛冷硬的刀片，刮在人的心口上，“你更应该报警。”

陈应虎黑着脸转身走了。

杨茵听到了他们的谈话，她走过来，看了沈则木一眼，说：“我也觉得你挺没劲儿的。”

沈则木撩眼看她，问：“你觉得我错了？”

“你没错，你很坚强。但坚强不是天性，人都有软弱的权利。”杨茵说完这话，也不理会他，转身去追陈应虎。

沈则木独自一人站在樱花树下，往左看是渐渐远去的杨茵，往右看是亲昵拍照的林初宴和向暖。他突然觉得挺孤独的。

向暖把林初宴脸被捏变形的照片挑了几张，发给越阿姨。

越阿姨回得很快，导致向暖都有点怀疑，阿姨是不是正等着收图呢。

越盈盈回了几个捶桌大笑的表情包，然后把儿子的丑图转给林雪原。

林雪原快高兴死了，跟老婆说：“苍天有眼，总算找到克他的人了。”

向暖只是和林初宴拍了会儿照，一回头发现杨茵他们都不见了，她有点奇怪：“我还想再和茵姐姐拍几张呢。”

林初宴挽她的手，说：“先走吧，没准一会儿能遇到。”

公园很大，游人如织，要是想遇到，就得擦亮眼睛了。

向暖走在石板路上，四周花瓣纷纷簌簌，有如梦境。走着走着，她听到林初宴问她：“你想不想跟我学秒换复活甲？”

当然想学啊……向暖眼睛一亮，可是一想到他那奇葩的手速，立刻摇了摇头：“不行，我手速不够快。”

“你手速够用，只要多训练就行。”

“真的吗？”她侧脸看他，微微仰着头，“那你教我。”

林初宴唇角一勾，笑了：“我也不能白教。”

向暖感觉他这笑容基本可以用一个成语概括——不怀好意。可她心里挺痒痒的，于是问：“那你说，要怎样？”

“你还欠我一声老公呢。”

“你答应过我不会逼我的。”

“我可没逼你。”林初宴突然停住脚步，低头看她，“我们这是——”一边说着一边微微弯下腰，往她耳边吹了口仙气，“等价交换。”

向暖被他吹出一身鸡皮疙瘩，扭开脸躲他：“你走开。”

林初宴直起腰，牵着她的手继续走路。两人沉默不言地走了一会儿，向暖突然小声哼哼了一句：“老公。”

林初宴眼睛带笑地瞥了她一眼：“你说什么？大声点。”

向暖埋着脑袋又叫了一遍：“老公。”

“我听不到。”

“老公老公老公！”她豁出去了。

接下来林初宴的动作有点骚气了。他一手揽住她的身体，仗着自身的身高优势，把她抱得离了地，身子一转，走到路边的草丛中。向暖感觉自己在他面前就像只小蚂蚱一样，他想怎么捏就怎么捏。

这还没完。此时两人站在樱花树下，离石板路有些距离。林初宴本来举向天空的雨伞突然掉转，伞柄斜着架在两人的手臂之间，伞面朝向路边，隔断了行人的视线。

小小的一把伞，就这样隔出独属于他们两人的一片空间。半封闭的空间里，她仰头，对上他幽亮的眼睛。向暖心里一跳，刚要说话，林初宴却突然低头吻她。

他竟然真的敢亲！向暖吓得要死，身体绷紧，像个僵尸，被动地承受他胆大妄为的吻。

林初宴察觉到她的紧张，他松开她的嘴唇，低头蹭了蹭她的额头，笑道：“别怕，他们看不到。”

“你别……别这样……”

他一手牢牢地搂住她的腰肢，不许她跑，然后低声说：“早就想和你在樱花树下接吻了。”

“林初宴，浑蛋。”

“浑蛋也是你老公。”

他们终于还是吻了。向暖知道外边的人看不到他们，但她能听到别人讲话啊……行人的欢声笑语争先恐后地钻进她耳朵里，她一动也不敢动，仰着脸，任他为所欲为，心脏快突破了嗓子眼，感觉要死掉了。

林初宴一开始动作很激烈，后来便轻缓了，他伸出舌尖一下下舔着她的唇瓣，用鼻尖轻轻蹭她的鼻尖，像是安抚。他低声笑：“吓成这样？”

向暖认为自己的心理素质才是正常人的心理素质，林初宴那是牲口的。

林初宴把伞举回到正常角度，向暖看到他肩背上落了些雨滴和花瓣，雨滴把衣服浸成深色，像一小团一小团晕开的水墨。淡粉色的花瓣散落其间，莫名有些诗情画意。

她抬手帮他把花瓣拂下去。

两人从草丛回到路上，向暖埋着头不敢看周围人的目光。

林初宴唤她：“暖暖。”

一声“暖暖”，把她弄得心都要化了。她咬了咬嘴唇，感觉自己也太没出息了。

“暖暖。”他又唤她。她不知道的是，他说这两个字时，会觉得舌尖上仿佛裹了砂糖，甜得不像话。

“你干什么？”向暖小声应了一句。

“不干什么，就是想叫你。暖暖。”

“神经病啊。”

两人翻越了鸢池公园里那个海拔不到一百米的小山丘，下来时，在湖边遇到了沈则木。

雨已经停了，沈则木站在一树樱花旁，眼睛望着湖面，雨伞放在脚边。

他身形挺拔如松，冷峻的气质被身旁淡粉色的花树中和，添了几分柔软。向暖看着，莫名就想到“落花人独立”这句诗。

有个路人姑娘和她想到一处了，鼓起勇气上前勾搭，也和沈则木说了“落花人独立”。

沈则木脸色一黑，怎么今天全世界都要嘲笑他单身？姑娘被他的脸色吓跑了。

向暖走过去："学长，看什么呢？"她的视线顺着沈则木的目光看向湖面，看到了两只鸳鸯。

"真漂亮，小鸳鸯。"向暖说。

沈则木收回目光，莫名其妙地看她："这是鸭子。"

向暖："……"有点小尴尬。

林初宴一揽她的肩膀，绞尽脑汁给她找了个台阶："我们两个是一对小鸳鸯。"

沈则木感觉一阵肉麻，肉麻到什么程度呢？他恨不能立刻跳进湖里游到对面去，只为不要看到这对小鸳鸯。

陈应虎和杨茵远远地走过来，两人一边走一边交谈。走到面前时，沈则木看到陈应虎的脸色已经变得很正常，他莫名地心里一松。

陈应虎硬着头皮，说道："表哥，对不起啊。我知道你是为我好。"

沈则木有些意外，挑了下眉，没看陈应虎，却看了一眼旁边的杨茵。

杨茵和向暖跑去拍照了。

陈应虎对沈则木说："我只借过初宴的钱，剩下的都是我自己掏的，初宴的钱我会慢慢还的。"

"我知道了。"

所以说到底，他还是不打算报警了。沈则木本来不理解，不过刚才想了很多，现在算是理解了。杨茵说得没错，人都有软弱的权利。陈应虎现在处于一个危险却安全的心理地带，不敢往前进也不敢往后退，他无法承担进或退的后果，只好停在原地，被动地等待。

如果逃避能让他好受，那就逃避吧，所有坚硬的心脏都是在痛苦里锤炼出来的。这一刻，沈则木竟然有点羡慕自己的傻表弟。

"比赛是什么时候？"沈则木问陈应虎，他说的是雷霆杯。

陈应虎答道："正式的比赛是五一小长假。"

"三天？"

“嗯，三天都有。第一天两场，之后每天一场。”

“十六支队伍？”

“对。”

因为报名的条件限制，十六支队伍都是主播带队。雷霆杯向所有直播平台的主播开放，不过其他平台和豌豆 TV 毕竟是竞争关系，敌台主播慎重考虑之下，来报名的不太多，他台报名人数加起来和豌豆 TV 单个平台的持平。

很少有队伍清一色都是主播，一般就是一两个，剩下的是主播找来的朋友。但不管怎么说，每个队伍的实力都不容小觑。

沈则木是个做事认真的人，要么不做，要做就要做到最好。既然报名了，目标自然是冠军，不存在玩玩儿的情况。

“最好是提前训练一下。”沈则木说。

陈应虎点点头：“茵姐也是这个意思。表哥，你现在课多吗？”

沈则木大三下学期，课不多，导师那边偶尔会叫他。林初宴课倒是不少，但他逃课逃得一点心理压力都没有。所以他们的训练时间基本上要以向暖的课表为参考。

说完时间，还有另一个问题。

“我们没有场地。”陈应虎说，“训练最好是线下，面对面，不要被别人打扰，也不要打扰到别人……表哥，能不能借你们社团的办公室用一下呢？”

“恐怕不好。”

社团办公室又不是他家开的，偶尔借一两次没什么，借多了，公为私用，说不过去，而且也容易被社团活动影响到。

“我应该可以提供场地。”林初宴说。

“哦？应该是什么意思？你把握有多大？”陈应虎问。

林初宴笑了笑，视线飘向远处，看着正在拍照的向暖，答：“那要看她的面子有多大了。”

向暖的面子比林初宴想象的还要大。

越盈盈听说她未来儿媳妇比赛需要场地，二话不说就答应了。林初宴带着小伙伴按照地址找过去，找到了距离鸢池校区不远的一个别墅区。

陈应虎惊得下巴快掉了："你怎么没说是别墅啊？"

林初宴哭笑不得："我也是刚知道，原来我家在这儿还有房子。"

越盈盈的助理把别墅钥匙交给林初宴，然后指了指车库："林总说他也有赞助。"林总指的是林雪原。

陈应虎跑到车库一看，那里停着辆奔驰。他的表情有些恍惚了："为了十万块钱奖金，动用了别墅和大奔，好刺激的人生！"

林初宴托着下巴沉思，这个房子距离鸢池校区很近，走路不到二十分钟，那是不是意味着，他和她的约会也会方便很多？

他给妈妈发了条信息：房子不错，谢谢妈妈。

越盈盈：不谢，用完记得还。

林初宴：我能多借段时间吗？

越盈盈：不行。

林初宴：为什么？

越盈盈：你想对向暖做什么？

林初宴：……

越盈盈：你们都还小，等等再说。

越盈盈：哦，对了，妈妈还没恭喜你呢。

林初宴：恭喜我什么？

越盈盈：恭喜你成为一名网红。

林初宴：我以为你们会觉得我丢脸。

越盈盈：你爸让我转告你，别多想，你除了一张脸也没别的，这叫物尽其用。

林初宴：……

越盈盈：加油，我们会经常看你直播的。

林初宴收起手机，望着天空叹了口气。

向暖问："你怎么了？"

"从今以后。"他牵了牵她的手，"你就是我最亲的人。"

"林初宴，该吃药了。"

/ 第二十七章 /
奇迹暖暖！

几人在训练之前，先分配了一下位置。

林初宴法师，沈则木射手，陈应虎打野，这三人没什么问题。

剩下的是上单和辅助，向暖犹豫着，问杨茵："茵姐姐，你上单玩得如何？"

"还行。"

"哦哦，那你上单吧，我辅助。"在她的认知里，辅助始终是地位最低的。

"我玩辅助。"

"茵姐姐不要和我客气。"

"不是客气。"杨茵说，"暖暖，你的性格很适合上单。而且……"她顿了顿，又说，"我一直认为，辅助的水平决定了一个团队的上限。"

"哦？"向暖精神一振，"这个理论很新奇。"

"其实这个理论并不适合普通的游戏对局。辅助的作用主要是为团队提供增益和策略，路人局里的玩家配合没什么默契可言，辅助所能发挥的作用就打了很大的折扣，这也是辅助被忽视的原因。但如果放在职业赛场上，为团队提供增益状态只是辅助最基本的职责，除此之外，辅助还会兼任指挥。一个优秀的辅助必定能够总揽全局，对战场的变化随时做出反馈和应对，合理地调配资源、指挥队友，把队友的潜力发挥到最大。所以，辅助是整个团队的大脑。”

向暖莫名感觉这个说法挺燃的，她问道：“那你的意思是，辅助才是最重要的？”

“不，每一个位置都重要，只不过各自体现重要性的方式不同。”

向暖问：“茵姐姐，那你看我能玩好辅助吗？”

“你不适合打辅助，你适合冲锋陷阵。”

冲锋陷阵也不错，向暖确实更喜欢与人贴身厮杀。

陈应虎问道：“那我呢？我怎么样？”

“你也不行。”

“哪里不行？”

“智商不行。”

“……”陈应虎有一点小忧伤。

剩下的只有沈则木和林初宴了，杨茵不等他们问，继续说道：“沈则木也不行，你太惜字如金，队友很难准确接收到你的意图。”

杨茵说到这里就没说下去了。

向暖有点急，追问道：“那林初宴呢？林初宴怎么样？”

“林初宴。”杨茵说着笑了，“如果他愿意，他可以成为整个游戏顶尖的辅助——这里说的整个游戏，包含职业联盟。”

“哇！”向暖夸张地双手捧脸，偏头看向林初宴，目光很崇拜。

被女朋友崇拜的林初宴矜持地抿了一下嘴角。

不过林初宴就算现在开始练辅助也来不及在雷霆杯上施展了，所以他还是打中单。

嗯，晚上直播的时候可以偶尔试试辅助。

林初宴直播间的人气太好了，作为新人，他一下子火了，难免被人嫉妒，弹幕上时不时有人胡说八道。还有人在他的直播间夸别的主播，骂林初宴，林初宴也分不清楚这是营销还是挑拨，他懒得管。

被骂多了，也有福利。有一次林初宴看到一个 ID 名为“初神的爸爸”的网友，送了人民币礼物，并且留言：我儿子也挺不容易的。

林初宴有点感动，终于对自己和爸爸之间的血缘关系有了一点信心。与此同时，他也更期待自己被骂了。

林初宴的直播间有一条规定，那就是骂他可以，骂他女朋友不行，如果有人胆敢骂向暖，永久禁言。他这无脑护女友的行为竟然并没有拉到太多仇恨，反而因此吸了一波粉。

向暖好感动，觉得自己必须为他做点什么。她看到林初宴的周人气排名第六，还差一名就进前五了。进了前五，他就能被重点展示出来，进而被更多人知道。

于是她花了点钱，把他推上前五。这次送礼物用的是她的大号是暖暖啊，向暖也没太当回事儿，男女朋友之间送礼物不是很正常吗？

可惜别人不这么想，她送完礼物的第二天，就被人在豌豆 TV 的贴吧八卦了。

八卦她的那些人可能是看她不顺眼，于是以最大的恶意猜测她和林初宴之间的关系。他们认为，林初宴既然跑来做直播，就说明家境一般，他长得这么好看，应该是被包养了。哦，不用纠结好看与被包养之间是否有逻辑联系，反正那个女的给他砸那么多钱，一看就是包养他了！

而且，他对女朋友言听计从，讲话还肉麻兮兮的，十分符合被包养的小白脸的行为。既然暖神敢包养小白脸，那就说明这个女的长得不怎么样。

结论——暖神是个丑八怪！

向暖看得一脸蒙。她受不了别人颠倒黑白，撸起袖子要和那些人理论，林初宴制止了她。

他说："这些是毫无逻辑的臆想，你想用正常人的逻辑去和他们理论，你确定他们听得进去？他们既然能够造一个谣，就能造下一个谣，既然这次可以不讲道理，那下次会继续不讲道理。跟他们争论不会有结果，只是浪费心情，不如我们做些别的快乐的事儿。"

"那怎么办啊？"向暖有些苦恼，"难道要我自曝照片？"

林初宴摇头："没用，我观察过一些网络暴力，当你回应的那一刻，你就上钩了。那些人真正想要的并不是回应或者事实，他们要的是自身的宣泄。站在一个道德的高点上去指责别人，能为他们带来灵魂的充实感。哪怕是当事人，也阻止不了他们对这种需求的汲取。你的回应只会为他们带来更多的宣泄的机会，所以，他们会更兴奋。”

“可是，就这么看着别人说你被包养啊？”

林初宴一挑眉，问：“你不怕别人说你丑？”

“说就说呗，我又不是真丑。”

“一样，我又不是真的被包养，不怕说。”

向暖还是有点惆怅，感觉生活远看很美好，近看呢？也还算美好，但有些角落长了白毛。

林初宴比较看得开，他觉得自己既然从这里赚着钱，那付出点代价也很正常。不过牵连到向暖，他多少有点歉疚。

“暖暖，如果以后你不喜欢我直播，我就不直播了。”

“你说什么呢，我可没那么矫情。林初宴，我希望你以后成为超级人气王，让那些说坏话的家伙气得跳脚又无可奈何。”

林初宴一笑：“好。”

晚上林初宴直播的时候依旧和向暖双排，向暖看到弹幕有人问她是不是真是丑八怪，她说：“不管我长什么样，你们的男神还不是被我迷得神魂颠倒。”说完这话觉得莫名有点解气？

林初宴笑道：“是，我为你神魂颠倒。”

他压低声音讲出这样的话，向暖听着就觉得身体酥麻，她现在也神魂颠倒了。

弹幕又炸了。

——求问这样的小哥哥从哪里可以包养，我愿意付出我这辈子所有的工资！

——暖神，你别听那些人瞎扯啊，你长什么样我都等你娶我！我不介意初神当大房，我愿意做小妾。

——举手！我愿意做通房丫鬟，就是你们俩嘿嘿嘿的时候我在一旁看的那种，我愿意！

——等等，现在车往哪边开了？

——我也神魂颠倒了，我一个单身狗有什么资格神魂颠倒。

——这个主播素质真好，虽然我是因为脸才关注你的……

——每天咧着嘴看你们花式秀恩爱，我可能中邪了。

——虎哥怎么不说话？

——男神，比赛是什么时候？

林初宴看了眼弹幕，答道："比赛是5月1日下午两点。"

因为有不少知名主播参赛，所以雷霆杯的直播间人气很高。时光战队第一场比赛对战的是同台某个大主播带的队伍，这大主播人气很旺，弹幕好多是他的粉丝，来加油助威。

第一局比赛进行到十分钟，向暖感觉基本摸出了对方的实力。对方五个人操作都不错，但配合不如时光战队好，这也是临时组的队伍常有的问题。

而且，敌人的打法很明显，就是以那位大主播为核心，所以只要针对大主播，打掉对方的战术布置，就赢了一半，另外一半靠配合。

打着打着，他们就赢了。

大主播的粉丝没想到自家男神这么容易就被KO了，有的在刷弹幕骂主播，有的在讨论刚才的游戏细节，也有人在感叹敌人好强大。

对一个团队来说，真正的强大未必是风头无两，而是滴水不漏。敌方的配合确实比自家主播的队伍要好得多。然后说着说着，话题突然转了：

——没人觉得他们的ID很眼熟吗？初神？暖神？泽木？

——初神是新晋主播，靠一张脸横行豌豆TV，当然眼熟啦。

——暖神是初神女朋友，也是我老公。

——是很久以前好像见过。

——碰瓷新套路？

——我想起来了，我知道了！是校际联赛！因为当时看到颁奖直播很惊艳，所以特地留意了一下他们的 ID，还想着以后没准能在游戏里碰到。

——校际联赛是什么东西？颁奖直播惊艳是什么鬼？

——就是今年过年办的，也在豌豆 TV 直播，水平不怎么样，没什么人看。

——我去看了视频，你们快去看！进度条拉到最后直接看颁奖！

——我去看了，现在两腿发软地回来了。

——看完那个颁奖视频，我感觉自己恋爱了。

——我也看了，我的天！鸡皮疙瘩都起来了，这一群是什么人？

——一个人好看我能接受，一个队伍这么多人好看……这是什么队？

——哈哈哈哈，我记得不久前才有人八卦说暖神丑，哈哈哈，打脸不？

——还说我初神被包养，人家两个人都是清清白白的南山大学的学生。

——有些人可能连南大的门朝哪儿开都不知道吧？

——不行，我要截图发贴吧，把那帮神经病的脸抽肿！哈哈哈哈！

——求问初神的房间号。

——搜索“初晏”就行，他豌豆 ID。

——暖神开直播吗？想看暖神开直播。

——暖神不开，暖神是个土豪，经常给男朋友直播间砸礼物。

——初神和暖神是一对。啧啧，神仙眷侣，说的就是他们。

向暖他们为防止比赛分心，没有看直播间。第一场比赛结束时休息了一下，接着就是第二场，她发觉和第一场的情况差不多。

从这一刻她开始怀疑，是不是时光战队接下来的所有对手都是这样，几个高手松松散散地拉个队伍，看起来一个个都很嚣张，其实配合脱节，不懂的人看他们犀利的操作觉得好厉害，懂的人一看就知道怎么抓住破绽。

她无比庆幸他们有杨茵，否则和这些队伍也没什么区别。

第一天的比赛结束时，林初宴接到来自豌豆 TV 某个经理打来的电话。

“我们需要你们的帮忙。”经理开门见山地说。

林初宴差点以为是因为他们打了大主播的脸，导致平台方不高兴，特地打电话敲打他们。等到经理把话讲完，他发觉事情比他想象的还要复杂一些。

豌豆 TV 是雷霆杯的主场，主办人本着开放的心态，接受所有平台主播的报名。反正就是互相切磋，共同进步嘛，主播就是来娱乐大众的，输赢看得很开，在这样的氛围下，前两届赛事都办得很顺利。

这次是第三届，遇到踢馆的了。

“王经理，为什么说对方是踢馆的？”林初宴有点疑惑，“既然接受其他平台报名，为什么不能接受他们拿冠军？”

“我们能接受其他主播拿冠军，但我们不能接受竞争平台组一个职业队来吊打，这他妈是打脸。”王经理看来是真的着急了，都爆粗口了。

“哦？何以见得对方是职业队？”

“因为只有职业队才能吊打一线主播队。”

林初宴对这个结论没有表态，而是问道：“经理打算怎么做？曝光他们？”

王经理有些为难地叹了口气：“很少有观众能真正理解职业队与主播之间的实力差距，如果我们没有证据，曝光了也不会有太多人信。对方还可能借机反炒。”

“经理的意思是，他们的目的是炒作？”

“对！三流平台拉了个职业队代打，来雷霆杯刷存在感。某直播平台无名玩家吊打豌豆 TV 知名主播，这话题很带感对吧？现在已经有观众注意到他们了，观众可不在乎那些猫腻，他们只要看得爽。这个比赛一直是私人主办，娱乐性质，真没想到那些小平台敢这么不讲究。”

一个职业选手与一个普通的游戏高手也许没太大区别，但五个职业选手与五个游戏高手对比，那可能就是天与地的差距了。去年豌豆 TV 办过一次表演赛，五个一线主播对战某职业战队的青训队，结果被吊着捶。

青训队参赛的某个小队员被告知尽量放点水，不要让主播输得太难看，小队员懵懂地点头，在随后的比赛里，买了六双鞋。

装备栏总共才六格，他全买了鞋，把自己伪装成一条蜈蚣。这演员当得一点也不走心，观众都快疯了。

所以，主播们自己搞的比赛，职业战队不要组团来搅局，这算是一条默认的规矩。

可惜，有些人偏偏就这么不讲规矩。

慎重起见，林初宴拿到那个代打职业队今天两场的比赛视频，和同队几人一起看了一下。

“这就是职业队吗？”向暖看得啧啧称叹。视频里那几个来自海豚TV的主播，配合有如精密仪器，打得对手毫无还手之力，连白痴都能感受到差距。

杨茵用指尖轻轻点着桌面，秀眉微锁，说道：“是职业没错，但在我看来，应该也不算顶级，可能是哪个职业战队的二线队伍。”

向暖夸张地倒吸了口气：“这还二线啊？”

“如果是一整支主力，对上这群乌合之众，八分钟之内上高地一点问题都没有。”

向暖听得直吐舌头。林初宴看她那模样，特别想摸摸她的头，不过有这么多人在场，只能忍住了。

沈则木问道：“海豚TV签约的战队是谁？”

很多直播平台都有合作战队，战队成员会抽时间在签约平台直播，经营人气，这是一个双赢的关系。有些职业队员的人气甚至堪比一线主播。

林初宴听到此问，答：“只签了一家，是无敌战队。”

陈应虎握着拳头重重一砸自己的大腿：“是他们啊！”

杨茵点了下头：“既然无敌战队和海豚TV是合作关系，海豚TV出面寻求帮助，他们应该也很难拒绝。所以，这几人应该就是无敌战队的二线，这就说得通了……对了，豌豆TV的经理给你打电话就是说这些？还有没有别的？”

“有。他们希望以彼之道还施彼身。”

“说人话。”

“……也请职业队代打。让我把账号交出去，赢了之后奖金发给我们。”

豌豆 TV 是一线平台，签约了三家职业战队，想拉起一支代打队伍不要太轻松。

杨茵听到此，沉吟半晌，问林初宴：“你怎么回答的？”

“我说考虑一下。”

“你们呢？”杨茵说着看看其他人，“什么想法？”

向暖第一个举手：“我不同意。我觉得这是弄虚作假，别人作假我们就一定要跟进吗？”

“我觉得可以答应。”陈应虎紧跟着说，“不用辛苦还有奖金拿，上哪儿找这么好的事儿呀。就算我们自己打，也不一定能赢呢，输了不好看。”

“我支持向暖。”林初宴说。

陈应虎问：“为什么？”

“因为她是我女朋友。”

“拜托你能不能有点自己的立场？”

“我女朋友就是我的立场，不行吗？”

陈应虎好鄙视他：“谈恋爱的人智商就是负数。”

杨茵说：“我也同意向暖。”

“为什么，茵姐？”

“因为她可爱。”

“……”陈应虎差点翻出一对白眼。

沈则木说：“我也同意向暖。”

陈应虎掉转脑袋看自己的表哥，面无表情地问：“为什么？表哥，也是因为她可爱？”

这话一问出口，他就发觉冒失了，气氛好尴尬，林初宴还在瞪他。陈应虎假装没看到，撇开视线。结果，他亲爱的表哥来了一句：“我只是为了反对你。”

陈应虎：“……”多大仇？

不管怎么说，通过群众投票，事情就这么愉快地决定了，众人决定打死也不交账号。

林初宴跟王经理打了个电话沟通，王经理万万没想到他们竟然拒绝。他好一番苦口婆心威逼利诱，结果都被林初宴化解了。

最后他还莫名其妙地答应林初宴，如果时光战队赢了，平台方会额外奖给他们五万块奖金。

这五万块奖金是平台方为此次事件紧急拨出来的经费，本来是计划给代打职业队的辛苦费，王经理有支配权。

谈判完毕，王经理看着手机快哭了。他真的没遇到过这种人，哪来的妖孽啊！怎么办，要被老板骂了……

5月2日的比赛很顺利，时光战队连下两局晋级。

连着三场晋级赛，被时光战队干掉的都是名气不错的主播，时光战队因此吸引了很多关注。

而与此同时，由于海豚TV那五个神秘人士的表现过于亮眼，观众对他们的讨论也越来越多。有人提出他们是职业战队的，但无凭无据，很难说服他人。而且，职业战队不训练跑来这儿虐菜，有什么意思？

因此，这个说法信的人还真不多。

当晚林初宴请假停了直播，时光战队聚在别墅里加训。令他意想不到的是，本次参赛的几个同平台主播，纷纷给他发信息鼓励加油，其中不乏之前被他们打败的知名主播。看来事情传得很快。

晚上训练得太晚，几人干脆住在别墅里，反正房间够多。

杨茵结束训练后没睡觉，关在房间里把对手那仅有的三场比赛资料来来回回地看。无敌战队的那几个人也没动用什么骚套路，用的都是主流英雄，对手看到这阵容也许会立刻想到该怎样应对，然而人家基本功扎实，真不怕你应对。

这种才是最棘手的，不好找突破口。

她一边看一边分析，一口气看到快两点钟，有些口渴，她去厨房倒了杯水，不经意间往窗外一望，恰好看到花园里的桌旁坐着个人。

短头发，白衬衫，他右手的手肘搁在桌面上，手臂随意地斜出一个角度，食指和中指间夹着一根烟。烟头明灭之间，一丝青烟袅袅上升着。

杨茵捧着杯子，轻轻挑了下眉，看不出来嘛，好学生也抽烟。

向暖又兴奋又紧张，她要和职业战队的打架了！虽然是二线，那也是职业的！都是忘却那个水准的，想想就好刺激！

杨茵说："对方五个人战斗素养都不错，其中辅助和上单是最强的，我们今天比赛时一定要重点关注一个英雄，这个英雄绝对不能放给无敌战队。"

向暖问："是花木兰吗？"

"不，是关羽。无敌战队有个主力队员是联盟第一关羽，他们的二线队伍对关羽一定是熟悉的，但在此前的六局比赛，他们的关羽并没有上场，很有可能在今天决赛时拿出来，打我们一个措手不及。但就算不考虑这一点，关羽这个英雄本来就不好掌控，经常成为战场上的意外因素，敌方一个优秀的关羽搭配一个优秀的指挥，通常会为己方带来灾难。"

向暖一边听一边点头，恨不得掏个小本本记下来。

"当然了，花木兰能抢还是要抢。"杨茵又补了一句。

后来杨茵又交代了一些别的注意事项，几人赛前依旧是训练。

下午四点钟，比赛正式开始。

正逢假期，直播间人气爆棚。上百万在线观众里，混进了一些知名主播以及职业圈的人，圈子就这么小，很多人听到了风声，都来看热闹。

有些心直口快的主播在自己的社交媒体上内涵海豚TV，惹出各路人马吵架。

王经理已经准备好通稿，打算等海豚TV那帮无耻的代打赢了就让营销号发出去，表面恭喜，其实内涵，语气微妙，引人遐想。另外，比赛直播间的节奏也要带起来，不能白输。

第一局比赛开局，刚一进游戏，敌方中单突然在公频上说：对面的小姐姐，打完比赛不管输赢都留个联系方式吧？以后一起玩。

这就有点搞笑了，虽然是私人比赛，但好歹是比赛，你公然撩妹？这是情商有多低？把比赛当路人局呢？

弹幕上有人在骂这个主播没素质，不尊重人，也有人力挺他，说本来就是友谊第一，比赛第二，人家又没骂人。

林初宴冷着脸回道：你们职业战队都是这么打比赛的？

这一句话放出去，弹幕真的炸锅了。这是一个非常猛的爆料，和此前的一些小道消息也对上了，现在由参赛者亲自讲出来，说服力又增加了两成。当然也有人不这么认为，觉得是初神知道自己打不过，想给自己找台阶下。输给职业战队总比输给主播要更有面子一点。

乱糟糟的争吵中，比赛真的开始了。

这局游戏他们打得并不好。林初宴因为自己女朋友被调戏了，心里带着点火气，心态有一点不平和。这点微妙的变化，他自己甚至没发觉，却真切地在赛场中产生影响。

陈应虎的配合又和队友有点脱节——这是他一直存在的问题，毕竟单排习惯了，意识也是在单排中培养起来的。

沈则木的情况也不好，被敌方越塔强杀了两次。一个射手被搞成这样，实在凄惨。

向暖本来打得挺好的，后来队友都崩了，她也就跟着崩了……

第一局游戏输掉之后，几人都往自己身上揽责任。

“只有一个人有问题。”杨茵的心态还是平稳的，表情镇定，分析道，“林初宴，是你前面节奏乱了把小老虎带偏的，后来他找不回节奏了；你们这两个点出了问题，才导致沈则木那里的连锁反应。”

林初宴抿了抿嘴角，“嗯”了一声，说道：“对不起。”

“不用道歉。我想说的是，你不要老把注意力放在暖暖身上，难道你觉得自己可以保护她？”

向暖一怔，偷偷看了他一眼。她心里有点感动，轻轻地摸了摸他的手，说道：“其实，我可以保护好你啊。”

林初宴被她柔软的小手摸得心里一暖：“嗯。”

第二局林初宴拿到了诸葛亮。诸葛亮这英雄俗称线霸，意思是他清兵线的能力很强，和其他法师对线时，比较强势。

敌方中单是高渐离。诸葛亮前期对阵高渐离时，又有点浪。

这似乎并不出无敌战队所料，在他们眼里，时光战队的中单是突破口，手速还行，就是太浪了，瞎打，跟团队配合脱节。第一局他的表现就是这样。

高渐离前期面对诸葛亮不宜打太凶，但是这个诸葛亮太浪了，被打掉大半血还不跑，高渐离有点手痒，追着补了两下伤害。而就在这时，时光战队的打野和辅助突然从草丛里跳出来，围杀了高渐离。

无敌战队只当这是个意外。然而没打几分钟，无敌战队又着了一次道。林初宴的诸葛亮仓皇逃跑，惊慌之下连闪现都用了，这还能是假的吗？此时敌方杨戬的单身狗已经咬中诸葛亮，于是完全没犹豫就冲上来，结果杨戬就被乱棍打死了。

旁观者清，弹幕有些观众看出来了。

——这不就是勾引吗？老子路人局也用过。海豚 TV 的是不是傻，这能上当？

——举报杨戬送人头。

——说什么职业战队，别闹了，职业战队就这水平？

——说实话，诸葛亮演技真好，要我我也信。

—— 一首《演员》，送给诸葛亮。

——说不信的，你们忘了诸葛亮上局干了什么？他有时候是真浪有时候是假浪啊……谁知道什么时候该信什么时候不该信？

——太贱了，我要是游戏时遇到这种人，我能挠死他。不过想想初神的脸，算了，不挠了，舍不得。

——海豚 TV 的太膨胀了。

对手好歹混职业的，林初宴没指望他们上当第三次，所以没再这样作妖。稳稳打到第十分钟，在小龙那里逼了对手一波团战。对方打野残血正在撤退，林初宴的诸葛亮大招已锁定他，对方的庄周骑着条鱼预判走位，打算帮队友扛下这个伤害。高潮来了，本来打算朝某个方向跑动的诸葛亮突然反向来了段位移技能，又补了个闪现，立刻与庄周拉开很大角度，来到一个完全无遮挡的站位，大招成功收割掉敌方打野。

诸葛亮是收割型法师，大招一旦杀人，后面只会越战越凶。

林初宴变换输出位置的过程几乎发生在眨眼间，很多人根本没看明白，有些人甚至骂庄周脑残，青铜选手吧，反向躲大招？

当然，还是有少数人看出来了，在弹幕里讨论。

——还带假动作的？66666……

—— 一首《演员》，送给诸葛亮。

——庄周没位移，就算反应过来也没办法。怪只怪这个诸葛亮演技太好。

——我也演过，演得没他好。

——戏剧学院高才生。

——别人玩的是游戏，你玩的是心机。哈哈哈哈……

比赛的第十分钟，是黑暗暴君刷新的时间。时光战队赢了这波团战，顺利拿下黑暗暴君，至此，节奏基本在他们的掌握之中。

其实无敌战队在这局游戏中的表现有失水准。作为职业战队来打业余赛，本来就带着点轻蔑的心理，一直以来赢得太顺利，导致他们的心态已经膨胀了。二线队真正上场比赛的机会很少，没什么比赛可打，他们自己并没有太多调整心态的经验，就这么被恢复状态的时光战队打了个措手不及，完全找不回节奏了。

以他们这样的心态，就算林初宴不折腾，无敌战队也不一定能赢这局。而林初宴作妖的结果就是拉满了仇恨，导致敌人对他充满提防。

第二局比赛，时光战队胜。

无敌战队那几个人不愧是职业选手，似乎意识到了自己的问题，以设备出问题为由，将休息时间延长了十分钟，他们需要时间调整。

第三局游戏，在禁选英雄环节中，无敌战队拿走了刚才在赛场上妖风阵阵的诸葛亮，于是林初宴选了不知火舞。在当前版本里，法师类英雄的第一梯队只有两个——诸葛亮和不知火舞，所以不管是职业赛还是游戏的高端局，这两个法师都是出场率最高的。林初宴用得最顺手的英雄其实是貂蝉，可惜貂蝉太吃资源，性价比不高。

因为敌方急吼吼地抢诸葛亮，时光战队有幸帮向暖抢到了花木兰。再之后他们拿了杨茵的孙膑、沈则木的马可波罗，陈应虎的打野用的是宫本武藏。

宫本武藏不算是主流打野，但很适合他们目前这个阵容。因为其他英雄的坦克度不够，在团战时就不太容易有稳定的输出环境。宫本武藏可以补一点坦克度，大招的强制锁定能够保证队友后续的输出效果。

无敌战队选的是诸葛亮、李元芳、曹操、杨戬、张飞，其中李元芳是打野。这个阵容是很强势的，诸葛亮就不提了，李元芳打野和推塔的效率都很高，一双大耳朵可以探测到敌军的位置，所以蹲草丛对李元芳来说没用。曹操和杨戬两个第一梯队的战士加持，整个队伍的容错率很高。张飞、曹操、杨戬三个前排加起来，坦克度很够，这恰好是时光战队的短板。

所以，从阵容搭配上看，无敌战队占着一点小优势。当然阵容只是一方面，更多的还是看选手发挥。

从一开局，无敌战队就打得很凶。

很显然，他们的状态已经调整过来了，李元芳不断入侵野区，建立优势，带动两条边路发育得很顺利。时光战队无能为力，到四分半时，无敌战队已经领先了一千金币的经济，而这一千块钱基本摊在曹操和杨戬头上。两个战士一旦发育起来，那是相当恐怖的。

随着时间的推进，这个经济差距还在拉大。

“不要着急。”杨茵说，“运营，避战，还不到打的时候。”

敌方节奏紧凑，几乎挑不出破绽，向暖感觉到一丝压迫感。与她对线的是曹操，作为一个乱世枭雄，这个曹操一点也不乱，只知道埋头吃钱，根本对她看都不看一眼。

这才是职业选手的素质，只为胜利而战斗，不做无谓的牺牲。

双方默默发育，只是偶尔试探，几乎没有交锋，情况就这么胶着着。

观众似乎有些无聊了。

——初神怎么不浪了？不浪的初神好不习惯。

——浪什么浪，浪不起来了！

——初神已经尽力了，面对推塔小能手李元芳，我初神人在塔在，中路塔一座没掉，我就问你牛不牛！

——毛线，就凭不知火舞的清线能力？中路塔没掉还不是因为我暖神照应！

——李元芳打得虽然凶，但其实没发挥出全部优势。

——射手被压制得有点惨，可惜了，长那么帅，想睡。

——还好吧，马可波罗经济没落下太多。宫本让了不少资源。

变故发生在第八分钟。向暖得到杨茵的指令：“暖暖下来。”

向暖本来在往上路走，路上遇到敌方曹操，听到杨茵的话，她留了个心眼，先进了草丛，躲避曹操的视角，绕了一下才出去直奔下路。因此曹操并没有看到她的去向，继续留在上路。

向暖飞奔向下路时，杨茵他们已经开团了。敌人被打得且战且退，向暖守在敌方撤退的路线上，看到残血的诸葛亮跑过，上去乒乓一顿揍，收了诸葛亮的人头。然后看到李元芳，乒乓再一顿揍。

因为她驰援及时，所以短时间内是五打四的局面，花木兰收了两个人头，美滋滋。另一边林初宴和杨茵一起弄死了杨戬，而张飞也已经在混战中阵亡。

曹操接到消息赶来，终归是晚了一步，象征性地打了几下，撤回去了。

这一波团战，时光战队打了个一换四，之前被疯狂入侵拉起来的经济差，几乎要扳回来了。

但无敌战队也不是吃素的，之后稳扎稳打，第十分钟时假意开团，等时光战队正面接战时他们却突然撤退，把企图绕后的花木兰堵起来一通揍，打死花木兰之后立刻去拿下黑暗暴君。

双方拉锯到第十五分钟，无敌战队又拿下主宰，还收了孙膑的人头。

节奏渐渐地又被无敌战队掌控了。

向暖额头冒了汗，真的太难打了，对手可真强。

林初宴那边也不好受。他上一局拉了太多仇恨，导致这局敌方对他重点关照，严防死守。

第十八分钟，无敌战队探测到花木兰在下路，于是中路果断强行开团，五打四，时光战队撤退不及。无敌战队先灭了孙膑，然后是马可波罗、宫本武藏、不知火舞……

二换四！向暖看着四个队友先后灰下去的头像，胸口重重跳着。

此时她的花木兰已经赶到战场了，但敌方有三个人，她只身一人，是战是逃?

“暖暖，回来吧。”杨茵说。

“我想试试。”向暖犹豫着说，“他们状态不太好，技能也不全。”队友虽然牺牲了，但也给她打下了一定的局面，至少灭了两人，还耗掉其他人不少血量。

杨茵听到向暖这样说，也不反对：“嗯，那你加油。”

一打三，花木兰冲了出去!

向暖的花木兰用的是兔女郎的皮肤，兔女郎的武器是大萝卜和小萝卜。这会儿只见萌萌的兔女郎扛着大萝卜见人就打，给人一种又凶又萌的感觉，非常诡异。敌方剩下的是杨戬、诸葛亮、李元芳，这会儿缠斗在一起，各自的血条哗啦啦飞流直下三千尺。李元芳倒下了，诸葛亮倒下了……最后的最后，杨戬和花木兰一起倒下了。

同归于尽!

这已经很不错了，毕竟是一换三，很多人都在心里给这个花木兰点赞。

然而，花木兰的头像并没有灰下去，两秒钟后，兔女郎背着大萝卜，捏着小萝卜，站起来了。她复活了!

观众立刻反应过来了——她买了复活甲。

问题是，什么时候买的?现在双方的经济水平还没到买复活甲的时候，而且如果她买了，对面的人会没有防备吗?

复活后的花木兰正好赶上自家兵线上来，于是她带着兵线一路推掉对方的高地。此时无敌战队的都在躺尸，花木兰带着兵线，举着胡萝卜开始捅水晶。

水晶的血量飞快下降，而敌方英雄也进入复活倒计时。5，4，3，2，1——张飞复活了，曹操复活了……刚复活就疯狂地扑过来。

可是，好像来不及了。花木兰两耳不闻窗外事，一心埋头搞水晶，终于把水晶搞炸了。

直播间的弹幕也炸了。

——天哪，跪了！

——我知道复活甲是什么时候换的了，死前的那一刻！我看到别人这样搞过，神级操作，天哪，吓死宝宝了！

——666666……

——原来花木兰可以这么玩，长见识了。

——只有我觉得暖神配这个兔女郎很萌吗？

——暖神我老公，我老公，我老公……

——奇迹暖暖。

——哈哈哈，前面的别走，奇迹暖暖！说得好！

——奇迹暖暖！

——奇迹暖暖！

——奇迹暖暖！

/ 第二十八章 /
“我爱你。”

终于赢了！向暖放下手机，活动了一下肩膀。战斗使她肾上腺素飙升，身体里像是毕毕剥剥地爆着火花，直到现在，心跳速度还很快。

周围有点安静。向暖眨了眨眼，视线转了转，发觉队友们都在看她。

她摸了摸下巴：“嘿，嘿嘿……”

林初宴：这傻子。

几人将手机放下。杨茵问道：“晚饭吃什么？”

“要不这样。”向暖想到一个主意，“我们点几个菜在这儿吃，然后自己买点喝的，这样能多吃几家，还能省钱呢。”

几人都没异议。

“我点菜，你们想吃什么，告诉我。”林初宴重新把手机拿起来。

“那我去买饮料吧。”杨茵说，“顺便买点零食。暖暖想吃什么？”

向暖说了几样自己喜欢的，杨茵一一记下，她起身时，沈则木也起身，说道：“一起吧。”

“我也去我也去。”陈应虎并不想留在这里被那对情侣虐。

他们三个离开后，向暖和林初宴坐在沙发上选外卖。一开始两人挤在一起，头挨着头，共同看着林初宴的手机。后来林初宴觉得这样不方便，于是他把向暖抱进怀里，他靠着沙发，让向暖靠在他胸前。

“选吧。”林初宴把手机塞到她手里，然后他双臂一揽，把她搂得严严实实的。

向暖背贴着他的心跳，耳畔是他的呼吸，周围全是他的气息。她感觉自己像是落入他网里的猎物。

要挣扎吗？不，她心甘情愿被他俘获啊。

心猿意马，神游天外，向暖都不知道自己选了什么外卖，她瞎点了几样，耳边出现了他的笑声：“儿童套餐？”

“喀。”她倒回去，把儿童套餐取消掉。

她𡲴得像个刚出壳的小鸭子，林初宴觉得很好玩，抬手拢了拢她的刘海儿：“刚才的能耐劲儿呢？”

“林初宴，你先放开我吧。”

“你先亲我一下。”

向暖扭过头，仰着脸伸长脖子，在他下巴上亲了一下。亲完之后她想要收回动作，林初宴却突然捧住她的脸，低着头吻下来。

她承认这样接吻的姿势很浪漫，他呼吸的起伏她都能感受到，可是……脖子酸啊……

幸好也没酸太久。吻着吻着，林初宴放开对她的钳制，把她放倒在沙发上，整个人随之压过来。

向暖本能地有些惧怕，伸手去推他。林初宴抓着她的手腕，拉过头顶。他的手太大了，一只手将她两个手腕锁住，牢牢地按在沙发上。她动弹不得，像不小心翻到沙滩上的鱼，挣扎无用，任人宰割。

林初宴压着她的身体吻她，吻得缓慢而温柔。少女的身体像柳条一样柔软，气息像花瓣一样芬芳。他的手在她腰上下意识地摩挲着，贪婪而沉醉地亲吻她的唇瓣。他的心脏跳得越来越快，气息也越来越凌乱。

不，不能这样了。他心里有个声音告诉自己，要停下了，身体已经快失控了……

可是他停不下来。那对他是最致命的诱惑，他怎么停下来？

突然，外面传来一阵响动，咔咔……钥匙开门的声音。

不停也得停了。林初宴松开向暖，坐起身，然后把她拉起来，整了整她的头发和衣服。向暖被他亲得面带桃花，眼含水光，别提多可口了。

林初宴眯眼看着她润泽嫣红的唇，他吞了下口水，说道：“你先藏起来，你这样子……”

向暖跑进了洗手间，用凉水拍了拍脸，确定没什么异常，才出去。

来的人是越盈盈，一看到向暖，立即向她招手：“向暖，快过来！”

“阿姨，您怎么过来啦？”向暖挺高兴的，坐过去挨着她。

“我来看看你——”越盈盈说完，看到儿子在瞄自己，于是补了一个字，“们。”

“这是什么呀？”向暖指了指越盈盈带来的一个盒子，挺雅淡的。

“手工点心，南山市最有名的老师傅做的，你尝尝喜不喜欢。”

“谢谢阿姨！”向暖也不和越盈盈客气，拆开盒子尝点心。

林初宴总感觉妈妈来得诡异，他问：“妈，你是不是有事儿？”

“是有一点事儿，向暖的生日不是快到了吗？今年的生日就一起给她过吧……好不好，向暖？”

“好呀。阿姨，这点心好吃！”

“你喜欢吃，那以后阿姨还给你带。”

林初宴说：“向暖的生日还有一个月，哪就快到了？”

“四舍五入就是快到了。”

好吧，你是当妈妈的你说了算。

越盈盈又说：“向暖，你过生日，向教授他们过来吗？”

“不知道。”

“应该会吧？小可怜，第一个在外面过的生日。”

“嗯嗯。”向暖当然也希望爸妈来给她过生日。

“既然这样，那不如我们一起给你过吧？也算正式认识一下，你觉得呢？”

向暖知道越阿姨是什么意思，这不就相当于谈婚论嫁之前见家长吗？她有点羞涩，红着脸不知道该怎么回答。

越盈盈感觉自己好像是太心急了。人家娇生惯养的女孩儿，这才大一，她就急吼吼地想见亲家母，万一向教授夫妇不高兴见呢？毕竟，是自家的懒猪拱别人的小白菜啊……

“当然我就是随口一提。”越盈盈连忙补救，“你爸爸妈妈那边要是没时间，我们就以后有机会再一起吃饭。”

“其实我爸妈见过林初宴。”向暖小声答道，“我妈妈挺喜欢他的。”

越盈盈张了张嘴，惊讶地看了儿子一眼，那眼神充满了鼓励和肯定。这样积极正能量的神情，林初宴竞赛获奖时没见过，高考成绩单下来时没见过，现在见到了。

之后越盈盈又和他们聊了会儿别的，最后问向暖过生日想要什么礼物。向暖哪好意思提要求。

越盈盈离开时，林初宴和向暖把她送到外面，林初宴问：“妈，你记得我的生日吗？”

“我知道你是什么意思。”越盈盈轻轻拍了拍他的肩膀，语气温柔，“你要相信妈妈，初宴，如果你不是亲生的，我们早就把你扔了。”

“……谢谢妈妈，母爱可真伟大。”

“不用客气，这是你爸爸说的。”

林初宴有点不以为然，妈妈太听爸爸的话了。

不过，一想到假如以后他的老婆也这么听他的话……林初宴又觉得这样也挺不错。

越盈盈走后，林初宴关好门，问向暖：“你想要什么礼物？”

向暖托着下巴看他：“嗯……你想送什么呀？”

林初宴一笑：“我把自己送给你。”

“那样你一分钱都不用花了？想得可真美。林初宴，你少给我耍赖，你本来就是我的。”

“我的心是你的，我的身体还不是。”

“……”

陈应虎好喜欢这种感觉，开着大奔驰去超市买啤酒，哦嚯嚯。为了延长这种快乐，他和杨茵一拍即合，选了个相对较远的超市。

去的时候陈应虎开车，回来时杨茵开。

杨茵一边开着车，一边问：“明天干什么去？”

“去实验室。”沈则木答。

“你呢，小老虎？”

“我想去老凤街。”

沈则木有点不能理解：“老凤街到底有什么好玩的？”那地方人挨着人，他看到密密麻麻的人就头疼，去一次就够了。

他不理解陈应虎，陈应虎也不理解他。陈应虎说：“老凤街再不好，也比实验室好玩吧？”

沈则木哑口无言。

杨茵笑道：“我也去老凤街看看，那边有家豆花店很好，我带你去吃。”

“好啊好啊……茵姐，你工作找得怎么样了？还没找到合适的战队？”

“没有。邓文博那个大傻子，现在到处散播我的谣言。我看有必要再打他一顿。”

“你之前为什么打他？”

“他对我动手动脚。”

“这种人该打，下次打他记得叫上我。”

“好呀。”

沈则木靠在车窗前，眼看着外面飞快掠过的人与物，耳听着他们毫无营养的聊天，他心里竟然很平静，并不觉得无聊。

回到别墅，停好车，三人拎着东西往回走，在别墅门口遇到了林初宴。

林初宴正蹲在墙根下，也不知道在干什么。这时候太阳已经落山了，天光渐收，暮色四合，他的身影有点模糊，往那儿一蹲，很像个丐帮的高级会员，让人看了有报警的冲动。

“你干什么呢？”杨茵走过去问。

“我看看外面有没有虫子，没有的话我们一会儿在花园吃饭。”林初宴站起身，身板挺得笔直，一脸正气。他绝不会让人看出自己是被向暖赶出来面壁思过的。

他毕竟是个老戏骨，所以杨茵还真没看出什么异常。杨茵和陈应虎走在前头，按响了门铃，林初宴尾随着他们跟进去了。

做人呢，最重要的是脸皮厚。

杨茵他们回来后，向暖刚才点的外卖也陆续送到了。几人一起把外卖盒里的东西都装好盘，乍一看仿佛是自己做出来的，向暖陷入这种虚假的成就感所带来的快乐中。

今天晴，没风，花园里也没有虫子，于是他们还真把阵地转移到外面了。

“忘却过来了。”林初宴说着，晃了下手机，“现在到门口了。”

“真的？你怎么不早说呀？”

林初宴没有回答，静静地看着向暖，目光有点小幽怨。

是了，刚才她把他推到外面，两人隔着门，他没机会说。

向暖挠了一下后脑勺，说道：“忘却怎么有时间过来？”

“请了会儿假。”

忘却来的时候，手里提着个尼龙材质的纱网，网里面的东西黑乎乎、圆滚滚，向暖以为他提着个西瓜，等他走近了，她才发现那是个坛子。

“这是什么呀？”她好奇地问道。

忘却把坛子轻轻放在桌上，笑了笑说：“你看看。”

向暖凑过去围着坛子转，陈应虎也挺好奇地站在她对面，跟着她一起转。

林初宴抚了下额头：“你们这是二人转吗？”

向暖抬头笑看忘却：“是酒吗？”

“嗯。”

“我能打开看看吗？”

忘却点了下头：“就是拿来喝的。”

向暖揭开坛子的封口往里看，看到里面的液体还在微微摇晃着，坛底映着半个月亮。随着那酒液的摇荡，一阵浓郁的酒香飘散开来。向暖未饮先醉，闭着眼睛深深地吸了口气：“好香啊！”

林初宴哭笑不得，用指背敲了敲她的脑袋：“小酒鬼。”

杨茵闻着那酒香，问忘却：“这酒怎么这么香，是多少年的呀？”

“二十年。”

“哇……”

这下连林初宴都惊讶了，问道：“你怎么还有这宝贝？”

“我出生的时候家里酿的。”他说完这句话就停住，样子似乎是有些害羞。

杨茵明白了，问：“不会是打算等你结婚的时候喝吧？”

忘却没说话，脸上飘起一丝可疑的红晕，算是默认了这个猜测。

向暖顿时觉得那酒烫手了：“这么重要的酒，现在喝了……不好吧？”

“好酒配好人，挺好的。”

向暖被他说得心花怒放。

几人落座，边吃边聊。有知交，有好酒，良辰美景，赏心乐事。

向暖小小地抿一口酒，眯着眼睛慢慢品味，林初宴看她那样子，估计今晚又少喝不了。他就控制着量，不敢喝太多。不能两个人都醉倒，旁边还坐着个情敌呢……

情敌仿佛和他有心灵感应，视线扫过来，两人对视一眼，相看两相厌，双双别过脸。

林初宴从衣服里掏出一把口琴，那是刚才他在楼上的书房翻到的。书房里还有把小提琴，可惜他不会拉。

这会儿，他握着口琴刚要吹，手机突然响了，来电显示是豌豆 TV 的王经理。

林初宴估计王经理要说的还是下午比赛的事儿，于是开了公放。

“喂，小林啊？”王经理的语气好热络，连称呼都改了。

“经理，奖金什么时候发？”

“奖金啊？冠军奖金按照赛事流程发，这个不归我管。公司给你们的额外奖励，等我明天上班去财务那里报账，你不要心急。”

“好，谢谢经理。经理再见。”

“等，等等……”王经理甚是无语，连忙叫住他，说道，“还有个事儿，想问问你。”

“哦？”

“就是说啊……那个暖神，她有没有兴趣来咱们平台直播呢？待遇好说，条件尽管提。”

林初宴看向向暖，他当然不希望她直播，不过他也不会直接替她回答。

向暖眼中闪过一丝纠结，接着便摇了摇头。直播确实挺好玩的，可网上那些观众的素质参差不齐，有些人讲话不堪入目，她何必受那份委屈呢。

“王经理，她说不想去。”林初宴对着手机说道。

“啊？这么快就问好了？”王经理的语气有一点迟疑。

“对，她就在我身边，要不要我把她摇头的视频发给你？”

“那倒不用，哈哈哈……”王经理尴尬地笑了声，笑完觉得更尴尬了，连忙说道，“对了，还有个事儿，那个泽木，有没有兴趣来咱们平台直播呢？待遇好说，条件尽管提。”

沈则木连纠结都没纠结，直接摇头。

“经理，他也不愿意。他也在我身边，我们正在聚餐。经理还有事儿吗？”

“还有，还有个事儿……那个杨茵茵，有没有兴趣——”

杨茵面无表情地摇头。

“她也没有。经理没事儿了吧？”

“有有有，还有最后一个问题。”

“经理，虎哥本来就是豌豆 TV 的。”

“啊？不是，这我能不知道吗，我不是说他……我是想说，就在你们赢比赛之后，到现在为止，有三个职业战队的经理给我打电话，托我问一下，暖神有没有兴趣打职业？要是来呢，不敢说是主力，但肯定有机会上场。如果表现好，升主力应该也很快。”

林初宴再次看向向暖。

向暖听王经理说到职业战队的邀请时，她的眼睛亮了一下，但很快又暗下去。

“暖暖，你想打职业吗？”林初宴问她。

向暖端起酒杯喝了一口，答道：“我可是要好好学习天天向上的人。”

王经理还想游说她，林初宴终于不胜其烦了，直接说了再见。

陈应虎说：“王经理怎么不问问我呢？我今天的宫本武藏发挥多好啊，经济让给队友，团战我冲前排，吃的是草，挤出来的是奶。”

“因为你话多。”沈则木噎了他一句。

陈应虎发现表哥越来越喜欢噎他了。同样是单身狗，难道不该相互扶持吗，干吗总说他啊……

忘却本来在笑着听他们讲话，看到陈应虎一脸委屈，他连忙说道：“比赛我们今天也看了。”

“你们？”

“对，我们战队的队员，一起看的。对方是无敌战队的二线，我们在训练赛上接触过。他们实力挺不错的，所以说，你们今天下午打得真的很好。”

能得到职业级的肯定，向暖很开心，举着酒杯说：“来，为了我们时光战队威武霸气的实力，干杯！”

干掉杯中的酒，她擦了擦嘴角，问道：“忘却，你在战队过得怎么样？有没有人欺负你呀？”

“我挺好的。”忘却笑得有些腼腆，“对了，教练说，下个赛季会给我安排一些上场的机会。”

“真的？那太好了！恭喜恭喜！来，喝酒。”

忘却握着酒杯，突然敛了敛神色，郑重地看着在座几个人，说道：“我想，谢谢你们。”

“唉？这么客气干吗呀？”

他缓缓地站起来，说道：“真的，我以前过得不太好。我亲生父亲抛妻弃子，亲戚对我妈冷嘲热讽，我初中没毕业就在社会上打工，尝过很多人情冷暖。我在现实生活中遇到的大部分是坏人，却没想到能在网上交到你们这样的朋友。我以前总是觉得自己倒霉，现在我觉得我很幸运。谢谢你们，是你们改变了我的人生。”

说完这些，他一仰脖子，干掉杯里的酒。

杨茵坐在他旁边，她看到他喝酒的时候眼角有泪珠滑下去，泪珠折射着细碎的灯光，像一粒钻石。

忘却坐下后，杨茵拍了拍他的肩膀，然后她低着头看着杯里的酒，说：“我以前挺拧巴的，我是离家出走的，跟家人好多年没联系了。我在原先那个战队过得不好，老板经常强迫我做不喜欢的事儿，有时候我和前男友吵架吵得很凶。我都不知道自己那日子是怎么过的，总之乱七八糟的。跟你们在一起，我挺开心的。我也说不上为什么，反正就是特别开心，特别放松。我也想感谢命运，让我遇到一群这样的朋友。”

陈应虎听罢，泪眼汪汪地看着他俩：“还有我。”他说，“我以前没什么朋友，上学时成绩太差，老师老骂我，我爸妈也骂我，我辍学打游戏，同学的家长都不准他们跟我玩。我有时候觉得挺难过的，感觉自己像个怪物。谢谢你们，你们没有嫌弃我，还愿意和我做朋友……”

林初宴轻轻敲了敲桌子，说：“你们这是干什么？吐槽大会吗？虎哥你还哭了？”

“忘却也哭了，你怎么不说他？”

“他太黑，看不出来。”

“……”

向暖斜着身体，脑袋靠着林初宴的肩，说道：“我也要感谢命运，让我认识你们。让我们为了友谊——干杯！”说完也不管别人，她自己先一下子喝完了。

林初宴给她夹了几筷子菜：“吃点东西，别光顾着喝酒。傻子。”

向暖放下酒杯说：“忘却，茵姐姐，虎哥，你们以后征战职业圈，要记得，把我那份也赢回来。拜托了。”

“好。”

“一定。”

“等着！”

沈则木沉默地喝酒，沉默地看他们推杯换盏。他放下酒杯，拿起桌上的口琴，低头吹了起来。琴声悠扬清越，调子低回婉转，像深情的诉说，也像寂寞的叹息。

向暖不记得自己喝了多少，后来她也不知道自己哪根筋不对，还同林初宴喝了交杯酒。然后她吵着要上屋顶看月亮，林初宴拦不住，挽着她的手说：“我带你去。”

他把她带到露台上，站在露台往下看，能看到花园里的人。

露台上开着灯，杨茵仰着脸看到他们并肩站着，林初宴担心向暖站不稳，一手搂着她的肩膀。

杨茵收回目光，看到沈则木也在看他们，他的目光竟然很平静。

杨茵有点好奇，问沈则木：“不难受？”

沈则木低头想了一下，答：“吸引我的是她的单纯，阻止我们在一起的也是她的单纯。没什么好遗憾的，不合适就是不合适。”

杨茵给他倒了杯酒：“你这么冷静不适合谈恋爱。喝酒吧喝酒吧。”

陈应虎和忘却已经喝醉了，正抱在一起唱歌。

杨茵跟沈则木碰了下酒杯：“一杯敬明天，一杯敬过往。”

沈则木看着杯子里那半个月亮，好难得地笑了一下：“嗯。”

向暖站在露台上，没看天上的月亮，看的还是地上的人。也不知是不是灯光的原因，她感觉草地上的人和物都显得很柔和。

林初宴一开始还只是搂着她的肩膀，后来慢慢地，改为从她身后拥着她。

向暖任由他揽着，她看着花园里的小伙伴，虎哥和忘却正在唱歌，沈则木和杨茵还在喝酒。

“林初宴。”

“嗯？”

“我觉得挺困惑的。我妈老说我玩游戏是没意义的，我有时候也这么觉得。但是呢，我在游戏里遇到这么多朋友，除了沈学长，跟其他人都是因为这个游戏认识的，这么多好朋友，能说是没意义的吗？”

林初宴没说话，紧了紧胳膊，将她搂得更严实了。露台上有风，他怕她着凉。

向暖追问道：“你说，玩游戏到底是有意义还是没意义的呢？”

“经历本身就是一种意义。”林初宴答道。

向暖悠悠叹了口气说：“怎么感觉你说什么都有道理。”

“因为我是你老公。”

“呵，我看你是又想面壁思过了。”

林初宴低着头，下巴在她颈侧蹭了蹭，轻声地笑：“你饶了我吧。”

这是赤裸裸的勾引。向暖被他弄得一阵心痒，腿都有点软了。她真是服了他的能屈能伸。

两人这样依偎着，谁也没说话，周围一片安静。过了一会儿，向暖突然说：“我觉得，我在这个游戏里做的最有意义的事情，就是遇到了你。”

林初宴低着头，用唇蹭了蹭她的耳郭，在她耳边低声说：“算你有良心。”

“喂，这种时候不应该回答‘我也是’吗？”

林初宴却并未从善如流地这样说。

向暖感觉自己吃亏了，她屈起手肘碰了碰身后的他：“你快说，快说。”

“我爱你。”

第二十九章 时光1014

三年后。

6 月 28 日。

“……加权平均成绩专业第四名。先后获得了校优秀团员、校三好学生、国家级奖学金。除此之外，我也积极参与各类实践活动，获得过全国英语演讲比赛一等奖，与团队一起获得全国大学生创业比赛特等奖。在越林集团实习期间，获得集团‘年度优秀实习生’的荣誉……这就是我的大学生活。这四年来，我从迷茫到坚定，从青涩到成熟，收获了知识与成长，懂得了责任与担当。在这个离别的季节里，我想对老师们说一声谢谢，感谢你们的悉心培养，耐心教导；我也想对父母说一声谢谢，感谢你们抚养我、教育我，包容我的任性……”

向暖握着早已经写好的发言稿，不紧不慢地读着。南山大学鸢池校区体育馆里坐着三千多名师生，正聆听着这位毕业生代表的发言。

距离主席台很远的座位上，有男生正举着望远镜看，一边看一边和身边的小伙伴讨论：“这就是向暖吗？好漂亮！为什么咱们主校区没有这样的女神，我不服！”

“有也不是你的。”

“林初宴那个老贼太狡猾了！女神才大一他就下手，无耻！”

“他要不早点下手，不定被谁抢走呢。”

“现在撬墙脚来得及吗？”

“你不知道吗，南大流传着一个说法——谁要是敢打向暖的主意，林初宴就会报复他。”

“哦？怎么报复？”

“不清楚。不过，根据一些人的证词来看，他的手段极其残忍，部分时候甚至变态。传说，有个男生被他拽进小树林里这样那样……”

“什么意思？不会是我想的那样吧？”

“你可以尽情发挥想象力。而且，这样那样之后，他还逼着那个男生叫妈妈。”

“天哪！”

向暖流畅地读完发言稿，走下台时，掌声还在响动，她隐隐听到有人喊“女神”。

她也不知道是从什么时候开始，南山大学的学生们就喜欢喊她女神，似乎是从和林初宴在一起之后？也是从那个时候开始，她的知名度越来越高了……

嗯，林初宴是个自带聚光灯的男人，她沾上他，被人注意也不奇怪。

向暖回到座位上，毕业典礼的流程还在继续。

“暖暖，刚才帅呆了！”闵离离朝她竖了两个大拇指。

向暖不好意思告诉闵离离，这发言稿还是林初宴帮她润色的呢。林初宴这人虽然高调，有时候还莫名其妙地骚气，不过作为男朋友还是挺好用的……

闵离离即将出国留学。郑东凯去年毕业时放弃保研，今年申请了和她一样的学校，也获得了 offer。

“郑东凯是在等你吗？”向暖问道。

“他说不是。”闵离离翘了一下嘴角。

“我觉得他没说实话，闷骚，一定是跟林初宴学的，近墨者黑。”

“我看不像。我们家郑东凯是闷骚，你们家林初宴是真骚。”

向暖：“……”

毕业典礼的最后一个环节，是学位授予仪式。校党委书记亲手帮向暖撩了流苏，郑重地将学位证书交到她手里。党委书记是个慈祥的小老太太，她笑望着向暖说：“前程似锦。”

“谢谢，谢谢刘老师。”

“唉，又送走了一批。”

向暖有些伤感，上前抱了抱这位小老太太。

毕业典礼结束之后，向暖他们班组织去校园里拍照。一路上，向暖收到了很多糖果。

这是南大的一个传统活动。糖果是校学生会定做的，每个毕业生一颗，糖纸上印的字由毕业生自己提供。有印名字的，有印名人名言或者诗句的，也有印一些暗号之类的，作为暧昧而隐秘的告白。学生们毕业当天，可以把自己的糖果送给任何一个人。

送糖果会发生很多故事，有人因此一笑泯恩仇，有人终成眷侣，也有人告白失败，从此各奔东西。

林初宴去年的糖果是留给向暖的，他糖纸上印的字相当之肉麻，不提也罢。

不管怎么说，向暖今年的糖果肯定是要留给他的。不过她没料到自己会收到这么多糖果，看来她人缘不错嘛。

后来向暖担心糖太多拿不了，回寝室取了个塑料罐子，把糖都装进罐子里。她走在路上，有人给她糖，她就把罐子伸过去，说：“谢谢！”像个化缘的。

拍照活动持续到下午四点多，大家才散了。

向暖换下衣服，去了校门口，林初宴快过来了。

林初宴开的车还是以前那辆奔驰，不同的是，现在这辆车已经属于他了——两年前，他从爸爸那里买下了这辆车，父子俩去办了正式的过户手续。买这辆车时，林初宴竟然跟亲爹砍价，而且是照着原价的十分之一砍，丧心病狂臭不要脸的样子……林雪原都没眼看。

林初宴渐渐地有点名气之后，就和向暖他们一起开了个店，卖家居用品。

说来这也是无心插柳。一开始向暖只是想参加创业比赛，创业比赛嘛，大家都懂，就是比赛，基本不会真的去创业。几人设计好项目，获了奖，结果真有人来找他们了，想要投资，而且不是骗子。看来现在的投资人是很饥渴的，竟然开始对大学生下手了。

向暖心想，这项目给别人拿去赚钱，不如我们自己赚。她把这个想法一说，大家一拍即合，于是自己投资了。后来林初宴慢慢地混成豌豆 TV 的一哥，知名度越来越高，他们的家居用品店生意也越来越红火。

真是的，一点心理准备都没有，就成有钱人了……

“傻子，发什么呆？上车。”林初宴正一手握着方向盘，一只胳膊搭在车窗边沿，笑望着立在车旁的向暖。

向暖回过神来，看着他。他还是那样，小白脸，中分头，和以前相比几乎没有变化。

她有点佩服。这人都二十三了，这么一看还像十八九岁，一笑特别纯良无害，特像个正经人。

向暖绕过车头到另一边，上车坐在副驾驶上。

天太热，她穿着棉质短袖T恤和牛仔短裤，林初宴看了一眼她嫩白的腿，心里有点痒。想摸摸，又不敢。

向暖晃了晃手里的糖罐子：“林初宴，你看，我今天收到这么多糖。”

林初宴一眯眼睛，问：“谁送的？”

“有些是我们班的，有些我也不认识……对了，我们现在去哪儿？”

“到了你就知道了。”

“嘁，还跟我卖关子。”

“暖暖。”

“嗯？”

“我准备了聘礼。”

向暖眼睛看着车窗外，小声说："我可没说要嫁给你哦。"

林初宴空出一只手，伸过来摸了摸她的脑袋："我看你又欠收拾了，铁头。"

向暖："……"

是的，没错，林初宴他变了。一开始喜欢的时候，叫她暖暖，腻得不像话，后来相处久了，他开始给她编莫名其妙的昵称。

现在他喜欢喊她"铁头"，原因是她在游戏里经常玩上单战士，打架时冲在前边，所以就获得了这样的爱称。

当然了，向暖以牙还牙，也没吃亏，现在她对他的昵称是"轩辕狗剩"。

两人经常这样一言不合就互相伤害。他们自己没觉得怎样，常看林初宴直播的观众们倒是快疯了。男神女神变成了狗剩和铁头，正常人都受不了这个刺激。

"轩辕狗剩，你还没跟我求婚呢。"向暖说。

"嗯，我明天开着镶钻的拖拉机跟你求婚。"

向暖脑补了一下那个画面，竟然觉得还蛮带感的……她不想和林初宴说话了，感觉自己被带得不像个正常人了……

向暖打开手机，刷了刷微博，看到《王者荣耀》职业联赛官博刚刚更新的一段采访视频。

接受采访的是号称"极火战队第一大腿"的忘却。忘却自加入极火战队之后就没换过地方，一连三年。一开始是横空出世的新人，后来成为老资历。可惜极火战队是中下游队伍，一直打不出成绩，今年春季赛更是差一点降级。幸好忘却在保级赛中力挽狂澜，极火战队鏖战七场，最后艰难地锁定下个赛季的入场券。

有粉丝戏称这是"一神带四躺"。

向暖觉得这样讲其实也不对。忘却固然神，但他的队友也不是躺的，否则不可能赢比赛。极火战队真正的问题出在管理方面。他们战队那个逗比经理，据说是战队老板的小舅子，把战队搞得乱七八糟的，人心涣散。所以向暖挺为忘却惋惜的，要是换一个战队，搞不好忘却已经拿过冠军戒指了。

为忘却惋惜的大有人在，反倒是视频采访中的忘却，一脸淡定。

主持人问忘却是怎么走上职业道路的，忘却答：“我以前是搬砖的，后来工地上引进了搬砖机器人，我没了工作，经朋友介绍来打职业。”

“比赛前喜欢做什么减压？”

“敷面膜。”

“哦？难怪你皮肤这么好。听说你还代言了美白面膜？”

“是的。”

“你粉丝都喊你老公，你怎么看？”

“嗯，要不就……别喊了。”

向暖笑呵呵地看完视频，又点开看评论，发现有很多人在说：听说极火战队要易主了，是不是真的？

“什么鬼，极火战队这种破战队，傻子才会买。”向暖不屑地点评了一句，接着又补充，“忘却好可惜。”

林初宴说：“别看手机了。”

“那我看什么？”

“看我。”

“林初宴，你这么自恋，很容易被打的。”向暖虽这样说着，但还是放下手机。

她突然悠悠叹了口气：“唉。”

林初宴问：“叹什么气？”

“我就是觉得，你和虎哥是知名主播，粉丝无数；茵姐姐现在是传奇教练，人送外号‘点金圣手’；沈学长做了兼职的电竞数据分析师，低调又神秘，据说有很多大佬想认识他……你们都混得风生水起，我呢？我只得到一个优秀毕业生的证书，哦，还有一罐糖果。”向暖说着说着有点挫败，低头看了看腿上放着的糖罐子，她摇了摇头，“也许，我的一生，注定是平凡的一生。”说完，她拧开罐子拿出一颗糖，剥开来吃。

含着糖，她念起糖纸上的字：“所向披靡。”

向暖捏着糖纸对着前方晃了晃，摇头道："感谢这位同学的祝福，可惜，我要辜负你的厚望了。"

所向披靡。

林初宴当然还记得这小子。他侧脸看了她一眼，这傻子含着糖，脸蛋上因此鼓起一块，一脸的没心没肺。

他缓缓地把车停在路边，向暖问道："到了？"

林初宴帮她解下安全带，她正要下车，突然被他搂着肩膀往身前一带。向暖猝不及防被偷袭，没等她抗议，他已经吻住她。

发什么情啊……她有点莫名其妙。

但是林初宴这几年来吻技锻炼得十分了得，向暖很快被他吻得身体酥软，她无力地搭着他的肩膀，闭着眼睛回应他。车里开着空调，可周身的空气却仿佛越来越热了。

林初宴趁着她被亲得迷糊的时候，终于如愿以偿摸到了她的腿，光滑细嫩的皮肤，凝脂一般，碰上就舍不得放开，他既心满意足，又仿佛渴望更多。

但与此同时，他的腰带好像又要闹革命了……

林初宴依依不舍地放开她，喘息着，与她对视。向暖这时才发现，他的脸鼓起来一块，好像是含着什么东西。

嗯嗯嗯，我糖呢?

林初宴的舌头动了一下，带动嘴里的糖块换了个地方，一边脸平下去，另一边脸鼓了起来。

向暖呆呆地看着他。她简直不敢相信，林初宴从她嘴里抢糖吃，还要不要脸了……

林初宴抬手托着她的脸，拇指的指肚轻轻摩挲她的唇角，压低声音说："以后，不许吃别人给的糖。"

向暖感觉自己三年的恋爱经验都喂狗了，他依旧能轻而易举就让她脸红心跳。她靠在座位上，别开脸不敢看他了："那你给我买啊？"

"我给你买，你要什么我都给你买。"

林初宴的车开到了郊区的一个别墅区，向暖看着外面掠过的房子，有些疑惑：“这地方我以前是不是来过？”

林初宴并没有回答。他在一栋别墅前停好车，两人下车后，向暖的熟悉感越来越强烈了。她突然一拍脑袋：“我想起来了！”

“哦？”

“这里是极火战队的老巢！三年前我们来过！”

“不是极火战队。”

“不信你过来。”向暖拉着他，走到她记忆中那个大广告牌面前，然后仰脸一望，她傻掉了，“怎么会这样？时光 1014 电子竞技俱乐部，这是什么战队？咦，难道说极火战队真的转手了？时光 1014，这名字可一点都不霸气——”

“它现在是你的了。”林初宴打断她。

“啊？”向暖歪着头，一脑门问号地看他。

林初宴从包里拿出一份营业执照，递给她：“聘礼。”

“这……这……”向暖的手指在抖，她接过来看那营业执照，埋着头，颤着声音说，“这是什么意思呀？”

“意思就是你理解的那样，明天去办过户手续。自己的战队，就不要吐槽名字了，知道了吗？”

“不是，我我我……你干什么要送这个？”

“因为你喜欢啊。”

向暖一怔，抬头看他。她突然感觉心口酸胀得要命。

他们都长大了，越来越多的东西变得不那么重要。像很多人一样，她也为某些东西痴狂过，但结果也像很多人一样，那些念想最后被风吹散在时间的角落，化作小小的野花，细碎地点缀在青春的道路旁。它们无关痛痒，无伤大雅，无足轻重，甚至不值得被铭记，被怀念。

于是她把它们沉在心底，从此忘记。

可是他记得，他都记得。记在心底，从此不忘。

向暖突然就哭了，泪水疯狂地向外涌，顺着脸颊滑出两道小溪流，滴滴答答地落下去。她哭得放纵，眼里蒙了一层厚厚的水光，身体轻轻颤抖，连嘴唇也在抖动。

林初宴吓了一跳。向暖其实并不是个爱哭的人，更何况现在她哭得太夸张了。

“你别哭啊……”他又慌张又心疼得要命，抬手给她擦眼泪，可哪里擦得完呢，越擦越多，他只好把她抱进怀里，轻轻拍她的后背，“别哭，不哭，乖……”

向暖的泪水都浸在他的衣服上。她任由他抱着，发泄一般地哭了很久。

最后她终于不哭了，肿着眼睛在那儿打嗝。

林初宴哭笑不得，用纸巾把她的脸擦干净。他托着她的下巴，看她肿成核桃的眼：“你至于吗？”

“至于。”

“上去看看？”

现在战队里没人上班，房子空着，只有个保洁员在看门。两人上去看了看，向暖在洗手间洗了把脸。

“我想去屋顶。”她说。

“好，我们去看夕阳。”

屋顶上有桌椅和太阳伞，现在太阳快落山了，两人并肩坐在一条长板凳上，紧紧地挨着。林初宴揽着向暖，向暖歪着身体，头枕着他的肩膀。

贴得那么近，他呼吸时的起伏，她都感受得分明。

“一会儿忘却要过来。”林初宴说，“还有虎哥、茵姐、沈学长。”

“嗯。”

“你知道我是什么意思吗？”

“嗯。”

“不管你想做什么，我都陪着你。”

“嗯。”

“怎么不说话？”林初宴问道。突然，他掌心多了一个东西，是她塞过来的。

林初宴低头，摊开手掌，见那是一颗糖果。她专门留给他的。

他笑了，把糖果剥开，将糖喂进她嘴里：“还给你。”

向暖含着糖，红着脸没吭声。

然后林初宴展开糖纸，看到上面的字后，笑道：“这写的是什么，我不认字，你帮我念一下。”

“林初宴，别得寸进尺。”

“念出来。”他说着，将糖纸伸到她眼前。

“不。”

“这三个字，我三年前就对你说过。你现在说一下，不吃亏。”

“你什么时候对我说过？”

“你喝醉的那天。”

“喝醉了不算，你重新讲。”

“我爱你。”

“……”向暖有些无语，“你怎么一点都不矜持啊！”

“该你了，不许耍赖。”

她闭着眼睛，小声说：“我……我爱你，林初宴。”

林初宴吻了她，这次吻得急切而狂热，她嘴唇都有点疼了。

等亲完了，向暖发现，林初宴又把她的糖抢走了。

“对不起，这次不是故意的。”林初宴一脸歉意，“要不，我现在还给你？”

“你走开……”

他便低低地笑起来，笑着笑着，终于还是还了。

向暖问林初宴：“时光 1014 的时光我理解，就是我们原先的战队嘛。可是 1014 呢？有什么特别的含义吗？”

“10 月 14 日是什么日子？”

“嗯，国际标准化组织成立纪念日？”

“……笨蛋。”

“那你说是什么？”

“相遇的日子。”

四年前的 10 月 14 日，两个菜鸟相遇在王者峡谷里。

从此以后，所有的时光，都是甜的了。

番外一

十一黄金周，又到了各大景点人山人海、比肩接踵、寸步难行的时候了。

这个时间段出门旅游基本等同于自虐，可是有什么办法呢，全国人民的假期都差不多，没办法错峰出行。

老凤街是南山市一个比较有特色的景点，凡是第一次来南山市旅游的人，都难免按照旅游指南的介绍，抽半天时间来这条街转转。

柯可挽着妹妹柯莎的手，站在老凤街的街口看到的是密密麻麻的人。

“这人也太多了。”柯莎吞了下口水，“姐姐，要不，我们走吧？”

柯可看了一眼她妹妹，送过去一个安抚的眼神。妹妹柯莎的营养不错，今年才十八岁，刚上大学，比姐姐还高出半个头。两姐妹长得有六七分像，都是尖下巴杏核眼，头发都是那种深褐色，没染过。

“这里人已经够少了，不信你看。”柯可掏出手机给妹妹看照片，“这西湖，这故宫，这八达岭，看看，像不像一群蚂蚁？莎莎你现在是不是觉得特别幸福？”说着，还揉了揉妹妹的脑袋。

柯莎面无表情地点头：“……是哦。”

“走吧，进去看看，来都来了。”

老凤街里有不少糕点铺子，今儿是中秋节，每个糕点铺子里都摆着月饼。两人停在一家铺子前挑月饼。柯可话有点多，问伙计这是什么馅儿的，那又是什么馅儿的，柯莎就站在旁边听着，也不吭声。

过了一会儿，柯莎发现姐姐正在发怔。目光放空，像是在回忆什么。

“姐姐，怎么了？”

“啊？没什么。”

“是不是想妈妈了？”柯莎小声问道。

柯可拍了拍妹妹的肩膀，说道：“你今年考上了南山大学，妈妈在天之灵肯定为你高兴。莎莎真争气，姐姐也为你高兴。”

“嗯。”

两人很默契地没有提爸爸。

买好了月饼，两姐妹拉着手继续走。柯莎心细，见姐姐呆呆的，神色有些迷茫，于是又问：“姐姐，你到底怎么了？”

“我也不知道。我就是觉得，心里好像空了一块，好像忘了什么比较重要的东西。有时候会做奇怪的梦，梦里老有人在我耳边喋喋不休。”

“姐姐，慢慢想，早晚能想起来。”

柯可皱着眉，摇了摇头：“莎莎，你再跟我讲讲以前的事儿。”

以前的事儿，柯莎都讲过一万遍了，但现在她依旧耐心地讲了第一万零一遍。

“那时候爸爸欠了赌债，高利贷公司的人威胁说要把我抓走卖掉，爸爸也不管。我记得当时我才初三，出门总有人跟踪我，吓得我每天提心吊胆。姐姐你说你能摆平他们，那天你出门后我就很担心，总是心慌，等你很晚你都没回来。第二天我看到电视上放的新闻，才知道你出了车祸。”尽管讲过很多遍，柯莎回忆起这段往事，依旧红了眼圈，“你醒了之后就什么都不记得了，爸爸也跑了，你带着我搬了家，换了联系方式，那些高利贷公司的人总算没再找来。”

那是姐妹俩过得最艰难的一段日子。

柯可摸了摸妹妹的头，说道：“好了，反正都过去了。平安就好。”

“嗯。姐姐你是不是想起了什么？”

柯可仔细想了一下，最终揉着脑袋摇头：“没有。我也不知道怎么回事儿，总觉得漏掉了很重要的事儿。”

“慢慢想，一定能记起来的。”

“嗯嗯！”

姐妹俩挽着手继续走，走了一会儿看到一家纪念品店，店名叫“故人”。她们走进去，见这小店不大，人倒是不少。店里有笔记本、明信片、陶瓷杯子……挨着收银台的那面墙上，嵌着一个很大的黑板，黑板上贴满了明信片。明信片用淡黄色的胶带固定着两角，每一张明信片上都用黑色的碳素笔写着字，字体和落款各异，看来是不同的人写的。

柯可好奇地看着那满黑板的明信片，问一旁的店员小哥：“这是什么？”

小哥又瘦又高，像根铅笔立在那儿。听到柯可问，他耐心解释道：“这是本店的一大特色。不知道妹子你现在有没有所思所想之人。你可以给他写张明信片放在这儿，黑板上的明信片会定期更换。没准你所思所想之人某天来到本店时，恰好能看到你写的明信片。你不觉得这很浪漫吗？”

“是挺浪漫的，可这要是想让那个人看到，有点困难啊，概率太低了。”

“你可以常来嘛。”

柯可乐了，原来这是搞推销的。

她没有写明信片，而是站在黑板前，抱着胳膊看那些明信片。看别人想说又无从诉说的心里话。

柯莎转了一圈，走到她身边，问：“姐姐，看什么呢？”

柯可的视线突然落在右边居中的某张明信片上。

她不知道为什么，总感觉那字迹有一种说不上来的熟悉感。

“姐姐？”柯莎又唤了她一声，没得到回应。

柯可有些茫然又有些惊讶，伸手将那张明信片取下，仔细看那上面写的内容。那笔迹粗黑而潦草，每一个字都像是在草地上狂奔的疯牛：

To 可可

不知道你现在在哪里，也不知道你在干什么。我要开始打比赛了，有一点紧张。比赛在网上有直播，如果你看到了，请为我加油。

陈应虎

9.15

啪嗒，啪嗒——

泪水滴在明信片上，洇了上面的笔迹。

柯莎看着突然泪流满面的姐姐，一脸震惊，语气迟疑："姐姐，你不会是……"

柯可抬头，茫然地看着妹妹。

"你不会是被这字丑哭了吧？"

柯可哭着摇头："不是，我……我不知道为什么，我好难受。"她摸着自己的心口，"我这里特别难受，就像有什么东西在扎一样……"

柯莎感觉不对劲儿，这才认真去看那明信片上的内容。

这时，一旁立着的店员小哥伸过脑袋来问："妹子，你们认识虎哥呀？"

两姐妹都抬头看他。

店员小哥指了指那明信片："这是虎哥的，虎哥以前常来，后来因为要训练，来得少了。"

柯可紧紧地捏着明信片，在脑海里搜索"虎哥"，模模糊糊，并不知道虎哥是谁，可是一想到他的名字，她就感觉心里又酸又胀，难过得要命。

"他是……谁啊？"柯可问道。

"虎哥是游戏大神，现在去打职业了，他最近有比赛，你们可以关注。"

"……"听不懂。

柯莎脑子清醒一些，问道："你有那位虎哥的联系方式吗？"

"我有他微信，不过我不能给你，虎哥粉丝很多的，不是随便什么人都能加到他，你们懂吗？"

"……"不太懂。

柯莎说："我们想认识一下那个虎哥可以吗？"

小哥一脸"我早就看穿你们"的表情，说道："你们就是虎哥的粉丝吧？这有什么好否认的，又不丢人。"

"我们……"柯莎想了想，还真找不到别的理由了，车祸失忆这种梗说出去也没人信，还不如冒充粉丝。于是她用力点头："我们是他的粉丝，想认识一下，可以吗？拜托了！"

"要不这么着，"店员小哥翻手机，"我给虎哥去个电话，问问他，愿不愿意认识你们。你们叫什么呀？"

柯可连忙答道："我……我姓柯，我叫柯可。"

"柯可可，咳咳咳？你爸怎么给你取这样的名字，这不是咒你咳嗽吗？"

"不是，我全名就两个字，柯可。"

"哦哦，好，你等着，我也不知道虎哥现在有空没空，我试试哈。"

小哥用微信给陈应虎拨了个电话，等了有半分钟，那边接通了。小哥手机举到耳边，笑呵呵道："虎哥还记得我吗，我'故人'的小邓……虎哥比赛加油哈，有空来我们这边玩，明信片给你打五折……哦，对了，虎哥，有个事儿。我店里有两个你的女粉丝，长得很漂亮，想认识一下……什么？没兴趣啊？……哦，好吧，她们对你还挺狂热的，有一个看到你名字就哭，她叫柯可，虎哥再见哈……啊？对，没错，是叫柯可……虎哥？虎哥？？"

小哥握着手机，瞪着眼睛，神态震惊中透着一丝茫然。

"怎么了？"柯莎问道。

"虎哥他，哭了。"

番外二

林初宴靠着自己那点美色以及独特的直播间秀恩爱方式，很快成为豌豆平台一线主播。树大招风，万众瞩目的同时，也难免迎来各种麻烦。

在直播间被各路水军带节奏，或造谣生事或挑拨离间或拉踩炒作，那基本是家常便饭，这一点林初宴倒是看得开。

真正令他头疼的是，突然有一天，平台方面希望他带一个新人。

人气主播带新人小主播这种现象稀松平常，不过就是连麦一起聊天打游戏。可问题是，那新人是个妹子，走清纯女神路线，讲话嗲嗲的。

林初宴天天守着向暖，外边的花花草草连碰都不敢碰一下，谁能想到花花草草还会自己找上门呢。

他有心回绝，可平台方姿态放得挺低的，林初宴也不是愣头青，毕竟都出来混江湖了，不宜太过于宁折不弯。

他只好把这事儿跟向暖说了。

向暖一听，挺不高兴的："林初宴，你能耐了啊？"

林初宴连忙说："我这不是跟你商量吗，你要是不愿意，我去拒绝他们。"

向暖仔细一琢磨就明白了，这个事情最好不要拒绝。这类事情在那些直播平台眼里算不上什么大事儿，如果被拒绝了，人家会觉得林初宴不给他们面子。她并不了解直播圈的深浅，可没吃过猪肉也见过猪跑，主播跟平台关系交恶肯定不是好事儿。

“林初宴，你带她可以，可你要是敢有别的想法……”向暖说着，伸手摸过来一把文具剪刀，咔嚓咔嚓玩了两下，邪魅一笑，“哼哼！”

林初宴连忙擦汗：“我哪敢啊……”

于是事情就这么定下来了。林初宴在某天结束直播的时候，提前预告了一下次日的活动，会和一个叫棉小绵的主播一起玩，说完就关直播下线了。

粉丝好奇地去找那个棉小绵，刚好棉小绵还在直播，听着这位女主播嗲到不行的声音，林初宴的粉丝们有点蒙。

——你认识初神？你们什么关系？

——主播你知不知道初神有女朋友？他和女朋友感情很好的，你……

——主播挺漂亮的，何必呢。

——唉，男人啊。

……

这还是比较理性的，过了一个小时左右，也不知哪里来了一群水军，一进来就疯狂地骂棉小绵，说她是狐狸精第三者，撬暖神的墙脚，不自量力。更有甚者，满嘴脏话。棉小绵被骂得有点崩溃，解释了好几次。

事情闹成这样，她也不敢去抱初神大腿蹭热度了，连忙联系了公会，希望取消活动。

主播行业竞争激烈，许多主播都签约了公会，混公会虽然会牺牲部分利益，但更容易出头。

公会那边听到棉小绵诉苦，他们觉得这是个机会，有话题才有热度嘛，别人求都求不来呢。至于棉小绵的个人感受，哦，那不重要。

于是就这样，两方主播心不甘情不愿地，组了一队。

林初宴自然是带着向暖的。让他和棉小绵独处，呵呵，不要说向暖了，他妈妈知道了都不会轻饶他。

林初宴提前研究了一下，有女朋友在场时怎么样和另外一个陌生的、年轻的、有可能引发误会的女孩子说话，研究结果是：不要说话最好了……

嗯，所以林初宴介绍完嘉宾，就开始沉默是金。

向暖别别扭扭地和棉小绵说了句“你好”。

棉小绵操着一口东北大碴子味儿的普通话说：“老妹儿，你好！”

向暖：“……”

她之前有偷偷看过棉小绵的直播间，并不是这个味道的啊……

棉小绵看了眼自己直播间弹幕里那一堆省略号，她心里苦啊！之前被水军吓得够呛，现在哪还敢发嗲啊，保命要紧好吗！为了保命，她可是连变声器都关了……

总之三个人心思各异，就这样组队进了游戏。

直播间弹幕一溜在刷“修罗场”的，还有人嫌不够乱，造谣问初神“上次那个叫花小花的大胸小姐姐怎么没来”，林初宴一阵头疼，赶紧把这个人禁言了。

进了游戏，向暖玩的还是上单，林初宴中单，棉小绵辅助。林初宴注意力都在向暖身上，分神得厉害，所以发挥得并不好，一手貂蝉搁他手里玩成了貂残。

弹幕傻眼了：

——我不该进来的，眼瞎了。

——原来貂蝉可以这么玩，长见识。

——傻子主播，关注了。

——初神你手为什么抖？

——隔着屏幕都能感受到初神的恐惧。

——虽然知道不厚道，可我还是忍不住了，哈哈哈！

……

棉小绵玩得也不好，不过她主要是意识差，再加上也有些胆战心惊，怕被水军骂。一边玩着，她瞄了眼弹幕，还好，没人骂她狐狸精小三了，不过有人在吐槽她的嗓音和口音。

棉小绵小声说了一句：“兄弟们，互相理解一下吧！”也不知道直播间的兄弟们有没有听懂。

中单崩了，辅助崩了，两个路人队友疯狂吐槽他们，斗志全无。只有向暖的上单坚挺如常，她的吕布，走位风骚判断精准，方天画戟舞起来仿佛带着风声，横劈竖砍，一刀一个小朋友。

弹幕：

——看了主播的貂蝉，我决定买个吕布。

——为什么我的吕布走到哪儿死到哪儿，难道我买了假货？

——社会我暖神啊暖神！

——初神瑟瑟发抖。

——棉小绵瑟瑟发抖。

——暖神拿着方天画戟问初神：你感动吗？初神：不敢动不敢动！

……

游戏结束，向暖的吕布15杀0死，神级带躺，连对手都跑来给她点赞。

向暖在语音聊天组里说了一句："真菜。"

棉小绵听了之后忍不住一抖，连忙道歉："对不起，我没打好。"

"啊？"向暖愣了一下，忙说，"不是不是，我没说你，我说初宴呢。"

向暖感觉这个棉小绵有点过于谨言慎行了，难道她自己凶名在外把人家吓到了？不管怎么说，人家棉小绵也是无辜的，要怪就怪直播平台闲得发慌老想搞事情。

想到这里，向暖语气又缓和了一些，说道："你打得挺好的呀。"

棉小绵有些狗腿地说："我总算'直'道谁是'枕'正的大腿了。"

有些话很寻常，可是用东北方言讲出来，就会带上一种别样的喜剧效果，直播间里有些笑点低的朋友，已经开始哈哈哈了。

第二把，棉小绵玩的是太乙真人。太乙真人的大招可以让自己和队友复活，不过冷却时间比较长。林初宴玩个骚气十足的诸葛亮，想着在向暖面前秀一把，一雪前耻，结果团战的时候死了两次，两次都没见棉小绵交大招让他复活。

林初宴本来不想和棉小绵说话，可现在终于沉不住气了，有些疑惑地问道：“太乙真人为什么不复活我？”

棉小绵理直气壮：“我想着把大招留给暖神。”毕竟暖神才是第一大腿。

向暖这把玩的是个白起，想死那是不太容易，不过棉小绵有这份心，她还是很感动的。

弹幕这下全是哈哈哈，棉小绵那边也是，终于没人吐槽她口音了。

再之后，向暖玩战士，有时候走上路有时候走下路，棉小绵依旧是玩辅助，不管玩什么英雄，全地图都跟着向暖转悠。

她心里就一个信念：暖神在，我们就不会输。

向暖也没有辜负她的期待，全程带躺。

棉小绵渐渐地放下压力，话越来越多了，向暖觉得她讲话很好玩，两人便一边打游戏一边聊天，偶尔向暖会指挥一下她。

林初宴自己一个人默默地在中路和野区游走，有时候会主动和向暖说话。

“暖暖，你要蓝吗，你不要我拿了。”

“暖暖，我刚刚单杀了武则天。”

“暖暖，你看到我刚才那波操作了吗？”

向暖跟棉小绵一起猥琐地蹲在对方红 buff 区的草丛，注意力全在敌方落单英雄身上，没听到林初宴讲话。

弹幕：

——暖神啊，你还记不记得自己有个男朋友啊？

——心疼初神。不过我还是要笑，哈哈哈！

——初神，你头顶怎么是绿色的呢？

——棉小绵果然是狐狸精，不过她勾引的是暖神，这操作我服！

——没人觉得东北话很好玩吗？我一直笑个不停，脸都僵了。

——前面的等等我，我的天哪，这个妹子太神奇了……

林初宴：“……”

心在隐隐作痛。

他们俩和棉小绵一直玩到林初宴直播结束。三人告别之后，棉小绵偷偷地给向暖发了条消息说：暖神，今天谢谢你带我！

向暖回道：不要那么客气，大家一起玩嘛。

棉小绵：还有，我还想解释一下，蹭初神的人气是公会那边的安排，我跟公会签约了必须听他们的话，我自己也做不了主。说这么多就是希望暖神不要多想。

向暖：没事儿啦，你也不要多想，早点睡，不要熬夜。

棉小绵：嗯！

……

向暖对棉小绵的印象挺好的，于是在微博里搜了一下她，结果发现昨晚棉小绵被水军围攻了。

她可以确定自己和林初宴都不会买水军骂人，不知道水军哪儿来的，多半是林初宴的高级黑去搅浑水挑拨。

这事儿最大的受害者是棉小绵，向暖对她挺过意不去的，于是偷偷摸摸地去给棉小绵送了点礼物，嗯，用的是“不做大哥好多年”这个小号。

这一头，林初宴例行去巡逻自家女朋友账号，看她有没有爬墙别人，结果就发现她用小号给棉小绵送礼物了。

林初宴幽幽怨怨地给向暖发了条消息：你还记得自己有个男朋友吗？

向暖反手给他发了两百块钱红包。

林初宴：……

感觉暖暖现在对他的爱好敷衍。

幸好，不管怎么说，棉小绵风波就这么过去了，林初宴又可以和自家女朋友一起做王者峡谷神雕侠侣了。

嗯，他的快乐持续了不到二十四小时。

第二天，向暖上线和林初宴组队，看到棉小绵也在线，顺手把她拉进队伍。

林初宴：“……”

这一刻，仿佛耳边有人在轻声问他：“绝望吗？”

连着好几天，向暖跟棉小绵的友情都在升温，具体表现就是每次打游戏都会捎上她。向暖喜欢听棉小绵说话，而且东北口音特别魔性，听了几天，向暖讲话也带了点东北口音了。

林初宴想象了一下向暖用东北话跟他表白的样子……有点感动又有点惊吓是怎么回事儿……

向暖一共跟棉小绵玩了十天左右。十天之后，棉小绵突然给向暖发消息，说她可能要去影视圈发展了。

向暖一脑门问号：哈？？？

棉小绵也在困惑呢，解释道：有一家演艺公司找到我说，他们收到别人推荐，跟踪观察了我几天，认为我很有喜剧天赋。国内特别缺喜剧女演员，问我愿不愿意走这个路线。我在网上搜了搜，那家公司挺大的，应该不是骗子。

向暖：没跟你要钱吗？

棉小绵：没有没有。

向暖：那你去试试呗。如果最后跟你要钱，千万别给。

棉小绵：嗯！

棉小绵去那家演艺公司面试了一下，几个面试官对她很满意，建议她立刻和原先的公会解约，一切费用由公司承担。

向暖觉得这事儿特别神奇，讲给林初宴听了，讲完之后问林初宴：“你说，是谁给她推荐的呢？”

林初宴眯着眼睛，轻轻一牵嘴角：“肯定是个好人。”

“嗯。”向暖点了点头，又问，“那你说，小绵以后能成大明星吗？”

林初宴揉了揉向暖的脑袋，低头在她额上亲了一下。

他才不关心那个什么绵成不成明星。

他只关心自家女朋友还在不在自己的口袋里。

向暖大学毕业后，曾经在时光 1014 战队打过半年职业比赛。

她也不知道林初宴是怎么跟她妈妈沟通的，反正最后妈妈答应了，他们去打半年职业，之后准备出国留学。

嗯，就当是一种独特的人生体验了。

重组后的时光战队新赛季一亮相，许多人认定他们是花瓶队——颜值那么高，都没有比赛经验，一看就不是来正经打比赛的。尤其那个叫初神的，之前不是主播吗？据说他游戏的段位都是女朋友带上去的，啧啧啧……

两周常规赛之后，看着时光战队的战绩，这样的声音越来越少了。

不过，依旧有一些人对林初宴颇有微词。首先，林初宴泡走了向暖这样的大美女，拉稳了宅男们的仇恨。其次，林初宴在赛场上玩的位置是辅助。辅助这样的英雄，没有经济没有人头没有 KDA，观众们大多是平常人，无法从专业的角度去看待林初宴在赛场上的作用。

所以，就骂咯。

直到后来有一次，赛事官方做过一次时光战队特辑，在特辑里放了长达六分钟的比赛语音。

语音里，林初宴的指挥清晰有力，能打能算，面面俱到，全队的气氛不像是其他战队那样群情激昂，反而非常冷静，林初宴冷静地指挥，其他人冷静地报点、冷静地执行着指挥者的命令。

整个过程像一台精密运行的仪器，林初宴就是这台仪器的大脑。

为了更方便观众们理解比赛，特辑里配合这段比赛语音的，是以林初宴为第一视角的比赛画面。

这段特辑播出之后，林初宴获得了一个外号：最强大脑。

从常规赛到季后赛，从半决赛到决赛，这位最强大脑一场没缺席，也一场链子没掉。

最后的最后，就是这帮花瓶一样的家伙，一路披荆斩棘，力克强敌，最终夺冠。

决赛结束的当晚，时光战队出去聚餐庆功，一下闹到深夜一点多，向暖喝多了，林初宴也喝了不少，散场后两人没有跟其他人去K歌，也没有回俱乐部。

林初宴带着向暖上了出租车，报了个地址。

向暖虽意识还在，却头脑昏沉，一到车上就趴在林初宴怀里睡着了。

再醒来时是林初宴低声唤她，她迷迷糊糊地睁开眼，他正搂着她，抬手擦她额头上被轿车暖气烘出来的细汗。

她眨了眨眼睛，颇有点不知今夕何夕的感觉。

林初宴帮她把帽子围巾穿好，两人下了车，向暖被他挽着手，跟在他身边问："这是哪里呀？"

"我们家。"林初宴笑。

"咦？"向暖感觉挺神奇的，"你家又买新房子了？"

林初宴扭脸，望着她迷离的醉眼，说："是我和你的家。"

"哦。"

……

这小区是个高档社区，林初宴买的是四室两厅的精装房，半年前就交房了，交房之后就能住人。

他简单添了一些东西，后续的想看向暖喜欢怎么折腾。

林初宴喜欢在某些特别的日子里，把一些东西作为惊喜送给向暖。比如毕业时，再比如现在。

不过显然，现在喝多了的向暖没有理解林初宴的意思，她脚步都虚浮了，走了一会儿蹦起来，嘴里念念有词，林初宴哭笑不得，抓紧了她的手，生怕她下一刻飞起来。

林初宴历尽千辛万苦，总算把向暖带进他们的家门了。

向暖进门在客厅里转了一圈，点评道："是我喜欢的风格。"

林初宴在她背后抱住她，下巴轻轻蹭她的侧颈，然后在她耳边说："我们以后在这里结婚。"

那样的声音，深情又悦耳，好听得不得了，向暖有点陶醉，喃喃说："结婚啊……"

"对，结婚。"

"可是你还没有跟我求婚呢！"

林初宴便笑，嘴唇轻轻擦着她的耳朵："会有求婚的。"

不过，现在她醉成这样，显然不适合求婚。

林初宴便让向暖先去洗澡，但是他给向暖找睡衣时发现，他当时买给她的这些东西都是按照自己的口味来的，睡衣全是偏性感的，虽说当时脑补她穿这些睡衣时还挺带感，可现在真的要给她穿这种……好怕被她打。

幸好，喝多了的向暖，连脾气都变好了。也可能她根本没意识到自己穿的是什么。

总之她穿着粉色的低胸吊带睡裙、露着雪白细长的双腿站在林初宴面前时，最大的反应就是："林初宴，我好冷啊。"

她穿成这样一脸无辜地看着他，林初宴就觉得自己血液翻腾滚动，几乎下一秒就要化身禽兽。

冷静，冷静……他怕吓到她。

林初宴慌忙转身，开了中央空调。

室内本身有暖气，温度也足够，奈何向暖她……穿得太少了。

林初宴去卧室找了条毯子拿来给向暖，她把自己裹起来，坐在沙发上，点着头说："好了。"

林初宴给她倒了杯温水，揉了一把她的脑袋把水放下，之后就去洗澡了。

等他洗完澡出来时发现，向暖裹着毯子蜷在沙发上，已经睡着了。

林初宴将向暖连着毯子一起抱起来，走进卧室。向暖刚睡着，还是浅眠状态，他把她放在床上时，她被惊醒了，睁着一双漂亮的眼睛，看他。林初宴压低了身体，靠得更近一些，他撩了一下她额前的头发，望着她的眼睛。迷离的目光，带着几分天真，却像旋涡一样，几乎要将他整个人都吸进去。林初宴仿佛被蛊惑一般，头低一些，再低一些……

然后，吻住她。

吻上了，便不想再分开。

一开始是温柔细腻的吻，但很快转为压抑不住的火热和急切。向暖闭着眼睛迎合他，两人唇舌交缠，粗重的喘息交织在一起。林初宴感觉身体越来越热，血液一波波地冲击着，体内像是有什么东西挣扎着想要求一种解脱。

向暖突然偏头躲他，喘着粗气说："你压到我了。"

毯子已经散开了，她睡衣的裙摆翻到大腿处，林初宴的胸膛压在她柔软饱满的胸口，看着她眼里盈盈的水光，听她如此说，不仅没有离开，反而变本加厉地，手掌在她修长白皙的大腿上轻轻抚弄。火热的手掌，像一团火把，在她肌肤上点起一片片火焰。

向暖羞得满脸通红，不自在地去推他的手。

他反抓住她的手，十指相扣，然后，凑在她耳边，粗喘着气说："暖暖，把自己交给我，好吗？"喑哑的声音，带着一点砂一样的质感，少见，但同样动听。

向暖有点羞怯，眨着眼睛躲闪着他的目光，抿着嘴没有回答。

"求求你，我快不行了。"林初宴软着声音说。说完，拉着她的手覆盖在自己那里："它因为你才这样的，你要对我负责任。"

"赖皮，明明是你自己。"

"是是是，是我自作自受，我快死了，你救我一命。"

他低眉顺眼哀求的样子看起来好痛苦，向暖确实心软了，但她还是挺害怕的，想了想说：“你不许弄疼我。”

“好。”

林初宴得到允许，化身为狼，整个人扑到她身上。可是当看到她迷离的眼睛时，他突然又有点担心，问道：“你到底知不知道我们要做什么？”

“我又不傻。”

番外四

夺冠之后，向暖发了一条微博。

世上最好的时光就是，无论我想要做多么疯狂的事儿，你都愿意陪我一起疯，一起狂。

之后便宣布退役。

一年后，她与林初宴一起，登上了飞往美国的飞机。

初到异国他乡，除了新鲜感之外，更多的是不适应。课业压力、语言问题、安全担忧，甚至购物、吃饭、交通……

虽然都不算太大的事儿，可压在心里，慢慢地把人磨得心情很低落。

向暖每天最喜欢做的事儿就是刷朋友圈，看看大洋彼岸的亲朋好友们都在做什么，刷完之后，看着他们热热闹闹的生活，她心情更低落了。

有一次，林初宴听说国外有一个地下组织，专门拐卖亚洲女孩，卖给那些富豪享乐，手段残忍。林初宴虽然不太相信，可还是有些担忧，回去故意吓唬向暖，把别人的讲述夸大了十倍，还列举了几个他自己编的案例。

向暖听到后，心情更不好了，她终于被这最后一根稻草压弯了腰，突然就飙起了泪花。

林初宴只当她是吓到了，把她拉进怀里安慰：“应该不是真事儿，你也不要太害怕。”

向暖小声说道：“林初宴，我想家了。”

想家，想爸妈，想所有的小伙伴们。跟他们隔了一个太平洋的距离，想打电话还得考虑时差。想一起玩游戏，想吃口妈妈做的饭。

呜呜呜，为什么要出来留学！中国有九百六十多万平方公里，还不够我们撒野的吗！

林初宴用指尖擦着向暖的泪水，她一哭他就心抽抽，这毛病治不好了。

唉，我们暖暖想家了，该怎么办好呢……

……

第二天，林初宴跟未来的岳母大人通了个电话，详细地询问了向暖平常在家爱吃的几道菜的做法。

厨艺这玩意儿不像是做实验，有正确的操作流程和适当的剂量就能基本成功。厨艺需要锻炼，需要尝试和摸索。而且国外的厨房跟国内还不一样，他得根据自己的理解去做出改变和适应。

林初宴悄悄练习了几天，自己觉得味道不错了，才把饭菜展示给向暖。

向暖下课回来，看到一桌子的饭菜，那样熟悉亲切，她突然有点恍惚了，感觉仿佛在做梦。

林初宴已经解下围裙，这会儿穿着简洁干净的衬衫和长裤，站在餐桌的另一端，一手搭在桌面上，笑望着她。

“欢迎回家，暖暖。”

向暖怔怔地看着那些饭菜，指了指问：“这……你做的呀？”

“嗯。”

向暖的眼圈突然红了。

林初宴走过去拉着她坐在餐桌边，把筷子递到她手里，揉了揉她的脑袋，声音似水般温柔：“尝尝看。”

向暖夹了一块红烩牛肉送进嘴里。软烂的牛肉包裹在浓郁的汤汁里，随着她的咀嚼，香气慢慢地在唇齿间绽放，绝佳的味道和口感，令人感觉通体都受到了抚慰。

她享受地眯起了眼睛。

林初宴见她这样，悄悄放心了些，笑问："有没有妈妈的味道？"

向暖摇头："没有。"

林初宴有一点点失望。

"但是，有林初宴的味道。"向暖笑。

晚上睡觉时，向暖趴在林初宴的怀里，头枕着他的胳膊，手臂环着他的身躯，也不说话，身体随着呼吸一起一伏的，很安静的样子，颇像一只温驯的猫咪。

林初宴有一搭没一搭地抚摩她的头发。

"林初宴，我今天心情特别好。"向暖突然说。

"哦？"

"我想通了，虽然很多人都不在身边，但，至少还有你陪着我。嗯……"她顿了顿，又补充道，"我知道你也想家，只是不表现出来。你放心，我也一直在你身边，陪着你。"

"暖暖。"林初宴低声唤她。

"嗯？"向暖喜欢趴在他怀里听他讲话，她能感受到他胸腔的震动，就好像他们的身体是连在一起的。

"以后，也许会有越来越多的人和你渐行渐远，不再像以前那么亲密，这是无法避免的。因为，每个人都会有各自的生活。"

"唉。"向暖叹了口气。道理她都懂，可还是会伤感。

"但是我不一样。"林初宴语气一转，揉了揉她的头，"我是会陪你一起走完余生的那个人。"

向暖的心房突然软得一塌糊涂，感动得快要冒泪花了。她仰着头找到他的下巴，亲了一下，然后小声说："我也是，我永远陪着你，走完余生。"

林初宴便翻过身压在她身上把她吻得意乱情迷了。他突然说："你今天吃得挺饱的？"

"啊？"

“那……”他吻着她的鼻尖，低着声音笑，“现在换我来吃了。”

向暖：“……”

感动什么的都是浮云啊浮云。

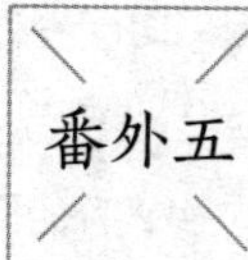

番外五

向暖和林初宴在美国的第二年，林初宴跑去考了热气球驾驶证。

他们回国前的毕业旅行去了威斯康星州，林初宴提议乘热气球游览日内瓦湖，向暖觉得是个不错的主意。

登上热气球时，她才发现里面放满了鲜艳如火的玫瑰花，她和林初宴两人像是置身于一个大花篮里。

迎着朝阳，热气球缓缓升空。林初宴注视着她，眼里满是笑意。他背着阳光，眉眼温柔清澈，一如他身后的湖光山色。

向暖被他看得挺不好意思的，背对着他，看向热气球外。

林初宴从背后环抱住她的腰，向暖没有说话。他低头，看到她的脸被玫瑰映衬得娇艳欲滴，心便有些痒痒，低头亲她的脸蛋笑："害羞了？"

向暖假装认真地在看风景，即便她扶在柳条筐上的手被林初宴拉下去时，她依旧坚挺地看着风景。

再然后，她感觉到一个凉凉的、有些硬的东西缓缓地滑上她的手指。

向暖抬手，看到左手无名指上多了枚钻戒。大颗的钻石被打磨成多面体，晶亮夺目，熠熠生辉，仿佛容纳了万千星光。

女人还是很容易被大钻戒感动的……向暖也不能免俗。

林初宴手臂收拢，握紧她的腰肢，在她耳边低声说："嫁给我，暖暖。"

向暖看着钻戒，故意说："嗯，我还得再考虑一下。"

"不行，你不能再考虑了。"

"为什么？"

"我已经是你的人了，你得对我负责，"林初宴用嘴唇亲昵地摩擦着她的耳朵，又补充道，"负责一辈子。"

"真赖皮，"向暖红着脸扭头躲开他的袭击，把后脑勺对着他，看向外面秀美的风景，小声说道，"唉，算了，我就收了你吧，省得把你放出去祸害别人。"

学成回国后，向暖和林初宴先把人生大事儿给办了。

林雪原本来对儿子挺吝啬的，但是他们结婚后，做爸爸的突然给这对小夫妻置了很多产业。

"爸，我们不缺钱的。"林初宴说。

"又不是给你的。"林雪原一瞪眼，"穷养儿子富养女，向暖嫁过来，我们就不能亏待她，否则跟亲家都没法交代。你们以后好好过日子，别再让我跟你妈操心了，知道了吗？"

"原来我是沾了暖暖的光？"

"你以为呢？"

好吧，林初宴发现，他这是通过婚姻改变命运的典型。

结婚后不久，林初宴和向暖就有了爱情的结晶。

林初宴幸福得像朵花儿一样，捧着相册看着他和向暖的照片说："以后我们生一个女儿，像暖暖一样可爱。"

林雪原刚好在场，听到这话，突然嗤笑："呵呵。你妈怀你的时候，我也是这么想的，以为能生个小仙女。"

结果生了个小妖孽。

理想有多丰满，现实就有多骨感。林雪原暗暗觉得，儿子即将步他的后尘。

九个月后，随着产房一声响亮的哭声，护士出来跟堵在门口的一群人报喜：“是个女儿呢！”

林雪原：“……”

羡慕嫉妒恨！

小公主的小名叫“呦呦”，取“呦呦鹿鸣”之意。

呦呦刚生下来时像所有小孩一样黑红发皱，等长开之后，越长越水灵，向暖有一次看着呦呦，一脸怀疑地问林初宴：“是不是……因为她是我亲生的，所以我才越看她越觉得好看？”

这个问题，林初宴没法回答，因为他也觉得呦呦怎么看怎么漂亮。

哦，不只他和暖暖，呦呦的爷爷奶奶外公外婆，比他们这对亲爹妈还夸张。

向暖把呦呦的照片传到网上，受到一边倒的赞美，这才有些放心。原来不是因为亲妈滤镜，她家呦呦就是好看。

自家宝贝被赞美了，向暖心情很好，专门给呦呦建了个社交账号，记录小家伙的成长岁月。

渐渐地，呦呦成了一个小网红，聚集了一大拨粉丝，还有广告公司慕名来找她拍广告。

向暖和林初宴商量了一下，两人的意思一致，把广告都拒绝了。

他们家呦呦才三岁，不适合过早地赚钱养家。

三岁的呦呦，话都说不全呢，已经显示了古灵精怪的性格。心眼儿多，嘴巴甜，见人说人话见鬼说鬼话，上到爷爷奶奶外公外婆，下到幼儿园老师超市收银员，没有她讨好不来的人。

有一次保姆带着她在小区玩，看到一个姑娘坐在长椅上哭，呦呦走过去忍痛给了姑娘一块糖——之所以说忍痛，是因为这块糖是她兜里唯一的存货。呦呦拿着糖，奶声奶气地说：“姐姐，不要哭哦，哭就不漂亮了。”

姑娘又哭又笑地接过糖，抱了抱呦呦。

保姆回去把这件事儿当作一件好玩的事儿跟大人们讲，向暖听了，表扬了呦呦。

呦呦不太满足于口头表扬，追问道：“我这算做好人好事吗？”

“当然算。”林初宴在一旁说。

“爷爷说，做好事，是要有奖励的。”

“哦？你想要什么奖励？”

“嗯……”呦呦点着下巴，乌黑明亮的大眼睛飞快地眨了一下，“我给了姐姐一块糖。”

“那我再给你一块。”

“给我一块，那就是补偿，不是奖励。爸爸，你应该给我三块。”

好嘛，小小年纪还挺有商业头脑。

对于呦呦的威力，林初宴这个当爹的是相当服气。自从有了呦呦，一直仇视他拱了自家小白菜的岳父大人也不仇视他了，一直看不上他的自家老爸，对他也越来越和颜悦色了。

这算是父凭女贵吗？林初宴有点哭笑不得。

当然，小孩子太会讨好人，也是会给大人带来烦恼的。

最直接的一点——她把爷爷奶奶外公外婆哄得团团转，要星星不给月亮，指东绝不往西走，都把她捧在心尖尖上。

这，不太利于小朋友的教育。

比如，如果呦呦做错了事，被爸爸批评了，那么她就会找爷爷奶奶告状。

如果被妈妈批评了，就找外公外婆告状。

小孩子还挺记仇，有时候连向暖自己都不记得的事情，她都记得清清楚楚，一件件翻出来等着外公外婆给她做主。

通常，爷爷奶奶外公外婆要是知道她被批评罚站打手心了，就算不骂爸爸妈妈，也至少会偷偷哄她，然后给她好吃的。

这真是一个稳赚不赔的买卖。

不仅如此，爷爷奶奶外公外婆还会争着讨好她。

有一次，林雪原陪着呦呦在她的玩具房里玩，林初宴推门走进去，看到自己老爸、一个在公司说一不二的霸道总裁，这会儿正趴在地上给小萝莉当马骑呢。

他当得还挺入戏，呦呦让走就走，让停就停，是一匹相当训练有素的马。

林初宴看呆了。想想当年爸爸对他横竖看不顺眼，再看看眼前被自己女儿当马骑着玩的人……突然生出一种大仇得报的感觉是怎么回事儿……

就像所有的小朋友一样，呦呦对于自己是怎么来的这个问题，相当好奇。

于是问爸爸："爸爸，我是从哪里来的呢？"

林初宴答道："你是从仙女树上摘的。"

"哦？所有人都是从仙女树上摘的吗？"

"不，只有最好的宝贝才是。"

"那是谁摘的呢？"

"是妈妈摘的。"

"那爸爸呢？"

"爸爸帮妈妈摘的。"

"爸爸怎么帮妈妈摘呢？"

"爸爸抱着妈妈。"

"然后呢？"

"然后——"

向暖在一旁听他们俩说话，听着听着一阵窘迫："别说了……"

呦呦食指按在下巴尖上，歪着脑袋，睁着一双黑白分明的漂亮大眼睛，看看爸爸又看看妈妈，说："妈妈可以再去一次仙女树吗？我还想要妈妈给我摘个妹妹。"

林初宴笑望着向暖，目光有些意味深长。

向暖转过头假装他们是空气。

呦呦挺奇怪的："爸爸，妈妈为什么脸红了？"

林初宴揉着她的小脑瓜：“因为妈妈可爱呀。”

向暖被“可爱”一词肉麻到了：“又不是十八岁的人了，还‘可爱’？”

林初宴便笑着望她，眉眼温柔赤诚，一如当初少年。

“在我眼里，你就算到了八十岁，也依旧是可爱的暖暖。我的，暖暖。”